文芸社セレクション

仮想部

成瀬 とも

NARUSE Tomo

文芸社

仮想部

目　次

第1片　認可基準 …………………………………………… 7

第2片　出逢いの日 ………………………………………… 63

第3片　デートの日 ………………………………………… 121

第4片　ちっぽけなボクから、大好きなキミへ ………… 211

第5片　手帳のかたすみで､､､ ……………………………… 257

第1片　認可基準

　それは春だった。桜の花びらが舞い散り、外では、各サークルによる新入生の奪い合い（いや、誠意ある勧誘）が行われ、賑わいをみせている。が、全てのサークルが積極的に勧誘をしている、訳ではない。
　校舎3階の片隅にあるサークル。外にある看板は小さく、そして汚ない。
　その負の相乗効果によって、見事に広告効果は、限りなくゼロに近く、人さえ寄せつけない。
　そんな、殺虫剤の様な看板を出しているサークル、それが、「仮想部」だ。
　しかし、このサークルには、他のサークルとの間に、一つの大きな違いがある。
　皆さんも学生の時、部活やサークルに入っていたと思う。
　しかしそれは、「認可」されたものなのだ。だから、「部費」も割り当てられる。
　回り諄くなったが、つまり「仮想部」は、認可されていない、「不認可」なのだ。
　時息大学。私立の名門校で、様々な学部が設置され、施設・サークル・カリキュラム・各奨学金制度なども、申し分ない。
　この学校を目指す者といえば、「勉強こそ全てを統るものだ！」と、学問に対してボルテージを上げ切った人とか、

「俺はこの大学を卒業して、全てを支配する」と、不特定に領土権を主張する人、「卒業して企業に入り、社長を瞬時に超える」と、飛び級を敬愛する人などが主である。

そんな学生の中の1人が、時息大学2年、仮想部部長の、若葉こうだ。

全ての始まりは入学式の時。

その時も、やはり例年通り、各サークルの誘い（ワンモア、誠意ある勧誘）が、行われていた。

「ねえ、うちのサークル入らない？」、「我が柔道部で、全国を平定しよう！」など、所々で、勧誘が行われている。

新入生からすれば、とんでもない恐怖体験となり得る程、激しいものだった。

何せ、開門時刻と共に、何処から湧き上がった温泉なのか、と思う程の人数が、結成4・50年の労働組合の様な軽快さと、チームワークで迫って来るのだ。

新入生は、そんな中を揉みくちゃにされながら、各教室へと向かう。

若葉も一通り見学（セルフというより、重厚なサービス）をして、自分の専攻する、「法学部」の教室へ行った。

教室は、100人程を収容できる、いわば「大教室」で、東京ドーム、、いや忘れて欲しい。

段々畑の様に机が置かれ、入口すぐの所に教壇があり、最新式の黒板が設置されている。

ただ、幾ら最新式と見栄を張ってみても、「遠くからでも見易くする」、という機能はない。機能といえば、ボタンを

押す事によって、自動的に上下にスライドし、消し易く、どの角度からも見易い、U字形である、という所だ。
　よって、遅れて登校すれば、後ろの席になり、授業自体も、「未来を見通した最先端の法学」というより、「目先のハイレベルな視力検査」になる。その為、初日から早く登校したのである。
　教室には、早く来たという事もあり、人も疎らだった。
　物静かに本を読んでいる学生、話をしている学生、何処か余所余所しいが、グループになって盛り上がっている学生など、様々だ。
　とりあえず若葉は、前の方の席に座った。ガサッガサッと、テキスト等を鞄から取り出し、机の上に置いた。
　間もなく、隣の席に誰かが座り、と同時に、「ねぇねぇ。何か良いサークル見つけた？。僕は無かったなぁ、。何かこう、、、ドレもグッ！　と来るモノが無くてさぁ〜」と、自己紹介という時空を飛び越えて、話し掛けてきた。
　桶狭間方式を取り入れてきた彼は、その後、参謀本部次官、事務次官、副総裁、、、ま、俗にいう、副部長になる子で、同じ「法学部」専攻の、空峰順だ。彼もまた、新入生が遭遇するあの戦火を、潜り抜けて来た子だった。
　外見を言えば、眼鏡を掛け大人しそう、頭が良さそうという感じだ。まぁ、珍しくもなかった。
　名門校の「法学部」といえば、眼鏡を上下に高速移動（クイクイとも言う）させている人がいる、という固定概念が、易々と衆議院を通過するし、何より、自分も眼鏡を掛けている（お前もか、ブルータス）。

「い〜やっ！、全くナシッ！。説明も一通りは聞いてみたケド、入部してみたいっ！、とまでは思わなかった、、」
「、ふ〜ん、そっか。あっそうだ♪、イイ事思いついたっ！♫。チョット、、難しいかも、しれないんだけど、、、」
「自分達でっ！　サークル!!。作らない?!♫」

　難題だった。少々所では無い。エジソン殿もビックリの、瞬時の発想力だった。恐らくこの勢いで、「発明する！」、とでも言って取り掛かれば、ノーベル賞も、下手すれば独占、最低でも、1つの受賞の可能性が秘められている。
「それはイイけど、どうゆうサークルにするの？」
「ソウだなぁ、、、」

　空峰が言い掛けた所で、ガラッと戸を開く音がして、1人の男が入って来た。そして、
「えー皆さんっ。おはようございます」

　時計を見ると10時。学生達がバタッバタッと、奇襲を受けた衛兵の様に席に着く。

　式場へ移動する少し前の時間である。

　入って来た男性は、机に出席簿等を置き、改めて前を向いた。
「、手短に自己紹介をします。私は、この"法学部A教室"担当の伊笠、と言います、ヨロシク！」

　伊笠教授。この男性が担任である。

　鍛え抜かれた体で力強い自己紹介をされたので、ある意味、圧倒された。言うまでも無いが、「法律」の「は」の字も無い（「ほ」の字は、いずこへ？）体格と力強さだった。

　その後、すぐに移動となり、入学式が始まった。

式場には大勢の新入生や、教職員、戦火発起人、新入生の父兄、来賓等々が集まっていた。
　式は一通り進んでいった。そして、
　遂に、、、「学長の挨拶」の時が来た、。
　空気を読まず、ゆっくりと壇上に向かう大柄な男性。その外見は、どこか圧迫感があり、人相は決して良いとは言えず、最も分かり易く表現するなら、「何とか組」を率いている、「ヤ」の付く自由業の方、とでも言える。壇上の机の前に立ち、軽く頭を下げ、前方をきりりと見つめながら、
「皆さん、おはようございます。そして、入学おめでとう！。本校学長の鈴鳴と申します。これから我が校にて存分に学び、遊び、経験を積んで頂きたいと思います」
　当たり触りの無い挨拶だった。しかし、今思えばこの時から、戦いは始まっていたのだ。「学長」という名の後々の「敵」との、歴史家でさえ、「勉強不足でした、、、」とブルーにさせる様な、「第三次世界大戦」が。
　式は1点の滞りも無く終わった。そして、早速初日のカリキュラムに入った。最初は「法学入門」という授業だったが、ほぼ、「顔合わせ」に準ずるものだった。筋肉、もとい伊笠教授が、黒板に、サラサラと簡単な学歴や特技、趣味などを書いてゆき、自己紹介を、欲してはいないが、綿密に行った。
「あっ、それから"ニックネーム"なんだけど、、、う〜んっそうだなぁ〜、、、。名字の前と後を取って、"イッサ"でイイやっ♪！。、伊笠教授、とか、伊笠先生、だと、親しみに欠けるからねっ!?♬」

安直だった。一段踏み間違え体格も考慮に入れれば、軍隊の上官である。
　昼になった。"イッサ"誕生の衝撃は依然として残る中、学生は思い思いに他の子を誘い、昼食へと向かう。時息大学での昼食の摂(と)り方としては、弁当を持参する事を除けば、学食、売店が完備されており、販売機でも、パンやカップ麺などが買える。
　若葉も空峰を誘い（実質は逆）学食でそれぞれ食券を買い、料理をボードに載せ、適当に空(あ)いている席に着いた。
　空峰が話し始める。
「っで、朝の続きなんだけど。何か"こうしたいっ！"ていう希望はある？」
「、特にドウっていうのはナイけど、、でもっ。どこのサークルでもしていない様な、新しいモノがイイなっ！♪」
「、、新しいモノねぇ～、、、例えば？」
「他のサークルを手伝ったり、サークルとサークルの仲介とか、場合によっては統合とか、、、。サークルの"管理部"、みたいなモノはドウかなぁ？」
「ザ～ンシ～ンッ！♫。イイねぇっ！」
　こうして総合職の様相を呈する構想が築かれた。しかし、皆さんは不思議に思わないだろうか？。
　ここまでで、1度も自己紹介をしていないのだ。まさに、人類史上類を見ない意気投合の速度である。
「あっ、そうだっ！。やっぱりサークルを作るとなると、"サークルの名前"が必要だよネッ!?」
　空峰が前屈(かが)みになり、言った。

「、どのサークルにも所属してナイし、作りたてだからぁ、、、"仮想部"っ！。なんてゆうのはドウ？」
「賛成っ！！！」
　意見を持て！　空峰。市民の過半数が同調したであろう中、"仮想部"は結成された。"人見知り"を完全否認する、この2人によって。

　昼食を終えると"一佐"いや、"イッサ"の居る教職員室に行った。
　教職員室は1階にあり、食堂からすぐの所にある。いわゆる、"食の優越権"を有していた。
　コンッコンッとノックをし、ガラッと戸を開けた。
「失礼しますっ」
　そう言いながら入って来た2人を見て"イッサ"は、緊急の政策を迫られている閣僚の様な顔になった。色々な考えが駆け巡ったのだろう。
　喧嘩(けんか)をしたのでは、問題を起こしたのではないか、、、まさか！、イジメなのか？。
"サークル結成"という"光"の話が、"イッサ"の中では、"現代の重大な社会問題"という、"ドス黒い"話として成立していた。
　急ぎ2人を、自分の所に呼び寄せると、
「何があったんだっ！！？」
"何か"、ではなく、"何が"という、特定の発生を前提としていた。2人は一瞬、ポカ～ンとしたが、若葉が話し始めた。
「、サークルを作ろうと思っているんです。まだ、はっきり

とは説明できないのですが、"仮想部"というサークル名で、他のサークルの支援とか、調整を目的として、」
「、えっ!?、あっああ、サークルね、」
　安堵の声に等しかった。表情も、勇者が救った村の人の様に柔らかくなる。空峰が付け足す。
「、それでっ、どうしたら良いのか、、相談に来たんです」
「そうかっ！♪。、それだったら、まず、、、」
　"イッサ"は机の引き出しから、1枚の紙を取り出した。"サークル結成要請書"と書かれたその紙には、サークル名から始まり、部長・部員の氏名、活動の内容、結成の動機、その他特記欄、という様に、事細かに項目が設けられていた。
　時息大学での"サークル結成"までの道のりは、特殊だった。
　手順としてはまず、この"サークル結成要請書"を担当教授に提出。次に新聞部（何故？）に報告（自主的に、又は、新聞部アポイント取得完全無視取材の形で）し、全校生徒に公告。のち、生徒会による審査（大体通る）、最後に生徒全体の食いつき（関心で良いのでは）も含めて、学長が判断をする。まぁ更に言ってしまえば、新聞部の食いつき次第（関心ですよ、皆さん）でもあるのだ。
　早速、始めの段階である"サークル結成要請書"を書き、"イッサ"に提出した。
「"仮想部"かっ♪、いいサークル名だねっ!?♫」
　要請書に目を通しながら"イッサ"が言った。2人も自然と笑顔になる。
「、ところで、、部員は2人なの？」

「はい。、いまの所は、、ですが、」
　若葉が答えた。すると、"イッサ"の表情が曇った。そして、
「、、難しいかもしれない、今の人数では、、、」
　"イッサ"によると"部費の配当"の事もあるので、少人数での結成は"認可"されにくい、との事だった。最低でも、3・4人、、、。それが必要人数だった。
　"認可"という高い壁を初めて感じた時だった。
　それでも諦(あきら)める訳にはいかなかった。確かに"やぁやぁ我こそは"の段階は踏み越えているが、この大学での学生生活を有意義にするという点で、2人は共通しているのだ。救いだったのはこの2人が何処までも、前向きだった事なのだ。撤退するどころか、"行動すべき事"ができた、というのが2人の考えだった。
　初日という事もあり、3時位に授業は終了した。
　なぜか廊下が騒がしい。ドドドッ、、と民族の大移動の様な音がする。迫って来る。
　やがてその音はA教室の前でピタッと止(や)んだ。バタンッ!!　と凄い音と共に戸が開いた。新聞部が来た。察したのだ。嗅ぎつけたと言ってもいい。何処からの情報で？、という所から、もはや新聞部というより、"諜報(ちょうほう)部"である。この、バブル期の内定速度で走って来た新聞部の4人の部員は、迷う事無く、若葉と空峰の所まで歩いて来た。
「おめでとうございますっ！」
「ありがとうございますっ！」
　放送席、放送席、、、、、と言いたくなる様な形で取材は始

まった。
「この度はサークルを結成される、という事なのですが、"仮想部"というサークルは、どんな活動をされるのですか？」
　サークル名だけを押さえていた。大変遺憾な事に活動内容はスルーという、散々な下ごしらえである。
　空峰が積極的に答える。
「全てのサークルの皆さんを支援します！、何でもします！、まかせて下さいっ!!」
　"抽象的な、新入社員の挨拶風"な活動内容を、恐らく、あの戦火(けなげ)の犠牲者となった同級生が、1字1句健気に書いていく。記者の質問は続く。
「、ちなみに、、部員さんは、お2人ですか？」
「、今の所は、ですケド、、、。、でっでもっ！、これから増やしていきたいと思ってますっ!!。いま、部員募集中ですっ！。、何でもっ！　誰でも是非っ！、見学だけでも来てくださいっ！」
　何でも、誰でも。緩(ゆる)い入国審査である。血迷った時に使う表現だ。
「わかりましたっ！。では、アピール諸々(もろもろ)を含め、記事にさせて頂きますっ！。、じゃあ最後に、写真を撮りますんでっ、自在にポーズを♪」
　2人はポーズのバリエーションの中でも、1番無難な"ピース"を選んだ。諸々(もろもろ)が気になる所ではあるが、嵐の様なノーアポ取材は終焉を迎えた。
「、それではっ！、また何かありましたらご報告下さいっ!!。

コノ経済学部2年、新聞部部長上竹が、全力でバックアップしますからっ!!」
　渾身(こんしん)のコメントを残し、疾風(しっぷう)隊長上竹は去って行った。しかし、"新聞部"という強力な味方を付けた事は確かだった。食いついている（NO、興味を持っている）。やはりこれまでに無い、生徒会以外の"他サークル関与サークル"というのが、大きな効果を生んでいるのだろう。
　その後2人は、"イッサ"に"仮想部"で使わせて貰える部屋がないかを聞いてみた。
　3部屋空(あ)いているらしい。
　1部屋は、校舎4階の吹奏学研究会の隣にあり、1部屋は屋外にある柔道部愛好会の準備室、そして残る1部屋は、校舎3階の片隅にポッツーンとある、"忘れられた遺跡"である。一見どこも問題が無い､､､とは、とても言えないのだ。
　まず、4階にある"吹奏学研究会(すいそう)"は、校内でも有名な程の優秀なサークルで、その練習量も、"行き過ぎた英才教育"と言われていた。まさに、ゆとり教育を鼻で笑う様なサークルと言える。その為、常に騒々しい。
　次に"柔道部愛好会"は、とても人情味がある。人情味があるとは言ったが、過去。これを信じて準備室を借りた者が、宙を舞った。熱く"柔道魂"を語り、練習風景を見学させた上での惨劇だった。文字通り、"二の舞い"の可能性もある。
　では、3つ目の部屋はどうか。学生の中でも知る人ぞ知る部屋で、通称"忘れられた遺跡"。同義語には、"開かずの間"がある。
　校務員さんでさえ1歩も中に入る事無く、「異状無〜し」

の一言と、指差し確認で済ませる部屋で、色々な噂もある（全て闇の関係）。これからの事を考えれば、まず確実に最初の段階である、"部員募集"から行き詰まる。看板を出したところでその効果も、「異状無〜し」で打ち消されるであろう。結論を言えば、"お風呂付き、トイレ付き、曰く付き"の三段オチの物件、という事だ。このメリット、いや、デメリット一色の部屋の中から選ばなければならないのだ。

　教職員室で"イッサ"から、部屋の説明を聞いた若葉と空峰は、"三種の邪神器"とも言える部屋の中から、僅差ではあるがリスクの低そうな、"忘れられた遺跡"を選んだ。
「、、本当に、イイの？、、ココで、」
"イッサ"が心配そうに言う。無理もない。だが、コノ部屋のリスクを回避したとしても、"騒音"と、"宙舞"である。
　若葉が答えた。
「、いいんですっ、ここから、、この部屋から始めるんです！♪、きっと、部員も集まると思います！」
「僕もそう思います！。確かに、目立たない所にあるケド、、活動で目立てる様に、頑張りますっ！♫」
「、、そっか、、、」
"イッサ"はそれ以上言葉が出なかった。

　リスクは2人にとっては恐るるに足りなかった。一から始めるのだ。むしろ、目立たない所から始めた方が良い。その方が後々興味を持ってくれた学生が来てくれて、"忘れられた遺跡"も払拭され、念入りに確認もされる様になるだろう。これが2人の考えだった。

　場所を教えて貰い、鍵を託された（受け取った、ではな

い)。"イッサ"に礼をして、2人は教職員室を出た。
　3階への階段を登って行く。"忘れられた遺跡"は南片隅、薬事準備室の隣にある。
　"曰く付きだが、日は差し込む"、そんな部屋である。
「どんな部屋なのかなぁ～？。、、曰く付きなのは、分かったケド、、、」
　若葉が空峰に聞いてみる。
「、、最悪、乗り移られたりして、、、、。でっでもまずは、見てみないとねッ！♪」
　乗り移る。否定できなかった。"有り得る"、世論の声だ。
　3階に着いた。階段近くに置かれた椅子に座り、話している学生がいる。疎らではあったが、まだ学生は帰ってはいない様だ。入学式の話、サークルの話、アルバイトの話などなど、話題は様々だが楽しそうだ。こういった様子を見ていると、まさに、"嵐の前の静けさ"と思える。
　更に歩いて行く。教室を1つ1つじっくりと通過する。
　徐々に気が重くなってきた。さっきまでの微笑み溢れるアットホームさは、泣く子も率先して泣き止む、どこの誰が住んでいるとも分からない廃屋に変わり、サークルに向かう気持ちも、"乗馬体験をした後、馬刺しを食べる"という気の重さだ。
　やがて、時間稼ぎの歩進も虚しく静かな通りへ出た。人影さえない。物音を立てれば、1人暮らしの部屋の様に響き渡る。
　薬事準備室が見えてきた。歩みを止める。
「、、いったん、、深呼吸、しようか、？、」

若葉が提案する。空峰が頷いた。
2人は、"忘れられた遺跡"の前に立った。戸に手を掛けた。息を呑んだ。慎重に、少しずつ開けた。
部屋には、窓から陽が差し込んでいる。その暖かい光は皮肉にも、部屋の書物の山積、埃の要塞、空気の澱み具合を活き活きと照らし出している。長机とパイプ椅子も置かれていたが、調停に失敗した国の様に、部屋の右と左隅に寄せられていた。
「、ここが、、、忘れられた遺跡、、」
若葉が呟いた。空峰が口を開く、
「、っさぁ！、片付けちゃおうか!?♪。、まずはソコからだねっ！♫」
「そうだねっ！♫。、でも、ちょっと時間が掛かりそうだから、、、誰かに手伝って貰える様に、頼んでみよう！♪」
2人が思い付く支援先、、、。大体予想ができる。
入学初日に強大な好奇心で接触し、お花見の場所取りの様な押しで質問攻めを行い、隠密の速さで撤退したサークル。
新聞部の前にいた。ふと、腕時計を見る。5時を指している。さすがに初日だけあって、もう静まり返っていた。まさに、"閉店セールの前後"の様なサークルである。「今日の所は、もう帰ろう」という事で合意した。
正門で空峰と別れた。正門辺りは、"戦時中の朝"と較べ静けさがあり、終戦を迎えていた。

若葉の家は、電車で20分位の所にある。
時息大学には学生寮があった。しかし、その部屋の数は僅

かで、激しい争奪戦（単純に、早い者勝ち）であっという間に埋まった。この寮の少なさに保護者や学生、果ては職員までもが一揆(いっき)を起こした事がある。クーデターである。全ては、学長という名の"闇の支配者"が原因だった。そして、未(いま)だに改善されていない。"教育者の鑑(かがみ)"に背を向け、トップで逆走する学長なのである。

"幸駅"、さいわいえきと読む。人によって、この駅名に対するコメントは様々である。景気が良ければ、"批准(ひじゅん)"、悪ければ、"逆行"。ぎりぎりセーフで"駅"になった。落ち込んだ時の気休め。恋人が居なくても思考は上向き。"こう"とも読めるので、若葉は特に親しみを感じていた。この駅の近くに若葉のアパートがある。

大学から歩いて行き、"木陰駅"こかげえきに着いた。乗車券を買い、普通電車に乗り込む。これからはこれが、当たり前の事になって行くのだ。改札を潜り、ホームへ出た。

平日の6時台。ラッシュアワー程ではないが、それなりに人の波が見られる。初日が終わった。何となく気が抜け、ホッとする、そんな感覚だ。

電車が来た。乗り込む。若葉は入口のドアに寄り掛かった。車内は学校や会社で、生気を必要以上に奪われ過ぎたのか、静かだった。混んではいない。座席も疎(まば)らに空(あ)いている。若葉は対面のドアの窓を、ボ〜ッと眺めていた。

流れて行く景色。これからどんな大学生活が、待っているのだろう。勉強は？　生活は？　何より､､､仮想部は､､､

色々と考えている内に幸駅に着いた。電車を降り、改札へと歩く。改札を潜ろうとした時、明らかに憤りを感じている

声が聞こえた。
「センパイッ！#、遅かったじゃないですかっ!!」
「、小鉢。店長さんには事前に、連絡を入れてあるし、お前にも伝わっていると思ったんだけどなぁ、、」
「、、えっ!?、伝わってないですよぉ、、」

　小鉢と取り皿の様に呼んだ女の子。若葉のアルバイト先である駅前のパン屋、"コットン"の後輩店員、小松すずめという子だ。高校2年生の16歳。肩まで髪をおろしているが、染めてはいない。何も喋(しゃべ)らなければ、という条件付きではあるが、清楚(せいそ)そう、という事で人気を集めていたりする。若葉が用事で休んだり遅れたりした時にカバーしてくれる、政治家の後援会の様な子なのだ。シフトも若葉と一緒という日が多く、"懐(なつ)いている"と言ってもいい。（愛犬の立場か！）

　改札を潜り"コットン"へと、側用人に連行されていった。

　駅の南出口の真正面に、脇目も振らず堂々と鎮座しているのが、パン工房"コットン"である。この店の店長さんは若葉が常に、後頭部にプレスを掛けられている人で、用事で少ししか働けないという日でも、「じゃあ、働けるだけでいいよっ♪。思う様に、好きな様に、働いてくれれば良いからねっ！♫」と気遣ってくれる、"八百万(やおよろず)の神の化身"の様な方なのだ。実際、そんな店長さんに会う為に、幸駅で降りる人も多い。

　"コットン"に着いた。カランカラン、ドアを開ける。店長さんが接客をしていた。入って来る2人に気付き、
「、おおっ!?、お帰り小鉢ちゃんっ♪。若葉君も大変だったねっ！」

"小鉢ちゃん"、若葉よりの感染ルートである。"小鉢"が口を開く。
「、店長さんっ!!。何で今日センパイがお休みだって、言ってくれなかったんですかっ!?」
「、、あぁ、ゴメンねっ小鉢ちゃん、。、色々と、忙しくて、、、」
「大体！　小鉢っ！、お前もお前だぞ?!。、シフト表を見る事だってできるし、たとえそこに書かれていなくても、まず改札に来る前に、店長さんに聞く事だってできるだろっ!?」
「、、、だだって、、私、、」
　うつむいた。何か言いたそうではあったが、言葉が浮かばなかったのだろう。孤立無援、四面楚歌の状態に陥ったのだ。若葉は、ポンっと頭の上に手を乗せ、
「、でもっ、ありがとな！。小鉢」
　と言った。若葉にとって"小鉢"は相方であり、唯一、つっこみや叱責、謝罪や励ましまでできる、"女の子"だった。
「、若葉君も、済まなかったねっ。。もう遅いから、気を付けて帰るんだよっ♪」
「はいっ。、小鉢を、お願いします、」
　我が子を託す様に言った。店長さんに礼をして、"コットン"を出た。
　外はまだ少し明るい。アパートへ向かって歩いている。距離はそう遠くはない。
　アパートの部屋は1R（ワンルーム）で、4畳半の和室に、トイレとお風呂が別々にある。

言わゆる、"ザ、学生住まい"である。アパートの外観もそれに納得した形で締結されている、心の広い木造である。
「、、ただいまぁ〜、」
　部屋中に響き渡る。応答は無い。当然である。「おかえり」と返って来た瞬間に、警察に通報、大家招き入れ、住職投入のいずれか、又は全てという選択を余儀なくされる。
　鞄を置き、上着をハンガーに掛けた。台所に行き、水道の蛇口をひねる。水しか出せない水道は、それを恥じそれでも情熱を傾けて、水を勢い良く若葉の手の中に提供した。顔を洗う。
　郵便受けを見てみる。何も入っていなかった。留守番電話は？、、、来ている、、みたいだ。再生してみた。
『、おうっ！　俺だっ！、元気にしてるか?!、こう。、早速で悪いんだが、、金が無くなったっ！。助けてくれっ！』
　働け！　親父！。必死だったのだろう。しかし電話の初盤で息子に対して、資金輸出を迫る親が何処にいるのだろうか？、いる。身近に。三親等内に、、、。
"親に対する初の失意"とも言える。実はいつもの事、だったりする。冗談なのだ。
『、、ごめんねっ♪　こう。聞き流してイイからねっ♫、、入学式、どうだった?!　あっ、サークルはどうっ?!　イイ所はあった?!。お母さんもねっ、大学生の頃は、、、』
　ブツッ！。電話が切れた。相変わらず容量を掌握しきれていない。
　1人暮らしを始めたのは、高校2年生の頃からだった。"中弛みの学年"と言われている頃である。周りの同級生達は、

恋愛、アルバイト、ナンパ、ゲーセンのはしご、部活動に明け暮れていた。若葉はそんな中、担任の先生に進路相談をしていた。

　法律が好きだった。別の悪い言い方をすれば、"堅苦しい事"が好きだった、と言ってもいい。とにかく、通うにも無理が無く、自分の為にも親の為にもなる、そんな所を望んでいた。

　目標は高く名門校！、果ては司法試験合格。それが、"夢"である。

『、それだったら、、時息大学が、良いと思うよっ！♪。あの大学だったら、若葉君のご実家からも遠くないし、、それにっ私立の名門校だけど、学費も、他の私立と較べても安い。、奨学金制度が有るし、免除制度も有るっ♫！、、ただ、、、かなりの、難関だけどね、、、』

　担任の先生にそう言われたのが、転居のきっかけだった。静かな所で猛勉強する。もちろん、簡単な事ではない。生活をする為には住む所がいる。住むには収入がいる。収入の為には仕事がいる。そんな時である。"コットン"の店長さんに温かく迎えられたのは。

　店長さんには、後光が射していた（おいおい、、）。神様、仏様の次席である。

"時息大学に入りたい"、そう言う息子に対する親の反乱は、度を越えていた。勢いで言えば、"鎌倉から江戸幕府が、1日で倒幕される"感じだ。「そうゆう所は、頭の良い子が行くんだっ！」と父。「、ごめんね、、家にはもし、こうが不合格だった時に浪人させてあげられる、、お金が無いの、」と母。

どちらも、笑顔も秒単位で真顔に変わる現実論だ。

　両親は熱意に敗れた。家を探し、家を決めた。転居してからは、このアパートから高校に通い、アルバイトに向かい、その合間に勉強した。

　合格を知った時、一番喜んだのは父だった。家の中では満ち足りなかったのか、近所を回って伝えた。その"熱心な布教僧"の効果もあり、あっという間に知れ渡った。流通業であれば、10年は信頼を維持できるだろう。とにかく、叫んだ。

　そして今、ここにいる。このアパートに。容量を掌握できていない留守番電話も、めでたく約3周年を迎える。

　若葉は冷蔵庫にある食材で、夕食を作った。味噌汁、野菜と豚肉の炒め物、鯖焼きと、どれも手慣れた手付きと手順で作られた物だ。味も定食屋さんでメニューを限定すれば、戦力となれる位だ。ナメるなっ！3周年!!　という事だろう。

　その日は早く寝た。目まぐるしい初日だった。入学の日だった。

　ブゥ〜ンブゥ〜ン、、アラームが鳴った。若葉はゆっくりと手を伸ばし止めた。7時。若葉のアパートからなら、十分に登校時間で間に合う。スクッ！　と軍隊の起床の様に起き上がった。早起きという生活習慣が、身に付いているのだ。蒲団（ふとん）を畳み、顔を洗う。

　水道は、「、あっ、昨日は、どうもっ」という風に、今日も情熱を注いだ。

　手早く朝食を作った。鮭焼きに、味噌汁に、たくわんの漬

物、いわゆる、"もののふの朝食"である。食事を済ませると着替えをし、鞄を首に掛けて家を出た。

　暖かい風が吹いている。通常であればこんな日が休日で、ガーデニングに精を出して泥まみれになり、午後からは着替えてお茶でも、という優雅(ゆうが)な流れであるが、若葉にとって今日は平日であり、"忘れられた遺跡"の清掃で泥の代わりに、埃(ほこり)まみれとなり、更に"未知の生物"との遭遇という、決して受け付けたくもない特典まで付いて来る、"2流河川の流れ"である。

　駅に向かって歩く。この時間帯にすれ違う人といえば、部活動の"朝練"に向かう中学生や高校生、朝の散歩を楽しむおじいさんやおばあさん、会社に出勤するお兄さんやお姉さん、といった所である。

　一緒の方角に向かう人は、すれ違う人と大きく異なり、常軌(じょうき)を逸していた。"ラッシュアワー"である。その足の運びは"待ってくれ"と、メロスであっても、弱音を吐かせる位のものだった。そんな、"メロスを超越した方々"の幾人にも追い越されながら、駅まで歩いて行った。

　"コットン"の店の前まで来た。まだ開店はしていない。奥の厨房で店長さんが、慌ただしく動いている。仕込みをしていた。

　店長さんの作るパンはどれもふっくらとしていて、柔らかく、優しい味であり、人柄をまともに受け継いだ血統書付きのパン、といえる。そして、今日もそのパンが店の棚に並び、学生か社会人か、子供か大人かなどを一切問わず、買われていく。若葉はここで働いている事を、チャラチャラと多くの

勲章を付け、それを誇りに思っている軍人よりも、誇りに思っている。"忘れられた遺跡"の発掘作業（清掃作業だよね？、、）が、サドンデスにならなければ、働こうと思った。

　改札を潜る。"ラッシュアワー"、ではあったが、幸駅は各駅停車である、普通電車でしか降りられない小さな駅である為、混雑はさほどしていない。ただそれだけに帰る時、"寝過ごした"や、"急行、あるいは特急に乗った"という場合、"死"と同等の何か物悲しい事を意味する。若葉はホームへ出て、"木陰駅"で止まる電車に乗り込んだ。

　"木陰駅"に着いた。駅の時計は8時20分を指している。今日の授業は9時からなので、まだ余裕がある。改札を潜り、大学へと歩いて行った。

　正門の前まで来ると、誰か人を待っている様な学生がいた。空峰である。

　若葉に気付くと、忘年会の序盤の様なテンションで近づいて来た。

「っおっはよ〜うっ！！！♪　早いねぇ〜♬。、それはっ！今日の清掃作業への"やる気の表れ"、と見たっ！」

　見当違いである。むしろ、"真逆"といえた。何せ、"未知の生物との遭遇"、という特典の"未知の生物"とは、わんちゃんや猫ちゃんの様にかわいく、年中会える動物では無く、戦闘能力に長け、生命力は計り知れず、主に年末にお会いする、"VIP層"である。

　仮にこの特典の、"リスク"を理解し、それでも、「挙兵したい！」、と言う者が居れば、未成年であっても成人式を前

倒しして行い、訳も無く花束を贈ろう。そう、言ってみれば2人はこの、"リスク"一色の特典を抱えた清掃作業を、誰かに手伝って貰おうとしているのだ。
　昼休みになった。2人は早めに昼食を済ませ、"イッサ"の所に向かった。"イッサ"はエビフライを、ダッラ〜ンと垂らしながら、箸で掴んでいる状態で迎えた。
「、お食事中、、すいません、」
　状況を判断し、若葉が言う。
「、あっああ、それはイイけど、、どうしたの？」
　エビフライ着陸。若葉が切り出す。
「、さっそく今日の授業後、あの部室を掃除したいと思うのですが、、。掃除道具は、借りられますか？」
「うんっ！　イイよっ！♪。ここには、色々な掃除道具があるから、十分足りると思うし、ほうきや塵取り、バケツ、雑巾とかで良かったら、薬事準備室の物を使ってもいいっ♬」
「ありがとうございますっ！♪」
「、、でもっ大変だね、、、あの部屋の掃除なんてっ、、、」
　空峰が答える。
「、大丈夫ですよっ！！♪。これから、協力してくれる子を募って、一緒にっ！、頑張りますからっ！！♬」
　"協力してくれる子"。人はそれを、"道連れ"と呼ぶ。
　2人は必要そうな物（タオルや、洗剤類）を借りて、教職員室を出た。
　"忘れられた遺跡"に行く前に、寄っておきたい所があった。"新聞部"である。"仮想部"の功労者、のはずの"新聞部"

に昨日に続いて今日も、"恩を津波で返す"かの様に向かうのだ。察してらっしゃる方も居ると思うが、自然な形での、"道連れ"の1列目である。

　コンッコンッ、、ノックをした。「、、は～い、？」と中で声がする。やがて足音が入口まで来て、ゆっくりと戸が開いた。

　戦火の戦友だった（あぁ～、同級生ね）。2人を見て、不思議そうに聞く。

「、、、あのぉ～、、なにか、？」

　眼鏡を掛け、少しオドオドした感じの子である。

「、あっ！、いきなりゴメンねっ♪。、昨日取材をして貰った、仮想部の若葉と、、、えっとぉ、、、」

　だろうな。いつかこの指摘が、必要になるとは思っていたが、言わんこっちゃない。ここで至るとは、、。

「、同じく仮想部の、空峰ですっ！♫」

　極めて間接的、仲介形式で名刺交換が行われた。この上で、若葉が続ける。

「、、じつは、、お願いが、あって、、、。今日、仮想部の部室を、掃除しようと、、思っていて、。それでっ、手伝ってくれる子を探してるん、だけど、、。ボク達、新聞部さんしか、協力して貰えそうなサークルが、思い付かなくて、、」

　哀れなサークルである。しかし、営業開始の許可さえ下りていない新米デパートは、道を失えば、全てのサークルを潰しかねない老舗に頼るしかないのだ。

「、、そう、なんだ、、。大変、だねっ、、、。え～とぉ～、、いま、ここには僕しか居ないケド、授業後にはっ先輩もい

らっしゃるから、みんなで協力するよっ♪。、場所は何処なのっ？」
　空峰が答えた。
「、、3階のぉ～、、、薬事準備室のぉ、、一帯、かなっ?!」
　浮かばない。何も見えて来ない。明示は、3階薬事準備室、までに留まり、行く末が番地名でなく、"一帯"という、まさかの、"市区町村括り"である。"できる限り隠蔽(いんぺい)"、という方向性だ。
「、じゃじゃあ、、薬事準備室の近くに、行けばイイかなぁ？」
　空峰が頷いて言った。
「、うっうんっ！♪。、ゴメンねっ、忙しいのに、、」
「、イイよっ♫！。部長さんも、色々と協力したくて、しょうがない感じだったからっ！♪」
　新聞部部長、上竹。確かに即戦力にはなる。みなぎる熱意を持っている。この大学で唯一の、夜襲に強い戦国大名である。
「、あっ、自己紹介がまだだったねっ？。僕の名前は、"斑戸"むらとせなっ♪。"情報管理学科"1年でぇ、、サークルは、ご覧の通りってっ！感じかなっ♫？」
　はにかむ様に笑った。
「、僕は若葉こう♪。法学部1年、一応、、仮想部の、部長です、」
「同じくっ！、法学部1年の、空峰順で～すっ！♪。副部長っ！、、だと、思います、、、」
　各地点、パッとしない自己紹介が行われた。

新聞部を味方に付けた。発掘作業員は、6人。若葉と空峰が入っている。充分だ、とも思える。しかし"忘れられた遺跡"は、"忘れられていた長い年月"と、"生意気な程、広範な敷地"、という、残念な化学反応式が成り立っており、地元の不動産屋さんでも、あえて"知らぬ、存ぜぬ"で貫き通す、そうゆう所なのだ。まぁ売りに出した所で、何も変わらないと思うが、、、。あまり援軍を要請した所で、どうなるものでもない。
　それでもあと、作業員2・3人の雇用が必要だった。"道連れ"の2列目である。
　昼休みが終わった。教職員室で"イッサ"から借りた物は、約束通り、"薬事準備室の一帯"に、「授業後、使いますので、使わないで下さい。もし使ったら、、」という所までしか書かれていないノートの切れ端と共に、置かれていた。途中でシャープペンの芯が無くなった事に起因しているが、どう考えても、"祟(たた)り事前告知"であり、「我の眠りを妨(さまた)げる者は、、」と同派である。またそれが、"忘れられた遺跡"の近くにある、という事から、人的というより、"仏に近い者"からの祟(たた)りだと考えられ、余計な説得力を持っていた。
　今日も授業は3時位に終わった。カリキュラムの設計上、最初の1週間は、国境の無い時間割となっている。この期間は、アルバイト開始、サークル開始準備等に、主に充(あ)てている学生が多い。今が準備時、という事である。
「、じゃあっ！　こうちゃんっ！。参りましょうかっ!?♪」
"こうちゃん"。浸透したのは本日付である。
「うんっ♬！、頑張ろうねっ！♬」

気合いを入れて教室を出た。

足取りは、、重かった。気持ちは落ちる所まで落ち、心の中も、気象予報士の方が天気図の前で静かに佇む程、荒れている。結局の所、"2列目"の子は居ない状態だ。

やがて3階に着いた。昨日の様な学生達の会話は無い。閑散としている。それぞれのサークルが、本格的に動き出したのだろう。2人はよりゆっくりと歩いた。

"森のくまさんにも逢えそうもない"通りに出た。

「、！ おおっ!!、仮想部のお2人ではありませんかっ!?。いやぁ〜っ！ 今回は御依頼っ！。ありがとうございますっ！！！。、覚えて、いらっしゃいますでしょうか？、上竹ですっ！♪」

覚えている、というより、"刻まれている"という感じだ。とりあえず、"戦国大名上竹"を始めとして、副部長と会計の子、書記の斑戸と挨拶をする。

斑戸が少し得意げに話した。

「、人数が、足りないかなっ？ と思って、他のサークルの人にも、お願いしてあるんだっ♪。後で、その人達も、加わってくれるからねっ!?♫」

ナイス！ 斑戸。これで速く進められるだろう。だが、そう言い切れないのだ。サークルは数多ある。保証書付きの物も、おつとめ品も。棚売りの物も、叩き売りの物も、、、。依頼したそのサークルは、合格したサークルなのか？。斑戸を信じるしかなかった。

現段階ですでに謎であり、"待ち遠しい"というより、"気掛かりで仕方が無い"援軍を待ちながら、作業の準備をして

いく。教職員室で借りられた物、以外の物（ほうきや、雑布(ぞうきん)など）は、薬事準備室の物を使わせて貰う事にした。若葉は空峰と斑戸、という"戦友"と共に向かった。
　コンコン、ノックをする。返事はない。
　やがて静かに戸が開いた。
「、、何か、用かな、？、。、研究で忙しいのだが、、、」
　頬が痩せこけた男性だった。"研究に追われている"、と言う通り、体も痩せている。"イッサ"の対岸である。眼鏡を掛けているものの、決して"視界良好!!"、とは言えず、各航空会社が揃って、"欠航・欠便"とする日の空模様だった。
「っ突然すみませんっ！。、"仮想部"というサークルの、若葉と空峰。新聞部の斑戸(むらと)と申しますっ！。、今度、"仮想部"の起(た)ち上げで、隣の部屋を、部室として使わせて頂く事になりまして、、。、それで、今日はその準備の為に、掃除道具をお借りしたい、と思いまして、」
　薬品などの研究材料や埃などの敵の、何故か苦しくも、"視界だけ"というピンポイントの攻撃により、視界を遮(さえぎ)られた男性は一通り見回した後、
「、そうか、、。ここには、そんなに種類は無いが、、好きな物を持って行くと良い、、」
　と言った。"見回す"、という意義や理由は、解らない。
　薬事準備室に入った。初めて入る。"初めてで良かった"と、思った。"忘れられた遺跡"で、目は慣らしたはずだった。衝撃の映像である。
　床一面に青や緑色の液体が屯(たむろ)し、天井を見れば、蜘蛛(くも)の巣が各所にあり、それらを繋ぎ結ぶ為に糸が張り巡らされてい

る。その、"都心地下鉄路線図"から目線を戻せば、机上、床に関わらず、"視界を閉ざされた指揮官"の犠牲になった試験管やフラスコが、全、又は半損壊の形で在った。机上の書類も積み上げられていたり、はみ出していて一部落ちていたり、ぐちゃぐちゃであった。
「、掃除道具は、この中にある、。、、後は、頼む、、」
　指揮官は自分の机に戻り、カタッカタッとパソコンを打ち始めた。
　掃除道具は真新しかった。"掃除道具の激戦区"といえるこの部屋ならば、所々に傷を負い、代を継いだりしつつも使用されている、"管理職"が居てもおかしくはない。が、まさかの、"新卒"採用である。基本に立ち返るが、掃除道具というのは掃除をする為、にある。もしそれ以外であって、それが、"いざという時の備え"、と言うのなら、明らかに残念な備蓄である。「ほうきとね雑巾でねっ、野球ごっこするの〜♪」と言う小学生の意見にも謝らなければならない。掃除道具が泣いている、そう感じた。
　薬事準備室を出て"1列目"の居る、"忘れられた遺跡"に戻る。廊下に出た瞬間安堵したのは、言うまでもない。
　遺跡では大名上竹を中心として、掃除がし易くなる様に机や椅子を整理しながら動かしていた。
「、掃除道具の調達っ！、お疲れさまですっ！。これでっ、掃除ができますっ!!」
　上竹の意志の表れは、言葉だけではない様だ。"合格"の鉢巻き。何に？、という事は聞かない方が良いだろう。
　若葉達も作業に加わった。まずは、"叩き"の作業で天井

やロッカーの上、本棚の上などの埃を落とし、"掃き"の作業で隅から中心に向かって行き、集めて、最後に窓なども含めて、"拭き"の作業を、水や洗剤などを用いて行っていく、という事に決めた。

叩きと掃きの部署に分かれた。そして、それぞれ口と頭にバンダナを巻き、準備をし、行動を開始した。将軍上竹は、"一騎当億"の勢いで天井から窓枠上部の埃を叩く。敗走する埃はこぞって、下で掃き作業を行っている斑戸に降り注いだ。

「、、あっあの、上竹さん、、、」
「、っガッ!?。どうしましたっ!?、若葉さんっ!」
　いかに力んでいるかが分かる疑問符だった。振り上げた叩きは、第2の悲劇を厳かに斑戸に贈った。
「、、もう、チョット、、慎重に、丁寧に、お願いします、、、」
「、これはっ申し訳ないっ!。そうしますっ!!」
　将軍が反省する。作業自体は順調だった。しかし、その時は近づいていた。

「、御免っ!!!」
　急に戸が開く。"御免"、平成、、ではない。後継ぎ、というより、"お世継ぎ"の時代である。です・ますというより、"奉る・候う"になる。
「、我々は本日っ!、手伝いとして参ったっ、"柔道部愛好会"の者でありますっ!」
　舞う、飛ぶ。足が揺らぐ。"応援"ではなく"追撃"というべきだ。二の舞いとなるのか?。
「来て下さったんですねっ!?　皆さんっ!♪。、若葉君っ♫

空峰君っ♫、援軍ですよっ!?♪」
　2人は顔を見合わせ、しばしの瞬き後､､､叫んだ、
「！　っエングゥウシン～～～～～ッ！！?」

　"炎上"どころか"消火"されたに等しい。気持ち・やる気というのは脆い。と同時に、斑戸の"人脈"を疑った。"柔道部愛好会"を、"援軍"だと笑顔で語るのだ。
　援軍に仕事を与えた。埃や、"VIP層"が滞在されている恐れのある、ゴミ袋の運搬である。
「、承知した､､尽力致そう」
　忠実な軍曹は、「フガッ！」とスタッカートを効かせた声と共に、軽々とゴミ袋を持ち上げた。その格好はさながら、"サンタクロース"である。若葉と空峰は、
「メリィ～クリスマァ～スッ!!♪」
　集積場に向かう軍曹の背に言った。春の、"来日"である。"冷やし中華、始めました"と、冬に貼りだす店の様であった。
　"来日間もないサンタさん"を見送った後、また作業に戻る。さっきまでの、"生きるか死ぬか"の空気は、しばしのゆとりを感じさせる、"穏やかな空気"に変わっていた。
　しばらくして、
「っ！　ウッウワァッ！、ナニッ!?　これっ､､､」
　掃き作業をしていた空峰が声を上げる。"VIP層"だっ！。いらっしゃらないだろうと、予定していた訳ではない。だが、いらっしゃっても歓迎はしない、とは定めていた。つまり、"天に召す"謁見である。サンタさんとは異なる、"在日"に

あたる。"駐日"とも言って良い。定め通り別れを告げた。
　叩き作業と掃き作業が終わった。その間、"息1つ乱さず、ソリを自主運転するサンタさん"は何度も、"遺跡"と集積場を行き来した。"来日回数"とゴミ袋の多さは、認知度の低さと、"指差し確認"の、"副作用"である。
　残るは、"拭き"の作業だ。少し高い所にある窓は、"北欧国籍のサンタさん"の肩に座る形で拭いていった。窓拭き用の洗剤を水に濡らした雑巾に含ませ、伸ばし、広げる様に拭いて、乾いた布巾(ふきん)で拭き取る。浮き出てくるのは、"プレパラート上でお会いするVIP層(にょじつ)"である。清掃不足を如実に表していた。
　全ての作業が終わった頃には、7時近くになっていた。開始前の、"片付けられない人の独身寮"から、"賃貸許可を受けられる学生寮"になっている。
「、皆さんっ！、お疲れ様でしたっ！。本当に、ご協力っ！、ありがとうございましたっ！！」
　若葉がお礼を言った。同時に空峰も頭を下げる。
「、！　いやっいやぁっ！！　良かったですよっ！。お2人の、お役に立ててっ！♪」
　握手を求めてきた。握手をし、笑顔を返す。もちろん、"人工"の、である。副部長の子や、会計の子とも握手をしながら、お礼を言った。
「拙者(せっしゃ)達には礼はいらんっ！。我らは指示通りに動き、斑戸(むらと)殿の要請に応えただけだっ！」
　流れを察知した、"愛好会部長"が話す。内容から、間違いなく斑戸が、"持ち株会社"だと理解できた。

「、若葉君っ♪、空峰君っ♬」
 "ボス"いや斑戸が声を掛ける。手は真っ黒、眼鏡は配慮が感じられるものの、やはり、"遮られかけている"。若葉が聞き返す。
「うんっ？、なあに？」
「、、えっとぉ〜、ゴメンねっ。、その、、柔道部愛好会の、皆さんはっ、見た目はちょっと、恐いケド、、。本当はっスゴク良い人でねっ！♪、、お役に、立てたかなぁ？、」
 うん、うん、と頷く若葉と空峰。とてもではないが、"役に立つ所か、命の危機を覚えた"、とは言えなかった。
「、そっかぁ〜っ♬、良かったぁ〜っ♬」
 斑戸が嬉しそうに笑った。
「何かまたっ、相談事があったら言ってねっ♪？。協力するからっ！♬」
 そう言って、"先祖未踏"の人脈を持つ総長が去って行った。"カレンダーを破り過ぎたサンタさん"も、"本国"失礼、"部室"に戻って行く。若葉と空峰は掃除道具を洗ってきれいにし、部屋を出た入り口付近にまとめておいた。
 ２人は一緒に校門まで歩いて行った。校舎内は所々で灯りが点いている教室があるものの、廊下との温度差がひどかった。
「、、ねぇこうちゃん、？」「、うんっ？」
「、せな君が、"何か相談事があったら、"って、言ってくれてたケド、、。今で言うと、、特には、無いのかなぁ？、、」
 "無い"訳ではなかった。空峰も分かっている。だがそれは、"相談する事"よりも、その人自身に、"動いて貰う"に近い。

"部員が少ない"、人に関する"イッサ"からの、軍告である。しかし、清掃作業でさえ新聞部しか頼めるサークルが無い、"仮想部"にとっては、"死活問題"といえる。ではどうすれば良いのか？。

　方法としては2つ考えられる。1つは、"仮想部"の不利な点、つまり、"人脈"を多く持つ人を招き入れる、"目指せ！、大国人口政策"。2つ目は、他のサークルに在籍している有能な子に、誘って入って貰う、"畑荒らし"政策である。ろくなネーミングではない。深くお詫びしよう。が、それ位しか取り得る手段が無い。

"ヘッドハンティング"か、"スカウト"（やっと、表現の正解を導けたか､､､）。どのサークルの、誰に対して、という所までは浮かんでいなかった。

「､､そうだね、今の所はね､｡、だけど、そのうちきっと。また頼らないといけない時が、来ると思う､､」

　空峰が頷いた。"人脈"といっても1つだけではない。"聖なるもの"から、"悟りを開いたもの"まである。とにかく今は、"精査"の時だった。

　外に出る。少しヒンヤリとした風が吹いている。僅かに明るさは残しているが、夜であった。どうやら陽は、"若葉と空峰が出て来るまで照っていよう"、という残業を拒否したらしい。校門の所で空峰と別れた。

　小さく、"幸駅、幸駅です"と聞こえた。ガバッ！　と飛び起き、ホームに降り立つ。疲れていた。おもわず、
「､､っ危なかったぁ〜､､､」
と、呟く。何とか2度目の運賃請求と、次の駅までの、

"甚大な喪失感"を免れた。改札を潜る。"小鉢"の姿はない。サドンデスであった。が、ここで疲れを理由に休む事にすれば、"小鉢"という国民の"導火点"に、火を灯す事になる。

遺憾ながらこの国民には、"線"が無い。"導火"は功を奏さず、"着火後間も無く"に相当する。更に"批判力"は、"ジャーナリスト×野党"である。若葉は、店長さんの為に働く事にした。

"コットン"は9時迄店を開けている。今の時間帯でいえば、ラッシュアワーが終わる瀬戸際なので、客足も落ち着き、1時間弱で店が閉まる、という感じだ。

カランカラン、、ドアを開けた。棚にパンの補給をしていた"小鉢"が、振り返って、

「、いらっしゃっ、、」

で止めた。"敬意を払うのに挫折した"店員さんは、パンが載せられたボードを持ったまま、近づいて来た。

「、！ センパイッ♪!!、来てくれたんですねっ!?♫」

どうやら、お日柄は良いらしい。ゴツッ。若葉は"小鉢"の頭の上に、軽く"裁き"を加えた。

「イダッ！。、なんでチョップするんですかぁっ！」

"跳び蹴り"も可能だった。しかし、"店長さんのパン"が良心を呼び覚ました。

「、！ 当たり前だっ！、せめてボードぐらい置いてこいっ！。、っもう少しで、"傷付ける"所だった、、」

無論、"小鉢"は、"安全保障外"である。

「！、なっ！ どうゆうコトですかっそれはっ!?。私はドウなるんですかっ！♫」

「、フンッ！、気に掛けるべくもなし。っそうゆうコトだっ！」
　"気に掛けるべき人でもない"。古典式文法上、最大の"否定"といえる。
「､､あっああっ！　そうですかっ！。わかりましたっ！、もうイイですっ!!」
　ササッと元の棚の前に戻った。店に入ってきた当初からすれば、"晴天のち、2年に亘り雷雲"、といった所だ。若葉は店の奥に入って行き、店長さんに挨拶をした。荷物と上着を休憩室のロッカーに入れ、店指定のエプロンを付け、カウンターに戻る。
　鶏冠（とさか）、もとい、腹を立てつつパンの補給をしている後輩に代わり、接客をした。"小鉢"は慣ってはいたが、来店したお客さんには必ず笑顔で挨拶をする。"お客様は神様です"を基軸とした、"接客のしもべ"なのだ。
　パンは誰1人として、留まる事なく巣立って行った。このお店の凄い所は、来客数が少なくても、パンが失くなる、という所である。やはり、パンの味と店長さんの人柄、そして、低配分ではあるが、"小鉢"の人気の上方修正であろう。
　閉店の準備をする。店長さんも厨房から出てきた。
「2人ともっ、お疲れさまっ！♪。、今日もパンが無事、全部売れて良かったっ♫。、本当に、ありがとう！♫」
　深々と礼をする。慌てる様にして2人も礼をする。しかし、まだ閉店、とは言えなかった。静かにドアが開いた。鈴さえ反応できていない。
「、ヨォッ！、今日も来てみたゼッ！。、皆お揃い

でっ！、、ってもう、閉店か、」
　時価数百億の金塊を狙う、玄人の泥棒の如く入って来た男性。初診ではなく、"常診"の久見さんである。年齢層でいうなら、"老年"。体型は、メタ、、いえ、下腹部の"主張"が著しく、甚だ認められている。"幸 駅の駅長"という肩書きを、1日に3回忘れて来店する人である。その時間帯も、朝、昼、晩と高度に分けられており、"1日3食を推進する、農林水産省の回し者"とも言われている。"風邪薬の処方"でも可能だ。しかし実質駅長は、"国土交通省"に属しており、駅の同僚や部下による、"補導歴"をも持っている。回数にすれば、"30回"を超えている、といわれる。そんな"前科"を、この街の鉄道協会はどう思っているのだろうか？。というより、届いているのだろうか？。
「、っ今日はいつもより遅かったですねっ？、久見さん」
　棚の拭き掃除をしながら"小鉢"が言った。久見が深く頷く。
「、！　っそうなんだよぉ〜小鉢ちゃんっ！♪、色々と、手間取ってしまってねぇ〜、、」
　駅長に対する包囲網が拡張された様だ。悲しいが、駅長がこの状態ならばとても、"幸い"、とは言い難い。
「、、大変ですねぇ〜、、、、。毎日お仕事、お疲れ様です、」
　"花を手向ける先を間違えてますよ、店長さん"。若葉は固く、そう思った。
「、！　おっ！、若葉っ！、久しぶりだなぁ〜っ!?♪。、、お前に、聞いてみたい事があるんだったっ！♬、、、あのな、」
「、なっなんですっ!?、、」

「お前、、大学に、進学したんだよなぁ～っ？」
　顔をズズズッと近づける。
「、えっ!?、えぇ、、そっそうです、ケド、、」
　駅長の表情が、険しさの末期からニャッ、と笑顔に変わった。小声で言った。
「、、彼女、できたか？、」
「はいっ？」
「彼女はできたのかっ？」
　視線を逸らそうとしたが、"ディフェンダー"の血が騒いだのか、ことごとく視界に滞在した。長期戦を恐れ、仕方無く答える。
「、いっ、居ませんよっ！、かっ彼女っ、なんてっ！、」
「だろうなっ!!」
　ギブミー・ア・"鈍器"。何となく返答の予測はできていた。それでも"その返答"には、あらゆる、"香辛料"が使われている。しかもそのどれもが、"密輸"された、"致死量分"、である。久見さんはそうゆう人なのだ。
「、わっ！　悪かったですねっ!?、久見さんっ！」
　駅長は顔を一定の距離に改訂し、目を瞑りながら、首を横に振った。
「、い～やっ、何も悪いコトはナイッ！。、お前には、お前の良さがあるっ。、ただっ、今の所その"良さ"に、"乙女"が気付かない、だけだ、。俺は、お前を、否定してはいない、」
　鉄道協会に"上告"しない理由が、ここにある。最終で残った理由が。男の子を、"野郎"、女の子を、"乙女"とい

う。それにしても、、、自分の、"良さ"とは？。
　考えてみれば確かに、"小鉢"には、チョップ、蹴り、ラリアット、巴投げ(ともえ)、という、"裁き"を下してきた。しかし、いくら一時期の、"政府間の冷戦"があったにしろ、"不信任案の可決"という決定打はまだ無い。むしろ、"雨降って、十兆円の予算を組み固めた上で、城まで築いた"という結果なのだ。思い浮かばなかった。
「、まっ！、頑張れやっ！♪。また、来るからなっ！？♫」
　ポンッポンッと若葉の肩を叩き、協会内における"指名手配犯"は、去って行った。
　片付けを終えて、店長さんと"小鉢"に挨拶をした。店を出る、、と、"小鉢"が後ろからついて来る。
「、せんぱいっ!!、チョット待って下さいっ！。、私も、帰りますっ、」
　急いで来たせい、だろう。本来、すんなり首に掛けられるはずの鞄が、"大蛇使いが、失敗した時"の状態だった。
「、っそんな焦らなくてもイイだろっ?!」
　大蛇を鎮静させる。使いは少し照れながら、
「、あっ！　すっすみま、せんっ、、」
　と、フェードアウトぎみで言った。
　きれいな三日月だった。狼に育てられていれば、"もうちょい、広げられない？"と交渉する所である。若葉は、"小鉢"に聞いてみようと思った。"良さ"、というものを、、
　一緒に帰るのは、初めてではなかった。帰りながら話す内容といえば、高校生活の事、部活の事、その日の仕事のざんげ、喧嘩(けんか)の停戦条約の再決議、などなど、、、そのほとんどが

"小鉢"の、"シェア"である。だが今日、そんな方にお尋ねするのは、いつもと大いに異なる。大体、どんなに親しい人であっても、"自分の良さって何？"と、気軽には聞けないものだ。しかし、もしそう聞いたなら、"小鉢"はどう答えるだろう？。

「、、っあーっ！　え～っとっ、さぁ、、」

戸惑っている。出てくる言葉にしても、"外国人のスピーチの冒頭"の発音と、似たり寄ったりである。"小鉢"がその、"異変"に対して聞いた。

「、？　どうしたんですっ？、せんぱいっ？、」

「いやっ！　あのぉー、変わった、コトを聞くが、、。気にしなくて、、イイからなっ、」

「はいっ！♪」

若葉の方を向き、元気良く頷く。返事があまりに健気（けなげ）で、余計に口を閉ざしたくなる。フゥ～～ッと、深く溜め息をついた。そして、

「、、っそのっ、俺のっ、、。おっオレぇ～のイイ所って、、何だ、、？、」

各所に、"ドップラー現象"が見られた。"小鉢"は初めキョトン、としていたが、のち、笑いを堪え切れず、大声で笑い出した。

「♪　ッアハハハ、、、ッ！、何かと思えばっ、そうゆうコトですかっ♫!?」

プリーズ・"鈍器"。しばらく"小鉢"の、"1等・前後賞獲得の笑い"は止まらなかった。芸人さんが"引く"位笑い、"小鉢"は落ち着いて嬉しそうに言う。

「♪　っソーユー所ですっ！♫」
　分からない。家族旅行で、"ねぇねぇ、今から何処へ行くの？"、"納税額が一番多い郡だ"、と言われた心情である。当然、"っで？"が続くだろう。
「、はあっ?!。それじゃっ、分からないだろ？」
「イイんですっ♪　イイんですっ♫！」
　反論も粉砕された。結局、何も見えてくる物が無いまま、はぐらかされ続けて終わった。
　それから1週間後に、並々ならない熱意を感じる"仮想部起工"の記事が、校内の掲示板、正面入口のドアのガラス、壁など、その他目線の、"領界"侵入が許されている全ての所に、貼り出されていた。その、"初めの初々しさを、歩の進みと共に怒りに覆す"記事は、デパートの、"安売り！！！。倒産まで"というポスターよりも、強い印象を与えていた。
　時息大学では、サークルに関する記事について、"起工発表、活動報告・PR、どちらについても、一律に掲示板に公示する"原則がある。よって、"違法"である。かと言って、これを批判するサークルも、会合も無い。生徒会も、"報道の自由だ"と、叫んでいる。部長が部長だけに、という各サークルの心中だ。したがって、"黙認"である。まさに、"日本初の待遇面での衆議院越え"である。決して、"ねじれる事"も無い。若葉と空峰も、校門でそれを発見した。
「、！　あっ！、貼ってあるっ♪、貼ってあるねぇ?!。こうちゃんっ♫」
　"合格発表日の登校"の様に空峰が言う。"そうだね"と答

え、記事に目をシフトさせた瞬間、"見出し"で急ブレーキが掛かった。

"サークルのお手伝いから、統合、仲裁まで、とにかく何でもやります！。働きます！。管理させて下さい!!　詳しくは仮想部まで"

途中までは2人の意志が反映していると言える。が、挨拶締めが、"経営権の奪取を目的とした、上から目線の懇願"となっていた。いわゆる、"諸々(もろもろ)"の部分である。記事の下には、きれいに撮れている写真が貼られていた。見出しの、"罪滅ぼし"の様に、、。

しばし若葉は、記事に目を通した。

"〇月×日午後の刻。我々は颯爽(さっそう)と、"法学部A教室"に向かった。何の予告も無く、突如(とつじょ)として扉を開けた我々を、温かく出迎えて下さったのは、部代表候補の、若葉さんと空峰さんである。御2人は我々に熱い思いを語って下さった。・・・最後に下の形で写真を撮らせて頂き、取材を終えた。若葉氏、空峰氏に厚く感謝致します。　新聞部　部長上竹・・"

行儀良く"直して"行こう！。"温かく"とあるが御存知の様に、"奇襲"であり、"極まりなき動揺"状態にあった。感情の定めようも無い。間さえ与えられていない。取材時、"誰が部長か"というのを伝えていなかったのは正しい。が、2人で成り立っているサークルでの、"候補"、というのはどうだろうか？。たとえそこで落選したとしても、"副"への"チェンジ"ができる。そして、各部に見られる、"腰の低さ"にも程がある。"体前屈"の記録にも、期待ができそう

だ。極めつけは終盤の、"氏"への格上げ、である。記事を通して言える事だが、そこには、将軍上竹の中での、"この方々なら、国をも動かせる"と捉えかねない、"敬い"があった。"候補"も、その一助であろう。"敬い"を誤って含めれば、"大統領の"という末恐ろしい前置詞が投下される。しかしこれで実質、"学生全体に対する公告"はなされた。"同調者のいない忠誠心"と共に。
「、そろそろ、教室に行こっか♪。こうちゃんっ♫」
「うんっ♫！、あっ。、後で、上竹さんにも新聞部の方にもっ、お礼を言わなきゃねっ♫!?」
「、じゃぁ〜、授業後っ！ てコトでっ！♫。せな君にも会えるしねっ♪？」
　いつしか2人の間では、上竹が新聞部から、"切り離されて"いた。何の疑問も無い。"分離"というより、"隔離"に近い。
　5時。授業が終わる。"独立した"、、。"孤立した"将軍上竹の率いる？、新聞部の部室に行った。
　電気は点いている。おはすみたいだ。どうやら相当盛り上がっているらしく、廊下にまで声が響いて来る。コンッコンッ。ノックをしてみた。
　戸が開く。中での"テンション"が漏れてきた。
「！　っハイッハ〜〜イッ!!。どなたでございましょうかぁ〜〜っ？」
　パーティグッズであろう帽子を被り、付け眉毛に付けヒゲをし、レンズが単身赴任で不在の眼鏡を掛けた男性が出てきた、、、、、上竹だ！。あまり驚きは無い。ただ、一時代前であ

れば、"斬りかかっていた"だろう。
　若葉は通常と同じく対応した。
「こんばんわ。仮想部の、若葉と空峰です。。あの、、今朝、記事を見ましたっ！。"見出し"の所が、とてもインパクトがあってっ、良かったですっ！♪。ありがとうございましたっ！♬」
「、色々な所に貼ってあって、びっくりしましたが、多くの人に"仮想部"のコトを、知って貰えると思いますっ♬！。ありがとうございますっ!!」
　若葉に続き、空峰もお礼を言う。見出しや記事を褒められたのが嬉しかったのか、単純に、"うまく機動していない"のか。将軍は笑顔で、胸を張って答えた。
「♪！　っそうでしょうっ！♬　そうでしょう!?♬。必ずやっ！　御2人には、共感して頂けると思っていましたっ！、喜んで頂いて何よりですっ!!♪。、こちらこそっ！、部を代表してお礼を申しますっ！。ありがとうございましたっ！！！」
　ヒゲを上下にスライドさせている、"代表"であった。この、"公式会議にはっぴで出席しそう"な、陽気な"代表"に抱くものといえば、共感ではない。部員に対する、"同情の感"である。部員からすれば、"嫌悪感"かもしれない。
　宴盛りの部室内から、斑戸が顔を見せた。
　若葉と空峰だと分かると、
「、！　あっ！、2人共ちょうど良かったっ♪。いま先輩方が、歓迎会と宴会を開いて下さってるんだっ！♬。、良かったら、一緒に楽しもっ♬？」

歓迎会と宴会。割合と比重は様子から把握できる。多量の抵抗があるが、2人も参加させて貰った。中に入ると、机の上には様々な種類のお菓子が置かれ、飲み物もノンアルコールを遵守しており、"酒屋の蔵"に通ずる充実度であった。終始、盛り上がっていた、、、。

　5月中旬。文化祭の前々日であるこの日に、生徒会から"大使"が派遣された。"旧遺跡"に訪れた"大使"は、正直なコメントを放った。
「、、、こっこれが、ここがあの、、忘れられた遺跡、、、なのか?!、。、跡形もないが、、この場を部室として使用される、という事ですが、しかし、、よくここまで、きれいにされましたなっ！、素晴らしいっ！」
　"現・部室"として"蘇生"した内部を見て、労う大使。若葉と空峰も、照れ恥ずかしくなる。以前の状態が焼き付いているが故の、"祝言(しゅうげん)"なのだ。
「、、あのっ、審査について、なのですが、」
　空峰が口を開いた。ハッ！　とした感じで、"大使"が話しだす。
「、これはっ失礼しましたっ、。審査の件ですが、、審査に関する事は、問題無く通過し、受理されるでしょう、、、。しかし、、大変、申し上げにくいのですが、、、」
「、何か、問題があるのですか、？。それは、、やはり、、、人数に、関係が？」
　若葉が聞き返した。そうだとしてもおかしくはない。"イッサ"よりの"言魂(ことだま)"である。"大使"は少し俯(うつむ)き、小さ

く頷いて言った。
「、、それも、あります、、。しかし、それだけだ、とも言い切れません、、。通ったにせよ、それが"認可"されるという訳ではない、、。生徒会による審査と、"学長による認可"はイコールではない、という事を憶えておいて下さい、、」
　つまりそれは、"学長が拒否権を発動"させてしまうと、常任理事国並の効力を持ち、生徒会であったとしても、"イエスマン"に過ぎないという意味である。開戦の日は、すぐ近くまで来ていた。
　"大使"は去り際に、"身元"を明かした。"第2書記官"松木悟（さとし）。彼もまた戦友であるが、とりわけ"覇者"、といった所だろう。工学科を専攻し、"果ては博士か、大臣か"の一方の、"伝承者"である。
　時息大学には多くのサークルがある。それらのサークルを管理、監視しているのが、"生徒会"という中央組織だ。
　"生徒会"というのは、大学附属ではなく"学長直従"の組織で、11人で構成されている。会長、副会長の取締役クラスが、各1名ずつ。正、副会長代理の補佐官クラスが、1名。その下に、第1から第3までの書記官と、第1と第2の財務官、第3から第5までの会計官で成り立つ。この内、第1・2書記官と、第1・2財務官は審査の為などの、サークル査察の職にあり、"取締役"の代わりを務めるので、"大使"といわれ、重役クラスにあたる。
　全サークル数からすれば、"気痩せする程"の会員数だが、"一陣の風も吹かず"運営されている。
　ちなみに、会長どころか副会長、代理は、公（おおやけ）には姿を現

さない。集会にも、もちろん出ない。そういった"取締役"や、"補佐官"の代わりに壇上で話す人となると、専ら、"第1書記官"を指す。また選抜方法も、学長の独断、入学試験・学力試験の成績、教職員の投票、などなど。どちらにしろ、大幹部3人の素顔と同じくして、トップシュガーレスである。(ぬっ?)

　2日後、、。若葉と空峰、そして、"宙に浮いている仮想部"の、初めての文化祭当日が来た。2人は朝早く登校すると、今は亡き遺跡に集まった。

　ガラッガラッ、戸を開ける。そこには以前まで、"公害発信基地"であった、という城跡はどこにも無く、ただ清潔で、涼しい風が通り過ぎる、"緑地公園付近の住宅"になっていた。机も椅子も、中央辺りに長机を2つ縦に合わせ、向かいあう様に机の左右に2つずつ椅子を置く、という飛び入り会議にも対処ができる陣営だ。そして、窓側に設置された"メッセージボード"。

　書かれる内容としては主に、若葉と空峰がセールスで得て帰省した、"依頼"の名前と依頼主、それとは別に、"依頼主によるもの"がある。

　勝手に入って、、、という事ではなく、むしろ、"風の便り"で位置を解明できた者が来て、2人の代わりに書かせて貰う。方位磁石を擁したとしても、数秒後には、"グレる"。方向確認ソフトを用いても、起動音と共に、体験版でもないのに"続きは本編で!"、と表示される。"警察犬"も迷子になる、そうゆう場所なのだ。

　"依頼主によるもの"は、他にもある。手紙で届けられてい

る場合だ。今日も1通、机の上に置かれていた。空峰が拾い上げ、封筒の裏を確認する。送り主は、"柔道部愛好会"。中身は4つ折りにされた大学ノート1枚に、達筆な文字で、「頼む」と書いてあるだけだった。緊急性はある。が、具体性が無い。問いが、"火災ですか？、救急ですか？"ならば怒られるであろう。

　文化祭は3日間の日程で行われた。しかし、"依頼"は初日の2件から増えることもなく、2日目、最終日に至っては、"軽く旅に出られる"日になっていた。それでも2人は、"柔道部愛好会"の、親戚が集まっていない中での"餅つき"の準備を手伝い、"屋台調理部"の焼きソバを売り捌いた。

　冬になった。大学生活にも、私生活にも慣れてきた。だが、依然として変わらないのもある。"仮想部"だ。部員数も去ることながら、"審査後の連絡"も無い。受理はされたらしかった。問題なのは、"その次"である。

　そんなある日。再度、"旧遺跡"に派遣された"大使"は言った。
「、突然っ、申し訳ございませんっ、、"学長室に2人を連れて来るように"と、学長がおっしゃっておりますっ！、。、、同行、願えますか、？、、」

　学長が呼んでいる。さながら、"同行"が、"連行"に聞こえる。生贄として召されると、表現すれば良いだろうか。2人は、"村の掟"に従った。

　敵の顔は、ハッキリと覚えている。とても接客向きとは言えず、株式上場企業なんて設立しようものなら、3日で"上

場廃止"、5日で"倒産"、6日目"株主訴訟"の流れになるだろう。この、"1週間で間に合う、期末テスト対策"の実践人と、今から会うのだ。

　学長室の前で"大使"が、2人を止めた。"いよいよ、、、か、、"2人は天を仰（あお）いだ。なぜだか、走馬灯のように情景が、次々と浮かんでくる。学長室は1階、教職員室の横にあり、食堂に最も近い。"余裕で出前の範囲"である。3階から1階までの道のりが、こんなに"尊（とうと）く"思えた日はなかったかもしれない。

「、私が、先に入ります、私が呼びましたら、お入り下さい、、それでは、」

　一礼をして、"大使"が中へ入って行った。少しして、中から、「、お2人、どうぞ」と声がした。

　2人は深呼吸をした後、若葉がノックをして、ウサギさんの相手をしたカメさんを凌（しの）ぐ、"リゾート気分"で、ドアを開けた。

　フュゥ〜と開け放たれている窓から、風が向かって来る。できるなら、その風に乗って、"妖精の国"にでも行きたい位だ。不時着でも問わない。窓の手前に机が置かれていた。椅子から余程どつかれたいのか、と思う速さで立ち上がる。

　これが学長との、"初の直接対面"だった。"武力行使の前座"の段階で争う事になる、"開戦の日"であった。

　部屋の中には、他にも人がいた。"新聞部"である。なぜか？。"仮想部"の仕込み時期からのサポーターだから、とも言えるが、それが主な事由とはならない。

　"組長"否、"学長"の、"命令"による呼び出しである。取

材をするのにも、駆けつけるのにも、余白のあり過ぎる事由なのだ。実際、時息大学において、学生単体、教職員以外が、"ココ"に招かれた事はなかった。言わずもがな、認可を阻害する"最終の壁"である。
「､､よく、来てくれたね､､"仮想部"の諸君､｡、君達を呼んだのは、他でもない､､。その"仮想部"の成立を､､､認めるか、認めないか｡｡つまり、"認可"についての話だ､､｡すでに、松木君から、聞いていると思うが､､」

　くるりと背を向け、窓の外を眺めながら、
「､､私は、君達のサークルを､､｡認めるつもりは､､､､ない！」

　誰も、言葉が出なかった､､｡"やはり"というのが、若葉、空峰を始めとした、その場にいる人の気持ちだった。
"どうして？"という、疑問文が送信される前に、"組長"は続けた。
「､理由は簡単だ。我が校には、様々なサークルが活動している｡｡私としても、過去に多くのサークルを認めてきた､､。だが、それらの設立には、それなりの"資金"が要る。"部費の配当"を、行わなければならないのだ､｡｡校外での結成であれば、何の異議も無いしかし､､、校内であれば、断固反対だ。第一､､、何の役に立つ？、どの位の利潤を生む？｡｡っそういった事がなければ、金を､､"ドブ"に捨てるだけだ。私は、無駄金を使うつもりは無いっ！！」

　言い切った後、見下す様に"ニヤリ"と笑った。ブランド品だろうと思われる、ネクタイを締め腕には、憎たらしい程光り輝く時計を付けている。2人は思う。それらは学長に

とっての、無駄金に当てはまらないのか、と。
　言葉を足せば"部費"といっても、大陸を買い取るレベルではない。私にとっては"高級"だが、"駄菓子の大人買い"レベルである。なので、身に付けているブランド物を売らずとも、入口入って左上の壁に掛けられている、"1切の価値を見出せない"自画像を、売りとばしたとしても足りる。質に入れても、いくらかは戻ってくる。、、とは思っても、口には出せないだろう。
「、、お言葉ですが、」
　松木が口を開いた。握り拳を作り、震わせている。"大使"である。たとえ先行詞が勇ましくても、"絶対的な存在"に抗うはずがない。それが、"生徒会"なのである。
　　低い声で、"学長"が答えた。
「なんだ？、」
「、"ドブ"とは、どうゆう事でしょうか?!。、大学というのは学問のみならず、"友人"を作る場所でもありっ、語り合う場所でもありますっ!!。、それ故の"サークル"活動を否定されるのであれば、、、私は、納得できませんっ！」
「、何の役に立つのか、どういった利益をもたらすのかは、あなたではなく、学生が判断する事でありっ、早期に結果を得られるものではありませんっ!!。、、結果というのは、後から付いてくる物で、」
「"遡る事によって得られるモノだ"、そう、、」
「、私は、考えます、」
　前言撤回。よく言った、松木。学長にしてみれば、"想定外"のクーデターである。

「、うっうぬぬ、、松木いっ！。お前はこいつらの、味方をするのだなっ?!」

　松木は若葉と空峰の、2人と目を合わせ、頷いた。学長は、不気味な笑い声を発した、その上で、
「、っそうかっ！、わかった。ならば、、お前達に、認可の"チャンス"をやろうっ！。、名付けて、『認可基準』だっ！。、、これを満たせば、"認可"してやるっ！」
　と言った。"組長"は不快な笑みを浮かべながら語る。
「、うっ！　うんっ!!　失礼。喉の調子を整えてっと、、、お前達に、"3つの基準"を設ける。まず1つは、、"サークルの、意義のある"活動。2つ、"部員数を、2人から3人以上へ、、"
「、ではっ！、私も。"仮想部"に入りますっ！」
「、くっ！、、それで、本当に良いのだな、？、、松木、」
「、はいっ!!、悔いはありませんっ！」
「、、うぬぅ、、、ならばっ！4人以上だっ!!。4人以上とするっ!!」
　その瞬間だった。スッと手が挙がり、
「、僕も、入りますっ！」
　斑戸（ならと）だ。あまりに急な配置転換に、隣にいた"上竹将軍"が、
「、へぇっ、？」
　と、ほざいた。なぜにお前まで？　の気が入りつつも、"パンクして空気が抜けてゆくのを表した"声は、しばらくの間、"停滞"した。
「、、っどいつも、こいつも、、、」

ブツブツッと呟く学長。改正案を提言する度に却下され続けた、"首相"は、大変怒られながら、"基準"を突きつけた。
　条件は、次の通りである。1. サークルの意義ある活動、2. 部員の人数を、今の4人から、5人以上に、そして、3つ目は、、。
「"春を掴むこと"、。、これを、"認可基準"とする！」
　春を掴むこと。。。だった。明らかに、人を小馬鹿にした、"3つ目の条件"。つまり、、、、、!?。
「、、っまぁ、3つ目の条件を満たす事はない、と思うがなっ!!」
　ガハハハハハ、、、！　と、人間を卒業した声で笑う。"3つ目の条件は満たせない"。冷静に考えてみても、若葉や空峰にとっては、"不平等条約"であった。
　1を満たしたとしても、2の人数制限がある。しかも、たとえ1人部員が入ってくれたとしても、3は満たされない。したがって、全てを満たすには、"絶対に"女の子に入部して貰わなければならない。
　つまり、学長の3に対する強固な自信は、何よりもの"見下しの証"であり、"眼鏡を掛け、地味なお前らには、春を掴む事はできない"。下層部だ、という意味だ。これは、学長の、"外見に向けたバッシング"である。

"恋をする"、という事は、そうゆう事ではない。むしろ、全く関係ない。
　こんな言葉がある、『みんな違って、みんな良い』。この言

葉は何1つ、誰1人として、"否定"をしていない。
　もし、神様がいるとしたら、"人"というものを創造する時に、何よりも大事にした言葉であろう。
　皆にそれぞれ違った、"性格"や"個性"を与えた。わざわざ、そうされたのだ。その最大の理由が、"違いを愛しく思える様にする"、である。他にも、故意にそうされた事がある。"1人では生きて行けなく"したのだ。だから違いを好きになって、"寄り添う"。人が寂しくなる様にしたのも、誰かといるとホッとできる様にしたのも全て、それが理由なのだ。意味の無い事など、1つとして、有りはしない。
　ただ、2人、だけでなく、斑戸も松木も、その経験が無いというのは、肯定するしかなかった。要するに、、、、、"純粋"なのだ。

「、そろそろ看板っ、片付けよっか?!。こうちゃんっ♪」
「、、う～～んっ、そだねっ、」
「!、順殿っ!。私も手伝いますぞっ!」
「、あっ!　そ～う?　っ、助かるなぁ～♫。、ありがとうっ!　悟ちゃんっ♫」
　宣戦布告の時から随分と経過していた。外で舞うのは雪から桜になり、校門で待機しているのも、"生徒指導部"の教員から、"心にキズを残しかねない"戦火発起人へと、目にも鮮やかに退化した。"仮想部"の4人も親しくなっていた。ここに至るまで、"組員"を増やそうと、努力はした。しかし、既存のサークルから人を"さらう"事は、容易ではなく、まして、女の子が相手になれば、あのヒーローより先に、星

に帰る事になる。どう接していいのか？、何を話せば入って貰えるか？、それを模索中での、"撤退"である。

部室には、若葉だけが残っていた。空峰と松木は看板撤収後、"親睦会（しんぼく）"と称して、離陸。斑戸は前の頭領の、"応診"。それぞれの場所に行った。"八犬士"のように。

とり決めがあるのだ。だから、どんなに若葉が、「私も、離陸したい」、と言っても、許されない。しかも対象が、"部長"のみとなっている為、一部では、"譲り合いの精神"が、重んじられている。

それに当選された若葉部長は、特にする事も無く椅子に座り、ボォ〜ッと壁に掛けられた時計を見つめていた。2時。あと1時間。3時になれば規定は解ける。人は、いや、、、部長は、"釈放"と呼ぶ。

ハァ〜ッと、溜め息がこぼれる。本来であれば他のサークルと同じ、"新入生"のかき入れ時、なのである。若葉は"閑古鳥も帰宅する"部室にいるのだ。

窓の前まで移動した。窓を開ける。午前中の、"関ヶ原の戦い再現VTR"は午後になって、"廃病院訪問ツアーの参加者出発前"へと変化していた。

その為、各サークルの"社員研修を極めたセールスマン"達は、持ち場の整理や撤収に追われている。もちろん、"仮想部"と瓜2つの梲（うだつ）の上昇具合だった所も、同様である。

待ちに待った日だった。が、その1日が終わろうとしている。

そんな時だった。コンッコンッ、戸がノックされている。隣の部屋では？、、、なさそうだ。"ここの"部屋だった。

若葉はビックリして振り返り、その戸に向けて、「、、どっどうぞっ、、、」と言った。戸が開く。
「、、！、あっ！、突然すみませんっ！。、えっとぉ、ここは、"仮想部"さんの、部室ですか、？」
「、えっ!?、あぁ、あっ、はっはいっ！。、、そう、ですケド、」
「、部長さんっ、？、、ですか？、」
「、はっ、はいっ！」
「、あっあのっ！、是非っ！、入部させて下さいっ！。お願いしますっ!!」
　深々と頭を下げる。
「、、そっ、そっかっ♪。、もっもちろんっ！、大歓迎だよっ！♬」
「、良かったぁ〜〜、、、♬っ。、、あっ、それから、、、」
「、うんっ？、どうしたの？、」
　頬を赤らめている。照れている、、ようだった、、、。そして、
「、、せんぱいっ！、好きですっ！。付き合って下さいっ!!」
　と、言った。声が、、出なかった、。
　明け放たれた窓に訪れたふんわりとした春風は、ただ自然に、そっけなく、2人の間を歩いて行った、、、、、。

第2片　出逢いの日

　女の子だった。しかも自分にはもったいない位で、表現の仕様がないが、とにかく、"天使"に見えた。言うならば、"大天使"である。それだけに、"反動"があまりに大きかった。"好き"と思って貰えた。初めて、"好き"と言われた。今ほど"好き"という言葉の意味について、考えた事はない。理解ができないのだ。日本人なのに、、。もしかすると、、、"ケニア国籍"なのか？。日本はあくまで、"育ち"の国なのか？。自分に言ってくれたのかさえ、危うかった。でも、、、これが、告白なのか。

　そっか！、こんなに嬉しい事なんだっ♪。嬉しいっ！。とにかく、嬉しいっ！♫。幸せっ！。とにかく、幸せっ！♫。喜びが次々と浮かんでくる。なぜか、"涙が溢れる"。それは、"涙腺が弱くなる"お年頃だから、というのではなく、"届ける側の人の気持ち"が真心であればあるほど、"速達"で届くからだ。そして、届けられた物を受け取った人は、"涙"を返事として贈り返す、、。決して郵便員も、「、っまた走らせるんですか？」とは言わない、手続きだ。

　しかし、若葉が出したのは、"返事"ではなかった。"嬉し泣き"、である。まだ、迷っていたのだ。
「、、えぇえ〜〜とっ、そのっ、、何てゆうか、、そんな風に、言って貰えた、のはえとっ、、初めてでっ、。だから、返事、、なんだ、ケド、、。あっあのっ、1日だけ、まっ待って貰えな

い、、かなっ?」

　押し出す様に声が出た。彼女も慌てて、頷きながら、「！、もっもちろんっ！、、でです、」と答えた。自分がこの短時間で、返事を出す様に責めているのでは？　といった、"罪悪感"からの言葉だった。

　嫌いだから、ではない。"嬉しくて仕方がない"、からだ。でも、、どうしたらいいか、分からなかった。不安がある。大いにある。女の子と、まともな応答もできない自分が、この子を楽しませたり、喜ばせたり、笑わせてあげたりできるのか？。

　しかし、今はそれどころではない。とにかく、無言は避けよう。話さないと。
「、、あっ！　ごっゴメンねっ！♪、。、つっ疲れた、でしょ?!♬、。、そっそこの椅子に座ってっ、いっいまっコーヒー、淹れるから、ねっ？♪、。、ちょっちょっと、待っててねっ♪、」
「、そんなっ！、イイですよっ♪。お気に、なさらないで下さいっ、」

　若葉の、"必死の接客"が始まった。まず、お湯を沸かす、のだが、そのやかんが、激しく揺れている。カタッカタッ、、とフタが、"電波振動歯ブラシを上回る速さ"で、乱高下する。何とか、はしゃがせていたフタを掴み取り、水を注いだ。沸騰を待つ間にカップを洗い、下準備をしておくわけだ。

　何分が経ったのだろう。だが、コーヒーは、、、できた。お盆にそれを載せ、机に運んだ。

　彼女は、「！♪　ありがとうございますっ！♬」と、コー

ヒーカップを受け取り、1口飲んで、
「うんっ♪！。とってもっ♪、と〜〜ってもっ、オイシイですっ♬」
　と、感想を話した。通常返って来るものといえば、"数多(あまた)のクレーム"くらいの所である。喫茶店にもなれば正社員であろうと、即時解雇レベルだろう。
　そんな、"カッサカサになるまでねかせたカレー"の様なコーヒーを、"満面"の笑顔で飲んでくれている。机をひっくり返すことも、蹴ることも無い。椅子を持ち上げることも無い。また、机や椅子が、飛行することもなかった。ただ、嬉しそうだった。何となく、若葉も嬉しくなった。もちろん、"なぜ喜んでいるか"が、わからないまま、、、。
　しかし、まだ疑問が残っている。確かに入口の戸の上に、"仮想部部室"の標札が掲げられているが、あまりに頼りのない、"しるべ"に過ぎない。「ここに行ってみたい！」と思えば、辿(たど)り着ける。なぜなら、校門付近、校舎の正面入口で生徒会が"新聞部"の協賛を得て、配付しているチラシがあるからだ。この"ビラ"を見てみると、ごく限られたスペースに、"背後霊"のスタンスで掲載されている。のだが、本当に存在するのかも覚束ない部屋に、誰がこの、"霊界通信"を信じて来るのだろう。
「、あっあのさっ、、、こ、この部室をなっ、なにで、知ったの、？、」
「！、実は朝、登校した時に、正門でこのチラシを、頂いたんですよっ♪」
　、、、いた。"イン・フロント・オブ"に、、。どうして？、、、

女の子、でなくてもこの学校には、"多種多様多態"なサークルが、はびこっている。なのに、"かぐや姫の里帰り"ルートを選んだのか。3階まで昇らずとも、見つけられたはずである。

　なにはともあれ、彼女はそうして、"いらっしゃった"のである。
「、っそそういえば、ま、まだその､､。自己の紹介、しっしてなかった、ねっ？♪」
「、！　あっ！、すみませんっ！｡、え、えと､､私、並木かすみ、と言いますっ♫」
「、若葉こう、ですっ、♫｡、ほっ、本当はねっ!?、本当は、僕を除いて、あっあと、3人いて､。っででもみんなっ！、忙しいみたい、なんだ､､」
「､､そうなんですかぁ〜､､大変ですねぇ？、皆さん､､」
　内訳は、2人は"フライト"。1人は"ナースコール"だ。
「､､っなっなみ、並木さんは、何を、せっ専攻してい、いるのっ？」
　並木"さん"。距離を置く呼び方だと思うだろう。でも、これが、限界なのだ。
　たとえ、彼女が、"彼女さん"になったとしても、呼び捨てにはできない。敬語は欠かせない。年下、後輩は、"削除される"のだ。
「、わたし、看護学科を専攻してるんです｡、昔からの夢で、困っている方や、傷付いている方に、元気になって頂きたいなって、思ってますっ♪！」
「♫そっかぁ〜っ♫。きっと、叶えられるよっ♪、大丈

夫っ！🎵」

　若葉は笑顔で答える。彼女はまた、嬉しそうに、"にっこり"と笑った。

　看護学科、と聞くとやはり、"看護師"になる為だろう、と思う。とすると、ボヤ〜ッとだが、想像ができる。こんな子が病院に居るのだ。大方、色々な事が起きたり、発症したりすると思う。ある患者は、入院の"延長"を志願し、果ては、薬を出して貰ったとしても、誰１人として帰らない、といった事もあるだろう。まあ、とにかく、人気があるのは間違いないが、、、。

　気が付くと、3時を過ぎていた。2時までの"うつ"な気持ちは、3時を越えるまで、"至極の喜び"になって残っていた。時間が短く感じる。さっきまでとは違う怒り、"逆ギレ"をしている。若葉はこれに、自分でも驚いたが、いわゆるこれが、"一緒にいる楽しさ"である。といっても本人は、一生懸命だったのだ。意味さえ分からないだろう。それでいい。だからいいのだ。

　入部に関する手続きは明日にして、帰って貰った。髪を後ろで束ねて縛る、"ポニーテール"がよく似合っている子だった。女の子を讃える時の2つとして、きれいと、かわいいがある。彼女はどちらかというと、、、"かわいい"子だった。

　大学生でありながら、小さい子の様な顔で、どこか幼い。言うまでもないが、"小鉢"と同一の扱いは、できないだろう。叩いただけでも泣いてしまうかもしれない、そんな子で

ある。それに今後、駅長言語を用いれば、"野郎"の猛好があるはずだ。当然、対抗する為の"救済策"も必要になってくる。が、それよりも悩んでいる事がある、、彼女への、"答え"だ。

窓を閉め、カギを掛ける。それから廊下に出て、部屋の戸締まりをした。

校門をくぐり駅に着くまで、ずっと考えていた。顔は俯き、表情は芳しくない。前から来て通り過ぎる人から見れば、余程大きな悩みなのだろうと、容易く見当が付く。また、そんな悩みを抱えている人がいる、とすれば国内外を含めても、この男の子か、"捕らえられた越境スパイ"ぐらいのものだ。ただ、その"悩み"は本来、喜んでいい"悩み"なのであり、考えるまでもない事だ、ともいえる。正しく表現すれば、"嬉しい悩み"である。おそらく、、、いや確実に、同じ状況に置かれた他の"野郎"は、チャンスだ！、と捉える。すぐさま告白を受理し、"アイランド"へと漕ぎ出すだろう。だが彼らは果たして、"アイランド"まで漕ぎ続けるのか、疑問が残る。

これらは単なる理論に過ぎないが、気持ちを"受け取る"のと、"受け止める"のは、まるで違う。

"出逢ったときは好きだった、、"。それが通用すると思うのなら、気持ちを"受け止める"のは、まず無理だ。人を好きになる資格も無い。"受け取る"、精々それしかできないのなら、「ゴメン。気持ちは嬉しいけれど、傷付けたくないから、、」と言って、去って行く方が良い。つまり、中途半端に好きになるのなら、傍にいて、その人が困った時に全力で助

けてあげられる、良き"友達"でいるのが望ましい姿だ、と若葉は思っていた。
　喩えるなら、大統領夫人と、先頭きって敵陣に突っこむ足軽。同じ、"ファースト"でありながら、身分と結末が違う2人。どう見たって、"違和感"がある。
　空は思いの反射鏡の様に曇り、薄い黒を描いていた。雲の隙間から顔を覗かせている陽も、どこか遠慮がちで、気を遣っているのか、雨を降らせるつもりはないらしい。「いやっ、何か兄さん。悩んではるみたいなんで、、」といった感じだ。
　駅に着く。と、1人こちらへ走って来る女の子。「セ～ンパ～イッ！、」と叫びながら、手を振りながら近づく。
「、小鉢っ！。お前はどちらか一方に動作を、絞り込む事ができないのかっ?!」
「、♪へヘェ～♫！、すいませ～んっ♫」
　ぺこりと軽く頭を下げた。前にも言ったが、"小鉢"は高校生である。学校はこの"木陰駅"にほど近い所にあるので、通学路としては、駅だけ一致している。ごく稀に会うのだが、制服姿を見たのは初めてだった。
「、ってっ!?　オマエッ！、学校帰りかっ？！！」
「はいっ！♪。、あっ！　センパイ、、制服、見たコトなかったですよネッ？♫。ドウですっ♫？、似合ってますっ♪？」
　その場で、クルクルと回り出す小鉢。が、若葉の怪訝そうな表情に気付いたのか、第4コーナー辺りで、馬を降りた。
「ムッ!?、なんですかっ！　その顔はっ!?。ナニかご不満でもっ?!」

「、い～やっ、不満は無い。、制服もとても似合っているっ、、。っだけど、駅前での回転を成した、お前の勇気に今は、冷えきった拍手を贈りたい、、」
「、、冷えきったってぇ～、、っ」

　がっくりと、肩を落とす小鉢。若干、潤んでいる。"コットン"へ小鉢目当てで来店するファンならば、さぞや大感激するだろう。

　本当のところ、制服は似合っているし、当店自慢の"客寄せ"でもある。でも、相方、なのだ。

　若葉にとって"相方"は、ありがたいポストにあたる。表ではうっとうしがっていても、小鉢がそのポジションにいる、ので"普通"に話せる。言葉を改めよう。なので話せる。それでも一度、小鉢が"女の子らしい仕草"をすれば、"黙秘権"だ。要するに、相方とは、"強がりの紋章"だ、といえる。

　そんな、女の子との繋がりの"最後の生命線"、といえる小鉢は、とんでもない事を口にした。
「！　そうだっ♪！。ねぇセンパイッ、せっかくこうして会ったんですからっ、、一緒にっ♫、出勤しませんっ♫?!」
「ハアッ？、」

　明らかに、"喧嘩越しの一言"を口から放つ。不満そうな顔にはなったが、すぐにそれも失くなって、腕に抱き付こうとしながら、言う。
「ねっ♪？、ねっ♫？、イイじゃナイですかぁ～センパイッ、」

　若葉は一瞬の隙を突いて、ヒラリとかわし、"裁き"を下

した。そして、"大シケの日の船舶乗務員"の様に言った。
「、おっオマエはアホかっ!?。、っそ、そんなこっこと、したらっ、オレの立場が、無いだろっ！！？」
「、？　どうしてですか??」
　やけに無垢な瞳が、築地の朝市の魚の光を発しながら、じっと見つめている。小鉢よ、説明は必要か？。軽く溜め息をついた後、"赤ちゃんはどうやって産まれてくるの？"、と同じ流派の難題を投げかける思春期に、抽象的に答えた。
「、っそ、それは、、つまり、あのぉ、、。、いいか？、小鉢。お前は"高校生"だっ。そしていまお前は、その身分を断定できる、制服を着ている、、ここまでは、いいなっ？、」
「はいっ、」
「、っで、問題はそんな服装である、お前と、、帰る事にあるっ、。、う〜ん、例えば、ほらっ！。あそこにいる、スーツを着た会社員。あの人とお前が歩いていたっ、そして、一緒に電車に乗ったとする。周りの人は、どう思う？」
　指さした先の男性は、年齢でいうと、4・50代、といった所だ。
「、、親子に見える、と思いますよ、」
「、っまぁ、見えなくも、ないな。だったらっ、あっちにいる男性と、だったらどうだ？」
　女性が怯えている。無視して歩いて行こうとするが、それを徹底して妨げている。何度も話し掛けている様子から考えると、ナンパ、、だろう。
「、！　若い人だからっ♪！、、兄弟、かなっ？、」
　ドスッ！

「っんな訳ないだろっ!!。、どう見ても怪しいし、、っそれに！、女性の様子をよ〜く見てみろっ！、あの悲しげな表情をっ、」

　怒りと指摘はごもっともである。このままだと純朴な少女は、スパイと一緒にいる、としても「親戚と一緒にいる」、と言いかねない。だとしたら帰る前に、親戚関係に疑いを持ち、洗い直す事をお勧めする。

　小鉢が、傷口が集中する頭を押さえて、反論する。
「、！　っけっ結局っ！　センパイはっ！、ナニが言いたいんですかっ!?」
「つまり！。制服姿のオマエと帰るというのは、世間体も良くないしっ！、周りの人だって、あまり良くは思わないっ！。そうゆうコトだっ!!」

　言い切ると、シュバッ！　と手が上に伸びた。挙手は求めていない。
「"世間体"って、ナンですか？」

　ハハ、ハッハハ、、、何でだろう、冷めた笑いが止まらない。肩を地下世界まで落とし、ゲンナリする。"開いた"より、"閉まった"口が、開けられなかった。"戦意喪失"とは、こんな時に生まれたのだろう、、。

　黙り続けている若葉に対して小鉢氏は、嫌味の施された前文を含め、高らかに宣言をした。
「？♪　ヘッ！　ヘヘェ〜ッ！♬、答えられないんですかっ?!。、そんなに心配されなくても、周りの人達だってっ、ソコまで思わないですよっ!?、」
「、、まさかっ!?、テレてるんですかっ♬？。大丈夫ですっ

て！、ダイジョーブッ！♥」
「、先輩は"いい人"ですからっ！♪。、さっ！、参りましょうっ！　参りましょうっ!!、しゅっ！　ぱぁ～つっ!!♫」
　戦意を失くし、銃を分別処理し、その上、帰り仕度まで整えた兵は、渋々、その"宣言"を受諾した。気に掛かるのは、"いい人"という単語である。
　"いい人"って、、なんだ？。少なくとも若葉は、"裁き"、、現実の表現法では、"危害"を加えてきた。どうやら、その部分の評価ではない、らしい。
　仮に、往年の"武力行使"があったとして、尚、"いい人"に行き着く心境が、理解できない。それだったら鬼退治後に、「でも本当は寂しかったんだよね？。だから、こんな悪さしたんでしょ？」と、語り掛ける桃太郎さんの心の広さの方が、適任だろう。また1つ、わからない事が増えた。
　若葉はポンッポンッと、"満員時の駅員対応指導書"に従って、後ろに回り込んだ小鉢に押されながら、改札を潜った。"ロールプレイングゲームで、石化状態の仲間を連れて歩く"の実写版にあたる。その動く石像は、かろうじて動く指先の神経を頼りに、切符を取った。
　時間からして、だろう。乗り込んだ車内には空席が目立つ。平日の4時頃、、こんなものか、、
　2人は出入口のドアに近い席に座った。ちょうどいい。小鉢と一緒にいるのだ。この機会に色々な"悩み"を、解決させておこう。まずは、、、
「、っなぁ小鉢、。さっき、お前が言っていた言葉、なんだ

が、、。"いい人"の意味と、理由を教えてくれ」
　キョトンとする小鉢。少しして、思い出したかの様に、言った。
「、、あっ！。、そんなコト、、言いましたっけ？、」
　なるほど、そう来るか。
「、ああっ！　確かにぃ、そう言ってたぞっ!?。、、あれは、どうゆう、、」
「特に意味はありませんっ！、い～えっ！　ゼンッゼンッ！、ありませんっ!!」
　まるで押さえ込む様に早口で乱入し、"部分否定"から、"全否定"に切り替える。また今回も、同じ流れか、、。若葉は質問を変えた。
「、、っもういい、、じゃあ、いきなりになるが、。お前がもし、もしっ、もしっ！　だぞっ!?、誤って告白されたとしたら、どうするっ？、」
　"もし"の念押しと、"相手の過失"によって、の1文に不気嫌になりながらも、答えた。
「、、いっイヤな聞き方しますねっ、、、。まっ、私だったらちゃんと考えて、ソレから返事をしますよっ♪。、たとえ、考えるのが長くなるって、分かっていてもですっ！」
「、前から好きだった人でも、同じですよっ♫」
　そういった点では、若葉と変わりはない。小鉢も同意見、のようだ。結果、"重複した"、みたいである。無駄な質疑応答で終わった。
　どうせだったら、"告白をするとしたら、どんな人にする？"、と聞いてみるのが、どちらかといえば有効、だった

のではないか。そうすれば、なぜ自分が好かれているのかの、女の子視点の意見が、少しは得られたかもしれない。
　しかしこの青年には、そこまでの技術も、考えられるゆとりもなく、とにかくそんな事よりも、"告白されたら、どうする"といった、"その後"の悩みで頭が一杯になっていた。つまり、"告白"に動揺(どうよう)して口から出た、"正直な"質問だったのだ。
「、、そうか、」と言ったまま、黙り込む若葉。聞きたい事は、アラブの石油王の資産を上回る。"一目ボレ"、、には、該当しないだろう。それにまず、どこを好きになってくれたのか、が分からない。自分を否定しよう、とは思っていない。ただ、自信がない。
　魔王の言葉を、こびり付く殺気も含め真似(まね)すれば、"恋"とは、「上層部」がするものだと、"節分になると、決まって父さんが、本当に鬼になる"と信じて疑わない、少年みたいに思っていた。さらにその成り行きで、"告白"をされるのも、「上層部」だけだろう、と。
　そんな"告白"をされたのだ。しかも、「上層部」から、。難しい日本語で、"青天の霹靂(へきれき)"という。青年からすれば"青天"の時間は短く、いきなり日本上空で台風が発生。のち、ハリケーンが合流。遅れて雷が参加し、本島が4つに分断される過程だ。まさに、"キャンセル待ちの、同窓会"。
　若葉は、光の原子さえ見えてこない小鉢への質問を、止めた。

　いつもより外は明るい。流れて行く景色は、靄(もや)が掛かる若

葉の心に見切りを付ける様に、遠くまではっきりと見渡せた。
　カランカランと店のドアを開けた。"コットン"では店長さんが、夕刻のお客さんの接客に追われていた。
　2人に気付くと、
「、！　若葉君っ！、小鉢ちゃんっ！。一緒になんてっ、久しぶりだねぇ～♪　っ。2人とも、学校帰りかいっ？。、疲れているとは、思うんだけど、、。、手伝って貰えると、助かるなぁ～♪、」
　店長さんらしい、労をねぎらった上での、優しい徴兵。
「はいっ！♬。喜んでっ!!♬」
　小鉢は、"回る、回らない"の区別がある国食注文後の声で答え、スタッスタッと、休憩室に向かって歩いて行った。
　9時まで働いた。途中、"小鉢"が、「私も9時まで働きます！」と言ったので、帰宅を共にしよう、と思っていたが、フラッシュバックを恐れ、若葉は7時時点で、立ち退きを命じた。
　閉店まで働くのは、珍しい事ではない。"珍しい"が当てはまるのは、悩みを抱えている方だ。長く働いたのも、気を落ち着かせる為、だった様に思う。
　帰りの道中、そして、家に帰って来てからも、"悩み"は頭の中に滞在し続け、「責任者を出せ！」と、吼えている。誰を欲しているか分からない文句を、振り払うかの如く、食事を済ませ、お風呂に入った。疲れがとれる。
　若葉は、"アリバイが見抜かれた時の真犯人"、と同じく、膝からうつ伏せになる形で、蒲団の上に倒れ込んだ。
　考えていても、しょうがない。なんとかなる。夜中に若葉

を訪ねて来た、眠りの国のレム外交官は、適切な助言を、耳許(ささや)で囁いた。
"案ずるより、産むが易し"。

　朝、7時。ブゥーンブゥーンと、情が無く、人を労(いたわ)る、つもりでもないアラームが鳴った。"そっちがその気なら、、"の気概で、力強く止める。
　テキパキと身仕度を済ませると、ふくよかなゴミ袋を持って、家を出た。
　カンカンッと階段を降りて行く。と、
「、オッ！。わ～かばくんっ！♪、おはようっ！♬」
　名字を躊躇(ちゅうちょ)なく、間伸びさせる呼び方。
「、大家さんっ♬、おはようございますっ！♪」
　元気な挨拶に、ニコニコと笑う大家さん。
　1人暮らし開幕からのお付き合いになるが、以来、"道草"という立派な名字で、1度も呼んで頂けていない、と日毎(ごと)ボヤいている方である。だが、実名でない点からでは、"店長さん"と変わりはない。尊敬している人は、役職で呼ぶ。しかしそこには、格差も生じている、、らしい。
　"大家さん"といっても大学院生なので、年齢もそんなに違わなかったりする。長身で賢く、スポーツ万能。茶髪で爽やかで、かっこいい。おまけに最近、サーフィンに凝っていると語る。さーひぃん、、ねぇ、。もし、ゴミ袋を持った青年なら、、、"海のもずく"となるだろう。
　一見、何の欠如もない、様なジェントルメン。だがそれが、大いなる後悔に繋がる刻がある。"道草"を憶えておいてほ

しい。
「ホントッ助かるよっ！♪、若葉くんは日にちをしっかり守ってくれるしっ、分別もちゃんとしてくれるっ♬、」
「、っさぞかしっ！、若葉くんの彼女さんも、礼儀正しい子っ。ナンだろうネェ〜、？、」
　お前もか、ブルータス！。あらゆる意味が入っている、言い様である。幸駅の何人からも追われる、お偉いさんもそうだが、赤ちゃんを待ち望んでいる両親みたいに装い、"見合い写真を実家から、速達で送り続ける"クラスの、圧力を掛ける。だがきっと、その"彼女さん"がいたとしても、祝うつもり、は無い。居たら居たで、「えぇっ！！？、わ〜かば君に彼女がっ！。ガ〜ン」といった、感嘆詞と感動詞で凝り固まった、単刀直心の文を完成させる、ハズだ。
　それにちょうど今日が、その辺に関して一番悩んでいる日、でもあるし、悩んだ結果としての"返事"を伝える日、でもある。
　微塵も汲み取ろうとしない質問をする、"祝う意欲を欠した身内"に対して、至って冷静に答えた。
「ええ、そうですね。あの子も大家さんに褒めて頂いて、喜んでくれていると思います。、それでは、行ってきます」
　"いるの？"と静止する大家さん。あの子って、だれ？　と自問する若葉さん。
　ゴミ袋を置き、足早に駅へと向かう。
　すれ違う、同じ方向へ歩く、"韋駄天の神の意志を継ぐ"者達を、追い越して行く。心の中では、ゆっくり行きたい、とは思っているが、歩みは小さな子が投げるボールみたく、

どんどん加速していく。
　気が付けば、電車の中。意識を失った訳でも、外傷がある訳でもない。目の前を通過していく空は、青々としており、たまたま視界に入った陽も、「いかがです。本番、でっしゃろ？。快晴にしましてんっ♪」と誇らしげだが、残念ながら、今この時の青年には、届かない。
　校門の所で空峰と挨拶を交わし、歩き始めた。
「、昨日は、ゴメンねっ、。こうちゃん、1人だけ残しちゃって、、」
「、えっ?!　あぁ、ん〜んっ♪。いいよっ！♫。それより、楽しかった？、"親睦会"っ♪」
「！　っそうそうっ！♪、一緒にカラオケ行ったんだけどっ！。悟ちゃん、メチャクチャ歌がウマくてっ♫、聴いてて衝撃が走ったよっ！。大事件だったねっ♫!!」
　私にも、色々とありまして、、、と、とてもじゃないが、言えなかった。若葉にとっての、大事件を。
「、っそ、そうなんだっ、。悟くんの歌ってる時に、僕も居たかったなぁ〜♪、」
「じゃあっ！、改めて今度っ、せなちゃんも誘ってっ！、みんなで遊びに行こうよっ♫?!」
「、うんっ！♪」
　とは言ったものの、だとしたらその時には、何名で行くのだろう。

「民法」の授業が、本日最後だった。"イッサ"の筆記スピードは、衰えと、配慮を知らず、カッカッカカ、、と書い

た後、剛腕を奮って素早く消す。教室の各所から、「間に合うか！」とツッコマれながら、声を背中で吸収し、幾度となく繰り返す。そのお陰か、学生の顔には明らかな"疲れ"が見られる。

　そして、若葉の隣にも、また1人。机にツッ伏し、蹲（うずくま）っている戦友がいた。"モンスター襲参後"の村人は、残る体力をふり絞って声にする。
「、、わっ、わる、、いんだ、けどさぁ、、。先に部、、室、に、、行ってて、。。こう、、ちゃん、」
　頭を、上昇ボタンを気にしないエレベーター、で据え置いたままだった。
　空峰、お前の死？　を、無駄にはしない。

　目指すは、"昔・遺跡、今・部室"である。歩きも、階段の登りも、スムーズだ。前のように気が重い、という事もない。だが今は、違う気の重さがある。
　あと1段で3階。そこで、足を止めた。縋（すが）るような視線で、周りを見渡した。到着する前に、知っている人と話がしたい。文章通り、"最後の抵抗"だ。
　そこへ斑戸（むらと）が、スッと通りかかった。
「、！　おっ！　若葉くんっ！。昨日は、ごめんね、、途中で、抜けちゃったりして、」
「っでもっ！、今日は、ちゃんといるからねっ♪。少ししたら、僕も部室に行くからっ♫！」
「、あっ、、」
　話し始めようとしたが、両腕で下から支える様にして積ま

れた、テキストや、参考書などを見て、諦めた。
「､､､結局っ、1人､､かっ､」
　若葉が、静かに呟く。
　薬事準備室の横は、未練なく通り抜けた。仮想部部室前で、また立ち止まる。そして、願った。
　"誰か、いてください"。
　戸に手を掛け、そぉ～っと開けていく。ガッラガラッガ､､うんっ？、誰かの姿が見えてきた。もう、来てるのか。
　ガタッ、椅子から立ち上がる音。フワッと縦になびく、後ろ髪。
　若葉は開けきった戸の前で、佇んでいた。
「､！　っすみませんっ!!｡、初日だって張り切ってっ､､早く、来すぎてしまいましたっ！♥」
　そこにいたのは、照れながら、恥ずかしそうに微笑む、並木だった､､｡

　いきなり"本題"を贈り込んだ天を、恨んでみるが、意味を成さなかった。
　これは神の"失敗"でも、"裏切り"によるものでもない。あくまで、誰かに忠実に真正面から、従っただけである。非難をされるいわれもない。
「､､っそ、そっかっ♪｡｡、でっでもっ、早く、来ることってっ､､だっ大事だよっ♫！､」
　先輩の説得力の無い、教訓。
「､みっ、皆さんはまだ、来ていないん､､ですねっ、♫？､」

「えっ!?　あっ、ああっ、うんっ、、。後から、おっ遅れて、、来るみたい、」
「、そう、、ですかぁ、」
　気が遠くなる沈黙。長い沈黙だった。近年の成人式では、あり得ない光景だ。
　お互い、何か話そうとはしている。だが、一向に言葉が見つからず、また、探そうとすれば、余計に詰まる。
"できる限り、本題を避けよう"としている。先延ばししよう。それは、2人共に言える事だった。時は過ぎゆくにつれて、双方に。そんな相手の気持ちを告げた。
「あのっ、」「あのさっ、」
　我慢できなくなったのであろう、同時に出た言葉が重なる。2人はそれぞれ、床の上まで目線を落とし、俯(うつむ)く。その後、照れ恥ずかしくなりながら、頬を赤らめて、"どうぞ、どうぞ"と身ぶり手ぶりで、譲り合う。
　無言の初々(ういうい)しい譲り合いが、何度か往復すると、若葉はゆっくりと顔を上げ、照れ笑いをしながら、言った。
「、ごめんっ♪。。なっなみ、、並木さんから、、いいよっ♫、」
　名前を呼ばれ、ビクッと肩を震わせる。それから、申し訳なさそうに、言った。
「、はっ!?　はいっ!。、、えぇと、えとっ、、ですね、、。そのっ、きっ昨日のコト、なんです、、ケド、。昨日の、答えを、頂きたくて、、」
　でしょうな。同じ結果だった。ドキドキしていた。"目を合わせる"、なんて考えられない、それだけだって、緊張す

るのだから、、、でも、。
　若葉は手の中に、弱い自分を強く封じ込めて、握りしめた。
　真っすぐに彼女を見る。壊れてしまいそうなほど脆く、涙で潤んだ瞳が、じっと見つめていた。体を震わせ、指を祈るように折り重ねている。、、よし。
　そして、
　勇気をふり絞って、、伝えた。
「一緒にいるよっ♪。こんな僕でよかったらっ♬」
　ヒュウ〜と風が吹いた。一瞬、不安げで、怯(おび)えた様な表情になった並木は、パァ〜ッと新しい光を与えられた笑顔になり、瞳からは、あったかい涙が、こぼれ落ちた。コクッコクッと頷きながら、
「、、、よかったっ、です、。、、よかったっ、、です、。本当に、、本当にぃ、」
　と、涙を拭いながら、言った。青年は、突然泣き始めてしまった彼女を見て、不器用にあたふたしながら、一生懸命、謝った。まさか、泣いてしまうなんて、、、。悲しませて、しまったの、かな、？、、。きっと、こんな所だろう。
　そんな若葉の"謝りの言葉"を聴いて、彼女は優しく、微笑みながら、
「、っ先輩はっ♪、悪いことしてませんよっ⁈。ぜんっぜんっ♬、」
　と、言った。どうやらこの青年には、"嬉し泣き"はインプット、されていないらしい。だから、泣いてしまうと、悲しませたと思い、謝る。
「、、ごっごめんねっ、。、っそんなつもりはっ、全く、なく

て、、」
「、いっいえいえっ！、、そのっ、私の、方こそ、、ごめんなさいっ、、」
　ペコペコと、互いに頭を下げる。時として"誠意"とは、罪である。

　しかし若葉にはもう1つ、伝えておかなければいけない事があった。『認可基準』についてである。少し説明は長くなるが、極道、もとい学長が発令した、"平成の治安維持法"を、詳しく説いた。
「、というのが、あってっ、、っそ、そのみっ3つ目に、はっはる、、春を掴むっていう、じょっ条件が、あってねっ、」
「、？　春を、掴むっ？、」
　おやっ？　といった感じで、首を横に傾ける。周辺には、クエスチョンマークの欠片(かけら)たち。その仕草にドキッ！　としながらも、青年は慣れない日本語を続けた。
「、っうっうんっ、。つまり、その、、こっ、"恋をする"こと、、なん、だけどっ、」
「!?、はっ！、あっああっ、っな、なるほどっ！、、ですね、はいっ、、、」
　納得して、頷いている彼女に向かい、青年は満面の笑顔で、伝えた。
「、認可基準のためでも、仮想部のためでもなく。たっ大切に、するからねっ♪！」
　最後の最後で、台詞(せりふ)を噛む。恥ずかしくなったのか。彼女は言葉を受け取り、無邪気に、そして嬉しそうに、答えた。

「♬、はいっ♬！」
"不器用"とは、時として罪である。

　こうして、何だ神田川（フンっ！）とあったが、彼女は、本当の"彼女"となった。若葉にとって初めてで、とっても大切な"彼女さん"ができた。言うまでもない、かもしれないが、あまりにサラッとした誕生のため、実感が湧かない。正直なところ、彼女さんができたのかさえ、印が押せない。
　でも、かなりたどたどしいが、ニコニコと笑い合っている2人がいる。そして、それぞれの前には、好きになった人がいる。これは、紛れようも無い事実である。
　一番必要なのは、フッと吹けば消えてしまう、ローソクの火のような"きっかけ"よりも、雲1つ無く晴れた日に外で、ほのぼのと一緒に過ごすような"つながり"なのだ。

　少し経って、戸が開く音がした。もちろん、さっきまでの事柄を掴んでいない、"ダイイングメッセージ"の発信者だった。
「、、遅れてっ、ゴメ〜ンッ、、。こうちゃ、」
　ミルク？、レモン？。ヨーロピアンなニュアンスを残した空峰。目を円形にし、キョトンとした表情のまま、尋ねる。
「、こうちゃん、、、この子、はっ？、」
「、今日から、仮想部に入ってくれる、並木かすみさん、、。えっえっとぉ〜実は、昨日。この部室に、来てくれてて、、」
　言いかけて、青年は並木を見た。だが残念ながら、目は合わせられなかった、ようだ。並木は恥ずかしそうに、1度だ

け頷いた。
「、、っそ、そのぉ〜、、、、。今日、から、、かっ彼女さんに、なったんだっ、、」
　しばらくの静止。のち、祝辞。
「！　おめでとぉ〜うっ！♪、こうちゃんっ♬。そっかっ！♬、そっか！♪。イイねぇ〜！　イイねぇ〜!!。、ナ〜ンだっもっと早く、言ってくれればよかったのにぃ〜♬っ、、でも、本当に、、良かったっ」
　若葉は嬉しそうに「ありがとうっ♪」と、"スロットで、7が揃った時"レベルの祝福をした、空峰に言う。
　1歩前に出て、並木が挨拶をした。
「、はっ、初めましてっ！。並木かすみといいます、。よろしくお願いしますっ♬」
「、あっ、えと、、空峰順です、。、仮想部の、副部長、です。、よっヨロシク！♪」
　丁寧語の数から考えて、そして、慌ただしい返答からも、分かりやすい"緊張"がある。女の子に弱い、その面では"どんぐりのリンパ球比べ"である。
　報告を受け、驚きのあまり開け放たれたままになっている戸。その外、廊下から声が聞こえる。徐々に近づき、やがて部屋の前まで来ると、
「、っじゃっ！　また明日っ。サークル頑張れよっ♪！、サットっ！」
「、♬ああっ！、ありがとうっ。明日また、教室でっ！」
　"サット"、、。"イッサ"と同等の背景をお持ちの、呼び名である。それも、単なる"固有のもの"、とはならず、"団体単

位"で考えなければならない。
　そんな、"権力"と"戦力"が共存する名の、"サット"は、戸の前まで来ると、元気良く挨拶をしながら、入ってきた。
「、いやぁ〜！　っ授業っ、お疲れ様ですっ！♫。お2人とも、お早っ､､､」
　入口で立ち尽くす、"サット"。少なく見積もったとしても、2人だけではない、ことには気付いたようだ。その後、目を細めたり、ほっぺを抓るなどの、"初動捜査"を行ったが、容疑を掛けられていない"幻影"は、シロとはならなかった。間違いなく、女の子がいた。
「､､ウッ、ウオッ！、ウォ〜〜〜ンン！！！､」
　霊長類が吠えた。混乱の末の発狂である。本場の遠吠えを、ヒトから聞いた帰路半ばの友人は、命を惜しまず駆け戻ってきた。
「､！　っどうしたっ!?　サットッ！」
　応答は無い。ただ一心に、誰かを凝視している。視覚以外は非番らしい。
　仕方なく顔を覗かせる。2人の顔を、代わる代わる見つめて、並木は笑ってみせた。
「､､､かっ､､､かわいい､､､」
　思わず友人が呟き、ガッ！　と凄い速さで"サット"の両肩を掴み、尋ねる。
「あの子なんていう子だっ!?、何学科だっ!?、何年生だっ!?、彼氏はいるのかっ！！？」
　グリンッ！　と左方向に意志に反して捩じられた、"サット"は、呆然とした面構えで答えた。

「、、ソレハ、コッチガ、、キキタイ、」
　デジタル化が進んでいる、みたいだ、、。入って来てから、人間、モンスター、機械といった順序の、"腑に落ちないクラスチェンジ"を成し遂げた事に、拍手を贈る。そんな、2つの峠を越えた"サット"の友人は、「入っても、イイかな？」と言った。
「いいですよっ♪」と許しを取得すると、"代々、家系はバレエダンサー"といわんばかりのステップで、並木の前に舞い降りた。
「初めまして、姫君っ。私は、サッ、あっいやっ、松木と同じ、工学部に在籍しておりますっ、岸と申しますっ、。以後、お見知り置きをっ、、」
　右の手を左肩まで持って行きながら、お辞儀をする。いわゆる"ウール"、失礼、"執事の礼"だ。少し驚いた様な表情だったが、並木はニコッと笑いながら、挨拶をした。
「、はっ、初めまして、岸さんっ♪、。えっえと、私は、並木かすみと言いますっ♫！。、看護科1年、ですっ、」
「！　っ看護科っ！！？、、、」
　"カンゴカ"。恐らく彼もまた、この子が医療機関に勤めていたら、というもしもシリーズを、展開しているに違いない。名前より、そっちか。"頭の回転"より、"諦めようが早い"残念さだ。
　やがて現世に戻って来ると、肝心・要の質問を、大変うっとうしい熱を保ちながら、した。
「、ちなみに、、いま、彼氏さんは、、、いらっしゃるの、でしょうか、？、、」

並木はコクッと、小さく頷いた。と同時に、みるみるうちに元気と生気が、顔に別れを告げた。
「!?　ヌヌォォ〜〜ッ!!　嫌ダァーッ!、信ジタクヌワァ〜〜ィッ!」
　奇声を上げながら、とび出て行った。しかし"工学部"学科は、どういった教育方針を採っているのだろう。あながち、"イザとなったら、叫べ"との、洗脳なのか。それこそ、信ジラレナイ。
　友人の亡命後、人間の感覚を取り戻した"サット"は、彼女の所まで歩み寄り、改めて自己紹介をした。
「、先程は、失礼致しました。私（わたくし）、松木悟と申します。若葉殿、空峰殿と同じくして、仮想部の部員でございますっ、」
「尚、生徒会第2書記官も兼務しておりますので、何かございましたら何なりと、おっしゃって下さいっ」
　兼務？、と疑問に思われた方もいらっしゃるだろう。そう、松木は"更迭（こうてつ）"されてはいないのだ。これはボス、いや学長の、多大な誤算であった。
　組長は元から、"たとえ2つの条件を満たそうとも、何ら「3つ目の条件」に影響はない"と、ほざいてらっしゃった。よって、"仮想部"は認可される事なく、したがってその内には、"白旗を振る"ことになるだろうと。が、そんな"相図の証明文"は、本日午後3時半頃を以（も）て、ビッリッビリに破られた。白旗どころか赤旗を用意して、法螺貝まで吹いている。全ては揺るぎなく、迷いもなく、最後の条件を信じきった結果だ。松木という今となっては有能な？　幹部を、崩壊に伴（とも）って回収する。それも今では、"机上の空論"であ

る。きっと、待っているはずだ。厄除けの壁画と共に、。
　書記官の挨拶を受け、並木も挨拶を返す。
「っ初めましてっ♪、松木さんっ♫。並木かすみと申しますっ！。、生徒会で、書記官をされてるんですねっ♫!?。すごいですっ♪！、頼もしいですっ♫！」
「うぐっ！。、いっいやぁ〜♫っ、そっ、そんにゃぁ〜♪♫」
　フニャっと笑った。素直な"お褒めの言葉"に、明らかな気のゆるみが感じられる。さっきの平然とした"役人の挨拶"、その印象からの、降格だ。
　頭をポリポリと掻きながら、照れている書記官。うぐっとは、心の感動の表れであろう。"うろたえた"、と言ってもいい。
　と、思い出したかの様に、"サット"が尋ねる。
「、、そういえば、並木君（ぎみ）は先程。彼氏殿がいらっしゃる、と頷いていらしたが、、。、その方とは、いったい、？、」
　姫君のように言うな、松木。どうも友人にしろ、あのサークルにしろ、"古来、藤原氏の会話"に倣っている風に思えてならない。
　彼氏、に反応して、並木は頬を赤くし、それとなく若葉を見た。洞察力が群を見下す位、発達している関白殿は、驚きつつも言った。
「、！　っな！　なぬぅ〜っ!?、そっそうだったのですかっ！。♪　いやぁ〜♫、それはめでたいっ！♫。、ではっ！、今日は御祝いですなっ!!」
「宴会を開きましょうっ!?♪」

「お祝いなんてっ、」「お祝いだなんてっ、」
　２人は同時に否定し、笑顔になる。とても、嬉しそうだ。だがその"祭り"を始めるには、まだメンバーが足りていない。
　ガラッガラッと、かく乱しながらも、律儀(りちぎ)に閉められていた戸が開く。
「、、ハァ、ハァ、ハァ、、、おっ、遅れちゃってっごめんね、。、もう、みんなっ、、」
　お口と、お目が止まった。ついでに、まるで"刑法改正後の悪徳業者"と同じく、呼吸まで整った。徐にポッカ～ンとした顔(おももち)で、聞いた。
「、、、っえ、えとっ、、その女の子は、、、どちら様？」
　知らない人を連れて来た時の、親の疑問文だった。まぁ、無理もない、、、
　ペコッと頭を下げて、彼女は言った。
「初めましてっ♪、並木かすみと申しますっ。、あっあのっ、、突然、ですけど、、。今日からっ！、お世話になる事になりましたっ！♫。よろしくおねがいしますっ♫」
「、えっ!?　っあ、斑戸(むらと)せな、でっですっ、、。よっ、よろしく♪、」
　やはり斑戸も、皆と変わらない。原点は控(ひか)えめな子、なのだ。そして、女の子が"苦手"なのだ。でもそれは、"欠点"ではない。何にも代えられない、"宝物"である、、。
　一瞬の隙を衝(つ)いて、斑戸の背後に回り込んで、両肩をパンパンと叩きながら、関白殿は、言ふ。
「！　さあっ！　さあっ！　斑戸どのっ！。、紹介は、お済

みかな？。今日はっ！　宴ですぞっ！、う・た・げ♫」
「!?、えっ？　どっどゆことっ?!。、っな、なになにっ？どうしたのっ?!」
「まぁまぁっ♪、気になさらずに♫！。ではっ皆さんっ！。、これから斑戸殿と、兵糧を蓄えに行って参りま〜すっ♫！」

　それは、買い出し、では？。未だ居残り給食な疑問を引きずりながら、困惑する"未開の人脈主"は連行されていった。

　しばらくして、遠征していた十字軍が帰還する。隊員はそれぞれ、両手許容範囲を楽々とオーバーする程の兵、もとい食糧の入った袋をぶら下げている。それを机の上に、ドスッ！　と大きく、また事件性のある音を立てて、置いた。"サット"が開会の言葉を、述べる。

「召し上がれっ!!」

　がっかりである。"会の開始"、というより、"食の開始"だった。それだったら、「食道ぉっ！、開門っ!!」のほうがまだ、即していたような気がする、、。これが、"首脳会談"であれば、タダでは済まされない。

　なにはともあれ、並木の歓迎会、若葉の祝勝会は始まった。"宴会部長"のポストに、悔やみきれない人事異動を果たした関白殿は、元の官職を闇に葬り去る勢いの手付きで、缶ジュースを分配し、お菓子の袋を中央で拡げた。しかもちゃんと姫君には、"ココア"を与える心遣い、も忘れられていない。

　朝廷が頭を抱えている、そう思った。

　そんな事があった次の日。若葉と空峰は、食堂で昼食を

摂っていた並木を、カタコトの"日本語"で誘い、教職員室に向かった。2人の異邦人、いや、仮想部の幹部は昨日の1件で、入部手続きをしていなかったのだ。
　ガラッガラッ戸を開ける。"イッサ"は入って来る3人に気付き、驚いていた。
　咄嗟(とっさ)に言った。
「！、どうしたのっ？。、今日は、3人で来たんだね？。、、ところで、その女の子はっ？、」
　ついつい、"イッサ"の手許に目が行ってしまう。話す度に会釈(えしゃく)をする、箸で掴まれたモノ。ダッラ〜ンと垂らされている、エビフライ、、、。確か前にも、こんな形で。どれだけ好きなんだ！。"イッサ"が好きなのか、奥さんの執念(しゅうねん)なのか、。いずれにしても、名古屋でもしっくりこない、摂取量である。
「、この子は、新しく入部を希望してくれた、並木かすみさん、ですっ♪」
　若葉が紹介する。彼女は、深々と頭を下げてから、言った。
「♫　初めましてっ♫！、"イッサ"先生っ♪。並木かすみと申しますっ。、手続き、よろしくお願いしますっ！」
「、、？　あれっ!?、"イッサ先生"って、、」
　教えた憶えも無い。だから、知らないハズなのに、と空峰は思った。
　"イッサ"が、聞いた。
「、並木さんっ。、専攻学科は、何かなぁ？♪」
「あっ！　看護科です♫っ」
「、っやっぱり、、、」

そういって、険しい表情になる"イッサ"。眉間にシワを寄せている事から考えても、何か有りそうだ。
"イッサ"は続けた。
「、っとすると、、担当は、、」
「！　黒麦先生ですっ♫」
　黒麦教授。看護学科専任教授で、表向きには、生徒に親しまれている良き先生、となっているが、実は、女子学生に手を伸ばしている、"ウワサ"のある人。そういった話を聞く度に専任に、憤りを感じたりする。
　この前の『学会』では、論文の発表中に学説に対する批判的な声が上がり、会を滅茶苦茶にしようとして暴れ、大騒動になった、らしい。何でもっと早く、思い出さなかったのだろう、青年は後悔した。
　尚且つ、"イッサ"と同期でもある。とりわけ"イッサ"としては、これ以上の失態を重ねさせる訳にはいかない、と考えているはずだ。しかしこの、"反抗期を迎えた大人"をお守りするのは、簡単ではない。しかも、相手は"学者"である。きっと、論理を盾にする。
　ふっと横切る人影。何かに気付き、近寄って来た。
「!?　いやぁっ！♪、並木クンじゃないかっ！。、ふふ～んっ、こんな所で、ドウしたんだいっ？♫」
　グヘッと最後に笑いを付け足す。ふふ～ん、というのは口癖で呼吸の一環、と言っていい。
　危ないっ、そう思った瞬間。"イッサ"がバッファローの突進にのせ、胸ぐらを掴んだ。
「！　っ黒麦いっ!!、テメェーまたこんな入りでっ！、問題

起こしてんじゃねぇだろうナッ！！？」
　ものすごい風圧と迫力があった。また、とは、前回の会合の事？　それとも、常習だと噂を覆す事？。まぁ、そのどちらが前提でも、許されないが。
　シ～～ンと静まる教職員室。コピー機の前で佇む人、他の人の為に注いだコーヒーを、持ったまま止まっている人、顔は見えないが、クジャクの型式に則って、新聞紙を開放している人、、。"イッサ"は気まずそうに、周囲を見回した。もしも～し、忘れていないか。誰よりも傍にいる、教え子を。
　黒麦は、掴まれた状態で答えた。
「、、っもうっ！　心配性だなぁ～っ、伊笠はっ♪。ふふ～ん、そんなコトじゃっ！、この先マシな学者になれずに、早死にするゾッ♫!?。グヘヘェ、」
　代弁しよう。それは、お前だっ！。しかし、過去を遡ってみれば伊笠と聞いたのは、入学式の朝令、ぐらいだった様に思う。
　例えば愛犬に"ルーキー"と、名前を付けたとする。だがほとんどの場合、そのままでずっと呼ばれているよりも、ある時点から"ルーシー"という、見知らぬ外国女性に変化していたりするものだ。
　そんな本名だっけ、、。いつの間にか"イッサ"と、どちらが正しき名称なのかさえ、忘れ去られていたのかもしれない。
　回答に呆れ果てた様子で、掴んでいた手を離した。それと共に、先生方は、時間を取り戻した。
　念押しするつもりで、"イッサ"は、聞いた。
「、っ本当にっ！、何もしてないんだろうなっ?!、生徒達

にもっ、この子にもっ!!」
　奇怪な笑い声とともに、答える。
「、♪　グヘヘェ♫。なにもナイッ！　ナイッ！♫、なぁっ？　並木クンっ!?。本当だよねぇ？、」
　突然のフリに戸惑いながらも、微笑んで、答えた。
「♪　はいっ♫！。黒麦先生はっ、いい先生ですよっ♫」
　"イッサ"は、並木をじ〜っと見つめた。彼女自身がそう思っているのなら、まぁ、こだわりはしないが、、。追及を終了した。だが、名字に似合わず、体にも、同期にも、害をもたらす奴だ、"イッサ"は深く感じた。

　黒麦に退席を促すと、"イッサ"は、入部の手続き説明を行った。その上で、書面に必要な事を記し、滞り無く済ませる。
「、よしっとっ♪。、これで、手続き完了っ♫！。後は任せてねっ♫？」
　ドンッ！　と胸部を叩く。そのバウンド音が、生々しい。自慢なのか。
　にしても、手続きをした、ということは、"首領"違う、"学長"にも伝わる事になる。どんな反応が、返って来るのだろう。女の子加入は意味通り、"1発合格"になる。かねてより誇っていらっしゃった、第3の条件も突破しているからだ。ただ1つ、ぼんやりと浮かぶモノがある、、。
　"そんなにすんなりと、認可が下りる、、だろうか、、"。

　結果は、神々の予想を遥かに上回るほど、迅速だった。首領は以前と同じく、自ら赴くのを怠り、"大使"を差し向

けてきた。
　部室に入って来た"大使"は、まず第一声として、次の言葉を述べた。
「⁉、ハッ⁉　松木書記官ではありませんかっ‼。、お務め、お疲れ様ですっ！」
「、私、お会いできっ！、光栄の極みでありますっ‼」
　最敬礼をする大使。アゴが外れて落ちる、縦割り社会である。
　松木が応える。
「、君は、、あっ！。流内（るない）第1財務官かっ⁉。、と、いうことは、、サークル絡みで、なにか？、」
「！　はいっ！、おっしゃる通りですっ！。、今日は皆さんに、学長先生からのお言葉を伝えようと思い、参りましたっ」
　首を傾げながら、若葉が尋ねた。
「、、今さら学長先生は、何が足りないと？、。、僕達は、認可基準も満たしましたっ！。、、1つ目の条件は、これからにかかっていますが、、」
「、確かにっ、、基準は満たされました、。、、しかし、学長先生によると、、、」
　〜学長室にて
『昨日、私の所に伊笠教授より、。、仮想部入部の報告と、書類の提出があった、、』
『、、女子生徒だと知った時、私もっ、驚いたよ、。、まさかっこうも易々と、片付けられるとはね、、』
　俯く学長。それに対し、活き活きとした表情で質問をす

る、流内。
『！♪　ではっ！　伴って。仮想部認可、となるのですねっ?!♬』
　瞬間、サッと顔を上げ、ありえない剣幕で睨みつけて、言った。
『、、っそう、、、思うか、、？、』
　背中に、解り易い悪寒を感じた。
"首領"は続ける。
『、想定はしていなかった、、。が、仕方あるまい、、次の手に移る、』
『、、つっ"次の手"？、』
『そうだ、。ヤツらに、よ〜く、伝えるのだぞっ。次の条件は、"デート"だ！』
『、っで、"デート"？』
『、ヤツらにデートをさせ、それがしっかりと成立し、成功すれば。サークルを、認めてやる、』
『、、、っは、はぁ、、』
　流内の気持ちを察すれば、「この人。今度は、ナニ言ってるんだろう？」が、当てはまる。加えるなら、"どうせ、この条件が成立したら、また新しく作る"とも、考えている。
『、っは、はあ、っではないっ!!。さっさと伝えて来いっ！』
　大声で怒鳴られ、ドタバタと慌てて、部屋を出て行った。
　環境省を根底から揺るがす声害の反響のさなか、机の傍で、ずっと学長の会話を聞いていた男性が、スタッスタッと学長の前に移動して、言った。
『、鈴鳴学長っ。幾ら何でもっ！、やり過ぎではありませ

かっ?!。、っこれでは徒の、"サークルいじめ"ではないですかっ!』

『、、学生があまりに、、可哀想です、』

激しい咳払いの後、首領は、答えた。

『、っサークルいじめだとっ?。聞き捨てならんなっ！ 冗談じゃないっ!!。私は大学のことを考えて、対策を講じているだけだっ！。君に言われる筋合いは無いわっ！』

『、、それとも、なにか?、。君は、そんなに偉くなった、っとでもっ言いたいのか?。、穂香、副学長、?、、』

『、いえっ、、そのような事は、』

押し切られ、肩を落とす。言葉が途切れる。この、学長と較べたら、"毀損"に値するのが、穂香（ほのか）重人（しげと）副学長。"生徒を第一に"から、"時息に存する最後の聖人"に、認定されている。もしかしたら、聖者が街に、の聖者は、この人ではないか、そんな呼び声も高い。若葉にとっていえば、店長さんに等しいので、神、仏の"二大神"に匹敵している。

デート?。大使から伝えられた条件は、考えてもいない、まさに意外なモノだった。

"デート"なんて、とんでもない。若葉からしてみれば、出逢い、告白をされてから、まだ数日しか経っておらず、慣れ親しみ尽くしたはずの日本語も、今や、"再教育"が必要とされている。それに、2人で過ごした事もない。一緒に帰る事はおろか、ちゃんと話をしたことも、手をつないだことさえ、、、。

「、それではっ、私はこれで、」
　呆然とする青年を尻目に、大使は部室から出て行った。すると入れ違いに、並木が入ってきた。そのまま、不思議そうな表情で、聞いた。
「あのっ！、、いま、出て行かれた方はっ、、？」
　ふと思いを巡らせる。もし彼女に、"今度の条件は、デートをする事なんだ"、と教えたら、どう思うだろう。この子のことだ、ともすれば、莫大な不良債権を任された高徳な頭取みたく、責任を感じ、抱え込み過ぎてしまう、のではないか。そして、失敗、なんて事になったら、、。
「、、っま、松木君の、知り合いの子、でねっ♪、、そっそのぉ、生徒会の、ことでっ、、ちょっとっ、」
　半分ホントで、半分はウソ。初めての嘘を、彼女についた。あどけなくて、あったかい嘘だった。優しい嘘だった。

　本来、ウソというのは、ついてはいけない。でも、世の中には、二通りの嘘がある。
　ついてはいけないウソと、ついてもいいウソ。ダメなことだと分かっていても、傷付けない為なら、幾らでも、嘘をつこう。そしてもしそれを、閻魔様が咎めたら、こう言うのだ。「人を想ってついた嘘を、罰せられますか？」と。

「、そうですか、、」
　と答えた。これでいい。これで、正真正銘の"デート"ができる。気を遣うこともなく、心を擦り減らすこともない。
　今日は珍しく、全員が揃ってはいなかった。空峰と斑戸が

いない。
　電話での連絡で副部長は、「ウイルスにヤラレタ」と告げ、人脈パイプラインは、「家の用事で行けなくて､､ごめんね､」と、謝罪の意を表明した。確か、神社の子、だったかな。
　そんなこんなで、大してやるべき依頼も無かったので、結局。すぐにお開きとなった。松木は、
「♬　っそれではっ♪！。後はお２人でぇ～♪っ」
　と、要りもしない、包み隠しもしない気の配りを見せ、逃走した。
　ポツ～ンと残された、彼氏さんと、彼女さん。っと、彼女さんが、話し掛ける。
「！♪　そうだっ！♬｡、あっあのぉ､､せんぱいっ､｡､､一緒に、帰りませんかっ？､」
「､､はっ､､､はいっ？､､」
　唐突だった。松木がいなくなった空間だけあって、声が良く通り、驚きもひとしおだ。
　並木の方向を見た。チラッとだけ瞳を見てみる。うるうると、キラキラが混ざった視線が、見つめている。色々と、戸惑ったりしたが、言った。
「､うっ、うんっ♪！、一緒に、帰ろっかっ♬？」
「！♬　本当ですかっ♪！｡、良かったぁ～♬、嬉しいですっ♬！」
　ニッコニッコしながら、答える。若葉さんも、ニッコニッコと笑っている。

午後4時、15分前。緊張している。ドキドキしている。でも、どこかルンルンしている。たぶんこれを、"幸せ"と呼ぶのだろう。

フッ〜と校門を通り過ぎる風。人を待っている自分。青年は、"あっ！、テレビで見たことがある"と思った。テレビが出典先なのが、少し悲しいが、若葉の前を通り過ぎる学生の、客観的な見方であってもその目の中には、実に嬉しそうな若葉が映っている。

表情は限りなく晴れ晴れとして喜びにあふれ、頭を掻いてみたり、時計を見たり、、。

そんなあたふたしている様子は、まるで、"1人漫才"でもしているかのようだ。こうゆう時の人というのは、冷たい他人の視線などは、気にならない。

人はこれを、"はにかむ"と言う。

並木は、
『、ごめんなさいっ！。、先に行って、待っていて貰えませんか？。、教室に戻って、少しやらなきゃいけない事があって、、あっ、でっでもっ、すぐにっ終わりますからっ♪』

と、メッセージを残した。若葉も、
『、っそ、そっかっ♫。、じゃっ、じゃあ、先にっ行ってるねっ♪？』

と、返事をした。

一方、そんな青年は現在。遂に無音に堪え切れなくなった模様で、フッフフ〜ン、フフ、、といった鼻歌や、人には聞こえない位の小さな独り言を、奏で始めていた。歩き過ぎゆ

く学生は、不審者を見遣る一般市民、と化しており、その"奇妙な旋律"と、"コウモリ限定理解の超音波"に、耳を傾けるふり、見て見ぬふりをしていた。

　部長が発症してから、10分後、、。校門に面する道路を眺めていた時、後ろの方で声がした。
「、、、、、せ〜ん、、ぱ〜いっ、、、」
　誰かを呼んでいる。パッと若葉も一瞬、後ろを振り返り、辺りを見回してみた。しかし、学生の人だかりがあるだけだった。誰が呼んだのかもわからない。まさか、な、、。そう思い、俯く。
　企業でも、教育機関でもそうだが、せんぱいというのは、不特定要素の最上級なのだ。1日でも、1秒でも早く就任すればそうなる。よって、どの学部にも、"センパイ"は存在するのだ。
　だが、それは急に訪れた。
「、、、せ〜〜〜ん、んっ、」
「♬、っぱいっ！♪」
　俯いて、地面を見つめていた青年の顔を、並木は、微笑みながら覗き込む。若葉は咄嗟に、顔を天空に向け、振り上げた。"お馬さんが納得されていない時"を、連想して頂ければ幸いである。勢いが良かっただけに、後の目のやり場に迷った挙句、顔と目の位置を左横にいた彼女の正面に、建前上の修正を施し、合わせた。
　見ると、笑っていた。声を上げて、口に手を当てながら、微笑んでいる。
「♪　もうっ♬　先輩ったらっ♬。いきなりっ、そんなに勢

い良く顔を上げなくってもっ♪、、ビックリしちゃったじゃないですかっ♪、」
「、、でもっ、嬉しいです♫っ！。その反応っ♫」
　うれしい？。何が？。ポカ〜ンとしている若葉に対して、"楽しさ"から、"申し訳なさ"の表情に変えて、続ける。
「、、あのっ、お待たせして、、ごめんなさいっ、。。結構時間、、掛かりましたよねっ、、？、」
　青年は、ものすっごい速度で首を横に振った。そして、その否定の効果を更に高めるため、なのか、両手を胸の前で右に左に、あたふたさせる。
　若葉は、言った。
「!?、っそっそんなことっ、ないよっ！♪。うんっ！、絶対に無いっ！♫。そんなに、まっ待ってないしっ、」
「！　ってっこれはっ！、その、、全然、待ってないっていう、、ことじゃなくて、、」
「♫、はいっ♫！。ジューブンッ♪！、わかってますよっ♫?!」
　しどろもどろな、青年のエマージェンシーに、温かな瞳で微笑みかけつつの、冷静な答え。
「？、えっ!?、」
　首を傾げる若葉。その短い質問に並木は、言った。
「、、♫　だって、、先輩はとってもっ、いい人っ、ですからねっ♪?!」
　出た！、"いい人"。フフッまたしても、ニッコリと笑う。ねっ♪　と同時に首を横に傾ける。そんな仕草にドキドキしながらも、かろうじて首を横に振り、否定の意志を伝え、ド

キドキした気持ちを追い払った。見とれてしまうのを避けた形だ。口は、パカァ〜ッと開いたままで、言葉を発しようとはしなかった。

それにしても、、何々だろう。"いい人"って、、。

分からない、掴めない。

困っている様子で首を横に傾け、腕を組んで考えている青年に、彼女は得意そうに、言った。
「♪、ではっ！、帰りましょうかっ♬?!」

ああっ！　う、うんっ♬　と、空白の末の汽笛(きてき)に、樹海に自ら突入していたシャーロックホームズは、震えてたどたどしい母国語で、返事をする。

あかね時、夕方。暖かい春の風。歩道のレンガ道と、等間隔で風に揺れ、お辞儀をしている街路樹。そんな中を歩いていく。

通い馴れた道。何も変わらない。

ただ、1点を除いては、、。

"となりに女の子がいる"。振り向けば奴がいる、と聞けばピンとくるかもしれないが、現状況は、振り返る、までもなくいるのだ。そう、首を横に捻(ねじ)れば、そこにいる。一緒に歩いているのだ。並んで、仲良く。

若葉は、それだけで必死だった。精一杯だった。何か喋(しゃべ)らなければいけないのは、痛いくらい、わかっている。通りすがりの"野郎"達は皆、彼女を見、惹(ひ)かれているのが明瞭だった。それは、当たり前であって、"妥当"なのだ。その位の子と、一緒にいる。だからこそ余計に、ドキドキする。

キョロキョロと、人民調査に勤しんでいる青年を見て、並木は首を傾げて、興味と疑問を織り交ぜて、聞いた。
「、？　な〜に見てるんですかっ？♪、センパイッ♬！」
　ハッ！。我に返り、慌てて弁明する。
「⁉、えっ？、あっ！、なっ何でもないっ♬、何でもないよっ♪？、。、ただ、、その、、、」
　言葉を途中で切って、まっすぐに空を見上げた。沈み欠けつつある陽が、若葉と目を合わせ、「おっ！、今日は姉さんと一緒でっかっ！♬。、ああ、もうちょっと見ていたかった、、」と口惜しそうに告げ、未練を残したまま、成仏した。
「、、ただ、その？、」
　地上に帰ってきた青年に、浮足前の疑問が授けられた。
「、、、っえ〜とぉ、んっ、ん〜んっ♪。何でもないっ♬！、」
「！、っあ〜〜っ！♬、ズルいですっセンパイッ♬！。、言いかけて止めるのはっ、反則ですよっ⁉」
　ヒドいなっ♬　と、なぜか、すごく嬉しそうに呟く。彼女は微笑む。言える訳がない、
「ただ、、その、、、」の次に、
"かわいいね"、なんてっ。

　沈黙が解かされて、少し気が楽になった。
　そうだ、この際、色んな事を聞いてみよう。でも、何を聞いたらいいのかな。
　学校のこと、学科のこと、、それから、興味のある好きなこと、とか、、。
「、っな、なみぃ〜、並ぃ〜木さんっ、」

電子処理された若葉の声が響いた。「はいっ♫」と、並木が答える。
「、あっ、えっとっ､､。がっ学校っ、楽しい♫？」
　ふわっとした笑顔で、彼女は言った。
「♪　はいっ！♫、とっても♫。授業も毎日が新鮮でっ、楽しくてっ♪！｡、あっ、今度の授業で、実務に関する事も、教わるんですよっ♫!?。それも、楽しみで､､」
「、♫　もちろんっ！、勉強だけでは、なくて､､｡それから､､」
「？、それ､､から、？」
「！　何でもないですっ!!」
　何が言いたかったんだろう？。何を伝えたかったんだろう？。疑問だらけの青年。とりあえず、「そっ、そっか、」で応対。
　若葉の臨時の応答を受けて、並木が尋ねる。
「、先輩は、どうですか？♪」
「！、えっ!?」
　まさかの、クーリング・オフ。明らかな戸惑いを含め、青年は言った。
「、あっ、うっうんっ♫､､そうだねぇ、たのっ楽しいっ、かなっ？､､♫」
「？、うんっ?!。本当ですかぁ〜？､」
　疑り深い瞳で見つめている。正直に自白をすれば、あの民間に対する速記官選抜の授業を、愛嬌満点に「楽しいですっ♪」、なんて言う生徒は、いないだろう。笑顔だったとしてもそれは、ひきつっている、もしくは、眼に焼き付く程、

けいれんしている、のどちらかでしかない。気が病んでいるのかもしれない。
　彼女は続けて、質問する。
「、っそういえば先輩は、何ていう学科ですかっ？」
「、あ、うんっ。じっじつは、法学科なんだっ♬。、担当はっ、イッサ先生、でっ」
「!?、"イッサ"先生ってっ！、法学科の先生だったんですねっ?!、」
「、あっ！　ということは、、将来はっ、えぇとっ、、弁護士さんっ？、ですかっ？」
　"あだ名"だけ教え、担当学科を伝えないとは、、。あのっ！、はと、いや黒麦。それじゃあ、あの武将と同じじゃないか。
「、う、うんっ！♬」
　そう答えると並木は、次第に、そしてゆっくりと満面の笑みを浮かべて、言った。
「、、弁護士さんっ♪、ですかぁ〜♥。スゴイですっ！。せんぱいっ♬、カッコイイですっ♬！」
「、、カッコ、、イイ、?!、、」
　若葉は頬を赤く染め、俯いた。そんな風に言われたの、初めてだ。"かっこいい"なんて、、。これは、素直に喜んでいいのかな。認める、までは行かなくても、、。
　青年は悩んだ末に、否定文を更新した。
「、、かっ、カッコイイなっなんてっ！、、そんなこと、ないよ、、♪　そんな人ならっ、いっ一杯いると思うしっ♬！、」
「、♬　謙虚ですねっ？♪、せんぱいってっ♬」
　ニコッと優しく笑う。ドキッ、としながらも、そうなのか

な？　と考えてもみた。
　そもそも謙虚とは、少し違う様な気がする。電車内で座席を譲る、それこそがまさに、であり、只今の自分の発言は、"亀さんから「龍宮城に参ります、さあ！　背中に」、と言われ、「いえ、遠慮します」と帰宅を急ぐ、浦島さん"そのものなのだ。
　つまり助けられたのは、偶々(たまたま)そこを通り掛かっただけで、誰にでも"英雄"になれる機会があった、これが、青年の理論。
　まぁ、いっか。トントンと机の上で揃えて、分厚い理論書を心の本棚に返す。
　その後も、色んな話をした。興味のあること、家族のこと、友達のこと、いま欲しいもの､､､。青年は、そのどれもをまっすぐに聞いて、パスポートが無効になる言語で、答えていた。

　初めて電車に乗る。もちろん、"女の子と"の意味。では、"小鉢"は？。どうやら、除外対象らしい。まさかの「え、いたの？」、の取り扱い。記憶の彼方のボヤァーっとした残像、の処遇。
　やがて、"幸駅"近くまで来た頃、彼女は言った。
「､､､先輩は､､この駅、までなんですよね､､」
　顔を下げ、しょんぼりとした声で、小さく呟いた。
「､､っえ!?､､うっ、うんっ､､」
　若葉も同じ気持ちだった。なんだか、すごく淋しい。そう、思っている。並木も共感してくれていて、そんな"淋しいの

キモチ"を、隠しきれないでいた。
　青年は、それが、とっても、とっても、嬉しかった。
"幸駅、幸駅です"と、車内アナウンスが流れる。続いて、ガシャン！　と無愛想に、扉が開く。
「、私は、この次の、"湊駅：みなとえき"で降りますからっ、、。ここまで、ですっ、、」
　ホームに降り立つ。後ろを振り返り、青年は言った。
「、じゃっ、じゃあ！　っ、。また、明日っ♪、」
　コクッと、彼女は頷いた。
「、っなっなみっ、並木さんっ!!」
　首を横に傾けて、「はいっ!?」と返事をする。と、プシューッ！、と扉が閉まる音。
　若葉はその合間に、ニッコリと微笑み、言葉を乗せた。
「ありがとう♬」
　走り出す電車。乗車した、"ありがとう"の言葉。ちゃんと乗れたのだろうか。
　それは、一緒に帰ってくれての"キモチ"。それは、一緒に淋しそうにしてくれての"キモチ"。そして、、、
"一緒にいてくれてのキモチ"、、。

　残ったのは、"黄色い線の外側に、はみ出さないで下さい"といった、注意のホームアナウンスだった。
　普段であればカンに障(さわ)り、かる〜くイラッとくる所だが、今日は違うみたいだ。どこまでも澄みきっている、そんな感じ。
　歩き出す。向かうは"コットン"。駅の改札を出て正面。

カランカランとドアを開けた。レジの近くにいた"小鉢氏"が、嬉しそうに言った。
「、あっ！、センパイッ♪！。今日は、早く来てくれたんですねっ♬!?。、まっ！、それよりも早く出勤している、このっ！　すずめちゃんをっ、少しでも見習って欲しいですケドッ！、」
　余計な接尾詞。ズイッ！　と、"ギ・ゴ・ショク"を統一しましたばりに、腰に手を当て威張っている。しかし、若葉は、
「、っああ♬、そうだなっ？♪」
　と、短く答えただけだった。ズコッ！　と、関東の関西のノリで、相方がコケるふりをする。
「、やっ、やけに、、素直ですね、、。、ふぅ～～、、っ、なんか、張り合いがナイですっ、、、」
　しなしな、、と、元気が顔から自立していく。
　若葉の前に立ち、おでこに手を着岸させ、"10代で、大不況。20代で、世界恐慌を経験"、といった履歴書のような表情で、見つめながら、言う。
「、ドコか、調子でもワルいんじゃないですか？、。食べてはイケナイ物を食べた、とか、飲んではイケナイ物を飲んだ、とかっ、」
　ゴスッ！。「、オレはっ、5才児かっ!?」
　咄嗟のツッコミ。いや、本当の事を言えば、着岸の照れ隠しと言ってもいい。
　パッと手を離した"小鉢"は、負傷した被災皮を念入りに撫でている。イタタッ、、と言いつつも、笑っていた。

「♫　な〜んだ♪っ！、元気じゃないですかっ♫?!。、心配して損しました、、」
　しかし"損"といえど、傷を負わなければ確認できないとは、"虎穴に入って、ボッコボコにされ、「虎児、いないみたい、、」"と報告する程、虚しい、、。
　由来通りの、"必死"である。
「っオマエはっ！　そこまでしないと、確かめられないのかっ？！！、」
　パパといっしょはイヤ、と同じ雰囲気を保っている不満げな顔で、反抗してきた。
「、っだってっ！、いつもとセンパイが違うからっ、言ったんじゃないですかっ！」
「、うんっうんっ、そうだなっ」
「！　っほらぁ〜〜！　っまたっ、」
　ウンッザリした表情で言う。どうやら肯定するのは、法に触れる、らしい。要するに、"脱っ！　イエスマン"と言いたいのだろう。
　そんな、蘇我氏と物部氏のやり取りを聞いていた、と見られる店長さんが、奥の厨房から出て来た。
　すかさず、義勇軍到着の知らせを聞いた小鉢氏は、絶大な"頼り"のまなざしで、のたまふ。
「店長さんっ！　聞いてくださいよ!!　っ。センパイがオカシイから心配してるのにっ！、バカにするんですよっ?!」
「、キツ〜〜イ一言っ！、お願いしますっ!!」
　ペコッ！　と会釈をする藩主。話し始める帝。

「、？　体の具合でも、悪いのかい？。それだったら、無理する事はないよっ♪？。少し働くでも、すぐに帰るでも、いいからねっ？♬」

　相変わらずの、優しい言い方である。ニコッと笑う、店長さん。に対し、今にも手りゅう弾を投げてきそうな小鉢が、不機嫌に磨きをかけ、じと〜っと見つめていた。若葉は、開争間近の藩主と、和睦を結ぶことにした。

　"小鉢"が言う様に、確かに何処かがヘンだった。どこが？、と尋ねられると答えに困るが、なんとなく"からっぽ"になった、感じがする。もちろん、店長さんも小鉢もいつもと同じで、安心している。しかし、そんな空間にいる今でさえ、落ち着かず、本当に自分がココにいるのかさえ、忘れてしまいそうになる。

　ふわり、ふわりと、飛んで行きそうな、、、。

　青年はそれでも、閉店まで働くことにした。たぶん、疲れているのだろう。また寝たら直る、と考えたからだ。

　まさに、"風邪"への正しき向かい方。

　成長したのだ、気付いてはいない、、、ようだが、。その、処方も、途方も無い症状によって、、、。

　発症した次の日。蒲団から、ムクッと起きた患者は、昨日の夜、寝る前と同じく念のため、体温計を口に銜えて、熱を計ってみた。

　ピピィッ！　ピピィッ！、、

「、36度、7分、、」

　ド平熱。驚くべき事、というのは、昨晩と等しい体温だっ

た、それ位で、喜ぶのは恐らく、「おっ！、今日はパチンコで、儲かるかもなっ！♪」、と一心に期待を寄せる、親父ぐらいだろう。ハァーーっと、長い溜め息をついた。

　それから、顔を洗い、料理を作って食べた、わけだが、別に食欲が失せている、わけでもない。どうやら、病院には行かなくていいみたいだ。

　授業は昼まであった。消化器系からの問い合わせに応じて、売店でパンを買い、階段わきにあるベンチで食べる。うんっ、ここでもやはり、問題は無い。
「、、！　あっ！、そうだっ♬」

　ふと思い立った。階段を登り始める。"もし、授業が終わっていたら、一緒に帰りたいっ"、そう思ったからだ。

　昨日は、彼女さんから。今日は、自分から、、。

　看護科教室は2階左奥の、1階からすれば、教職員室の真上にある。

　言わずもがな "ヤロウ" の侵攻を、妨げる為であろうが、そのサンクチュアリに、"ここは任せろっ！。現場はキミ達に任せる"、と見送る刑事長みたく、意識的に居残った大、もとい黒麦という名の、"本丸" がいる様では、話にならない。明確な部下への、背任行為にあたる。
「!?、並木ちゃんに、ナニかご用ですかっ？♬、」

　鋭い視線と、突き刺す位の強い口調で、応対した学生は言った。

　それは青年による、国風文化が大きく揺らぐ在所確認、が原因なのだが、そのこと以上に、"男の子" が来るのが意外

な場所だけに、より一層の、人間を主としたチェック態勢が成り立っている、らしい。
「、えっ、え〜っと、、その、」
　戸惑った答えを出していると、中から声がした。
「？、っど〜したんだいっ？　波坂(はさか)クンッ？、、ふふ〜んっ、グヘヘェ♬。お客さんかいっ？♬」
　あえて説明はしない。その声に振り返った、学生は言う。
「っ先生っ!!、、ナンか、ヘンな人が居ますっ！。追い返しますかっ?!」
「、ふふ〜んっ？、ヘンな人っ?!。ソレはイケないねぇ〜、、、。まぁでも、後は帰るだけだから、ベツにかまわないよっ！♪、グヘヘェ〜♬」
　と、"変な"の以下同文者が言った。カツンカツン、、と近づいて来る音がする。
　波坂(はさか)の隣まで歩いて来ると、若葉と目が合った。
「!?　おやぁ〜？、ふふ〜んっ！。、これはこれはっ、伊笠の生徒さんじゃないかっ♬？」
　頭を下げ、挨拶をする。そして、無罪を主張した。
「、、！　べっ！　別にっ僕は、怪しいことをしようとしてる訳ではなくてっ！、、、なっ、並木さんといっしょにっ、、、帰りたいなと、思いまして、」
「フォウッ！！！」
　合衆国方面で馴じみのある、絶叫を放つ。横でギラッギラッとした目線を、同じくして青年に発していた波坂(はさか)が、ビクッ！　と肩を上昇させ、驚いた。
　唖然とする２人に、和製ビッグスターは続けた。

「、、！ ふふ〜んっ♪、と、い・う・こ・と・わ・だっ！。、キミは並木クンと、ドーユー関係なのかなっ♬?!、グヘヘェッ♬」

 珍しくマッチングする悪癖(あくへき)。しかし、その質問は要るのか？。大筋で答えは、決まっている。「自分で考えろっ！」と言いたくなる、愚問だ。
「、ぽっ、ボクは、並木さんのっ、」「並木ク〜〜ン♪！」

 ハアッ？。ちょうど声を重ねて、彼女を呼んだ。聞いておいて、途中まで走らせといてソレかいっ！！！。青年に初めてとなる、殺意が芽生えた。
「はいっ!?」と中で聞こえ、椅子から立ち上がる音がした。そしてトコトコと、歩み寄って来た並木に、優しくウインクをしながら、言う。
「♪ ボラッ！。彼氏さんのっ、お出ましだゾっ！♥」

 なぜか、寒気がする。体が受け付けない。ウインク、とは言ってみるが、ただ目をシパシパさせているだけ、である。適切な疑問文は、「先生、花粉症ですか？」だ。

 並木は、若葉を見るなり、びっくりした表情で尋ねた。
「!? どうしたんですかっ?!、せんぱいっ！、」

 青年は、今日初めて会った並木に、ドキドキしていたが、勇気をふり絞って、こう誘った。
「、♬ いっしょに、帰ろっ♬？」

 彼女は、にっこりと笑って、「はいっ！♪」と元気良く、頷いた。

 言動を主因として、外務省に目を付けられている青年は、

幸駅に着くと、"紹介シタイトコ、アル"と、在日の風格で訴え、駅前にある"コットン"に連れて行った。
　カランカラン。ドアを開ける。と、いっても平日の午後。"小鉢"は、いないはず。だったが、そこにはニコニコと接客をする、相方の姿があった。
「♪　ありがとうございましたぁ～♫！　っ、あっ！　センパイッ♫！」
　"正2位"の若葉に、声が掛けられる。
　青年は尋ねた。
「♪、よっ！。ところでお前、、何でこんな早くに居るんだ?!、学校じゃないのかっ？、」
　へヘェ～、♫　と照れ笑いしながら、頭をポリポリしつつ、言う。
「♫、休んじゃいましたっ♪！。調子がワルぃ～って♫！」
「、!?　お前っ！、ズル休みかっ?!」
「、、っは、はい、、。そう、なりますね、、」
　オイ、オイ。それが、受験生の言い分なのか。"働く"より、"学ぶ"の圧倒支持率下のハズでは？。
「、勉強はいいのか？」
「ダ～イジョ～ブですよっ！♪。問題、ありませんっ!!」
　山積、の誤りだろう。と、若葉が思ったとき、
「、、わぁ～～♥っ、、キレイな人っ、、」
　"小鉢"氏は、目線と興味を並木に移動させ、うっとりとしたお顔で、呟いていた。それに合わせ、彼女もペコッと挨拶する。続き"小鉢"も慌てて、頭を下げた。
「、？、お友達、ですかっ？、先輩っ」

探りを入れてきた、青年が答えようとした、その時。ドアが開き、男性が入って来る。久見だった。
「♫　やぁっ！。昼メシを買いに来たぜーっとっ！」
　良い"こじつけ"である。人が入って来たのに、音がしない。恒例の、ポルターガイストだ。小さな袋を提げており、中にはおにぎりが、シャケ、おかか、シーチキン、昆布と、多彩に入っている。
　言わずとも分かる。買う気はナインだな、そのびっしり度は。
　駅長は素っけなく店内を、というより、青年のヨコを見た。
「？、おうっ!?。コノ可愛い女の子は、お前の知り合いの子か？」
　またしても、"第三者"の設定。首を横に振り、言った。
「っちがいますよっ！。、、こっ、この子はボクの、、、」
「彼女ですっ！、」
　、、、、、。時が止まった。誰も、何も動かず、喋らない。
　彼氏さん、彼女さんのふたりは、ほっぺを真っ赤にして下を向き、他の店員、部外者、そして、いつの間にか居た店長さんも、停止していた。
　パサッ、おにぎりの詰まっていた袋が、床に落ちた。その音が静寂の中に、広がってゆく。
　やがて、実年齢にふさわしい話し方で、駅長は、発した。
「、、！！？　かっかのっ！、カノジョオォ〜〜！！！！！。ほっぐっ！、ほっ本当なのかっ？！！」
　おちついてっ！　おじいちゃんっ。"小鉢"もビックリしすぎて、気を失う境地をさまよい、、逆に、キョトンとして

いた。
　そんな、"とある清流に一時達した"小鉢の代わりに、店長さんがあったかい瞳を向け、見つめながら、
「♪、おめでとう♫！　若葉君っ♫。可愛らしい、彼女さんだねっ♪？」
　と、ニコッとやさしく、笑い掛けていた。

第3片　デートの日

「!?、えっ!、デート？」
　大学の図書館で、大きくて高さのある本棚に掛かっている、梯子の上段と下段に足を乗せ、取り出した本を脇と手に1冊ずつ抱えながら、副部長が答えた。うん、うん、と青年は頷く。
　若葉は言った。
「、そう。その事について、相談できないかな？　って。順ちゃんとっ」
「うん？、」と、首を傾ける。それから、船券を握り締めて祈っている観客の様な、険しく、曇った表情と口調で、返事をする。
「、、ソレはいいケド。相談、といっても、僕は、"デート"をしたコトもナイし、、。だから、女の子のことも知らなくて、、」
「、ナニも、アドバイスをしてあげられる、、ワケじゃナイからねぇ～、、、」
　手に持っていた方の本を、仕舞った。苦言を呈するのも無理はない。
　ただでさえ、"女の子"と話すだけで作動する、煙検知器の生まれ変わりの"男の子"なのだ。そんな子が、空峰だけに限らない、という時点で、ご臨終である。
「、とりあえず、、座って話そっか♪」

と、空峰が言う。
　机に向かう。副頭目が先に座り、頭目が後に続いた。
　ゴトッと本をそっと置いて、空峰が口を開く。
「、慎重に相談してから、っていう、こうちゃんの意見は尊重する。、でもそれには、ちゃんとした"アドバイス"ができる人が必要、なんだけどぉ～、、、」
「、、残念だけど、思い浮かばナイなぁ～、、、そうゆう人っ、、」
「、、、っそっかぁ～、、」
　黙り込む２人のキャリア。と、副部長が世にも恐ろしい事を、唱えた。
「！♪　そうだっ！　こうちゃんっ♫。こうゆう時に頼りになるのがっ！、せなちゃんだヨッ！♫」
　目を醒ませっ!!　空峰。忘れたのか、あの幼気（いたいけ）なカウボーイが召喚した、グンダシを。そして誓ったではないか、もう２度と、悲劇を繰り返すまいと。
　今更、それを覆（くつがえ）すのか？　と、全米を震撼させた頃。遠くから場を弁（わきま）えた、公家の声量の叫びが聞こえた。
「、、、若葉く～ん、、空峰く～ん、、」
　なんで場に居る、春のせな。まさにことわざに添った感想である。
　そんな、"ドラマを見ていて、「ドラマみた～いっ」と述べるのと、同じ心境になりながら、席に招いた。
「？、どうしたのっ？。、こんな所に、２人して、、」
「、えっえ～とねっ、、、実は、、」
　躊躇（ちゅうちょ）する部長。に、拘らず、副部長が凛（りん）っ！　として、

答えた。
「副部長権限で、"恋愛アドバイザー"を、せなちゃんに要請するっ！」
　待てっ。何だ、副部長権限って。ビシッ！　と人指し指を役割通り、せなに向け、"決まった"といわんとする、一種の達成感を示している。
「！　ラジャーッ！」
　イヤ、イヤ、、違う、違う。ラジャー、じゃない。戦隊モノの見過ぎ、なんじゃないか？。悪いことは言わない。かえれ、境内(けいだい)に。
　こうして、聞いた事も無い"権限"が、部長の前で堂々と行使された。

「♬それならっ！♪、うってつけの方がいるよっ♬！」
　ミステリーテラー斑戸(むらと)の案内で、校舎4階にある教室まで、"恋愛アドバイザー"を求め、ウムも言えず、さらわれた。途中、幾度も、何かを訴えかけるシグナルを送ったが、誰にも受け止められる事なく、辿り着いた。
「、し、ん、り、が、く、きょ、う、し、つ、、」
　ベジタブル役者風な、空峰の棒読み。"心理学教室"と書かれた標札が、掲げられている。「♬ココだよっ！♬」えっへん！、と胸を張るテラー。
　なぜに、心理学？。そう思われても、仕方がない。解説しよう。
　例えば、格好良い人、イケメン、恋愛経験豊富な人、モテ男くん、などに相談を持ち掛ける、これが一般論。しかし、

残念ながらそういった"普通の考え方"では、もう古い！。これからは、常識に囚われない考え方、が必要だ。
　そもそも人というのは、"気の生き物"である。つまり、心をよむのが大切だ。その心を知るを司る学問、然らばっ、心理学！。これこそが、新しい時代の夜明けである。
　このいかにも、明治維新まがいの論理で、"囚われる"というより、"逸脱している"考え方を推奨している、トップブリーダー斑戸。
　とりあえず、聞いてみるだけ聞いてみよう。その有効・無効は、別として、、。
　トントントンッとノックをし、ガラッガラッと戸を開けた。と同時に、ブリーダーが、中にいるだれかに向かって大きく手を振りながら、入室する。
「！♪　藤白センパ〜イッ!!♬、お久しぶりで〜すっ！♬。斑戸で〜すっ！♪、」
　その声に反応し、背中越しに聞いていた男性が、振り返った。
　メガネを掛けていて、長身。中肉中背で、横髪は耳に着席。前髪は視界の征服工事で資金繰りが滞り、頓挫していた。
　テラー一行が近寄って来ると、温和な笑顔で迎えて、口火を切る。
「、！　これは、これはっ！♬　斑戸くんっ♬！。っ久しぶりだねぇ〜!!。それに、、お友達もっ♪、こんにちわっ♬」
　丁寧なお辞儀に合わせて、3人も挨拶をした。それから、簡単な自己紹介をしている。
　それによると、この方は、心理学科4年・藤白海砂（かい

さ）先輩。

　学科の大御所でありながら、来年には卒業が、大多数で確実な偉人。

　アノ学長から、偽造、、いや、正式な証書を領収してからは、臨床心理士やカウンセラーの道を、てくてくと歩み、学校のカウンセリングにも携わりたい、とのコト。

　いずれにせよ、大学院へと進み、"ハクシ"になる事も辞さない、ポスト"重きをなす"である。

　慣用句でいえば、旱天の慈雨を降らせる側、四字熟語でいえば、臥竜鳳雛（がりょうほうすう）、といった所だろう。

　なにはともあれ、陸上に続く、海上の兵隊さんとの面談？なわけだ。あとは、航空、、、なんでもない。

　一通りの紹介が終わると、"海佐"もとい、藤白は、斑戸（むらと）に尋ねた。

「？、ところで今日は、どういった御用件っ、なのかなっ？♬」

「♬はいっ！♪。、実は先輩に"恋愛アドバイザー"として、アドバイスをお願いしようっ！、とっ思いましてっ♬」

「、、恋愛っ、、、アドバイザー、、？」

　眉をひそめて、首を横に傾ける。反応受信後、代、否（いな）、斑戸を引き継いで、空峰が疑問符に答えた。

「、じつは、コチラのこうちゃんが今度、初めての"デート"をするコトになりましてっ、、」

「、、っその為のっ！　デートのコツっ、みたいなモノが有りましたら、ぜひっ！、教えて頂きたいんですっ!!」

「、っつまり、、デートを、。コーディネートして欲しい、と

いう事かなっ？」
「ハイッ!!」と、大きく頭を縦に振る、副部長。
　続けて答える"海佐"。
「、話は、掴めたケド､､。コツ、って言っても、デートのための、といったのではなくて､､」
「、むしろ単純な、誰でも知ってる"エチケット"ぐらいのもの。に、なってしまうんだけど､､」
と言いながら目を遣ると、聞き逃すまい、と真剣な眼刺しを向け、メモを片手にスタンバっている、新聞記者の走りがいた。それは、言葉にせずとも伝わってきそうな、「それでも、構いません」のサインだった。あっけに取られて、
「、いっ､､いいん､､だね、？､､」と返す声だけが、その場に残る。
　この、"物悲しい呟き"から、"海佐"コーディネーターの、講義とも、レッスンとも取れる教えを、2時間という歳月をかけて、授けられた信者達は、最後にお礼を加えて、居城に戻って行った。
　しかし、それはそれとして、相手を知るなら、心理学＝お茶なら、静岡、といった安直な考えは、本当に通用するのだろうか？､。

　エチケットを憶えた3人は、次に必要なコトについて、話し合っていた。彼女さんと歩く道、旅先､､いわゆる、"行く場所"である。だが、またもや問題が起こった。
「ユクバショ、ッテ、ナニ？」、「ドコヘ、ユケト？」､､。
　そんな日本姓を名乗り、ショッピングセンターで迷子の放

送を流している、成年異国民らは、相場とか、デートスポットとかを、一切知らない。だから、といわんばかりに、机に傾れを伴いながら積まれている、たくさんの雑誌。
　だれがココまでしろと？。そう、自然と聞きたくなる量だ。
　"桜満開。春に行く、オススメデートスポット"、と表紙を飾っている本を眺めていた斑戸信者が、口を開いた。
「、う〜ん、っ。なんかドレも良く思えて、、まとまらないなぁ〜、っ、」
「、そうだねぇ〜、、っ、」
　と、ペラペラとページを捲りながら、若葉が相槌を打つ。
　言ってみればそれは、当たり前である。ただでさえ選りすぐりの場所を探し出し、写真を添えて紹介されているのだ。デートに限らず、旅行にも最適！　のオンパレード。より悩むに至っても可笑しくはない。
　と、空峰信者がある記事を指しながら、言った。
「!?、っあっ！、コレッ！♪。ココらへんに新しくできた、遊園地じゃないっ?!♬。、ドウッ？　こうちゃんっ！♬、遊園地っ♪！」
　ニヘッと笑って2人の見易い位置、方向に雑誌を置いた。覗き込む若葉と斑戸。
　そして、顔を見合わせて、
「♪！　イイねぇ〜っ!!♬。ソコにしようっ!!♬」
　と、ターザンも心に深いキズを負う声高さで、叫んだ。
　かくして議論の末、"行く場所"が決められていった。がっ！、結局あとに出揃ったソレは、お世辞にも最大限に活用された、とはかけ離れ過ぎていて、何とも言えない"身近

な場所"という、バリバリの地元色を醸し出していた。
　日程としては、"幸駅"に集合し"木陰駅"に移動。それからショッピングモールで、窓、いやウィンドー、又はショッピングをして、映画館で映画を見た後、昼食を摂る。ここまでが朝のできごと。
　お昼からは"ティスニーランド"という、どこかで聞いた事のある名観光地の、ぽけ、失礼、パチもんの遊園地でウロウロしてから、時息大学の正門前まで帰って来て、解散。
　いずれも、駅より半径5キロ圏内で、同じ校区、同じ警察の管内の仕上がり。要するに、"ザッツ！、何時でも行ける"である。
　この、町役場の縄張り意識がヒシヒシと感じられる様な予定表を見つめ、青年は思う。"楽しんで貰える、、かなぁ、？、"と。

　サミット後。重役出勤を所用で果たした松木に、"デート計画書"を渡して組長からの返事が来たのは、翌日のことだった。
　学長室から駆け戻った第2書記官は、プイプイと怒りながら語る。
「、っまったくっ、ヒドい話だよっ！。"デート日時はこちらで決める。君たちはそれに従いなさい"、だってっ、、。さらなる条件として、監視を付けるなんて、、」
「監視を付ける？」
　素直な疑問を投げ掛ける空峰。松木が答えた。
「はいっ、、。人数は、ハッキリしないのですが、、」

口調が訂正された書記官に対し、斑戸(むらと)が言った。
「、敵も手を打ってきた、、というコトだね、、。僕達の報告だけじゃっ、信用ならナイってコトじゃないっ?!」
「、どうやら、、その様です、」
「!　っこうなったらっ!、トコトン見返してやろうよっ!?。ねっ♪、こうちゃんっ!♫」
　空峰が隣に座っている若葉の肩に、ポンッ!　と手を置く。
「うんっ!!」と頷いて、笑う部長。
　それに続けとばかりに、
「!♫　そうですよっ!!、若葉殿っ!」
「♪　頑張ろうねっ?!♫、若葉君っ!」
　と、エールが贈られる。だが上手いこと重なった言の葉は、互いに互いのメッセージを潰す結果に終わり、応援してくれている、のだろう形のレース予測、に留まった。まぁ、らしいと言えばらしいが、、

　来週の日曜日。朝10時集合、より開始。それはいいけど、伝える自分の身にもなってほしい。若葉はそう思っていた。
　"デートに、行きませんか?"、"デートしようか"。その多くて10文字。最低でも7文字を届けるのに、どれだけの勇気を使うだろうか。
　たかが7文字、されど7文字、、。まるで、1円玉の立ち位置表現のような、並べ方である。大体、デ・ー・ト・の3文字だって、届けられるかどうか、、。
　金曜日の昼食時間に珍しく、"学部"という名の一門の隔(へだ)てを乗り越えて、仮想部の乙女を除いた面々が、食堂で一堂

に会した。
　それぞれの前には各々が注文した、たぬき、きつね、ちから、天ぷらといった、どれも"うどん"に行き着く、代わり映えのしない模様の丼ぶりが置かれていた。
　この、炭水化物過度依存症の野郎部員たちは、テキパキとトッピングを気にしなければ、ほぼ同等の麺類に別れを告げると、斑戸信者が口を開いた。
「！♪　じゃあっ！、そろそろ若葉君っ!?。行こっかっ？♪」
　ウンッ！　と決意を固めた表情で、青年は頷き、ゆっくりと立ち上がる。
　若葉を見上げ、空峰、松木両信者が、前回の反省を踏まえて、言った。
「♬　頑張ってねっ！♪。こうちゃんっ！」
「♬　応援してますからっ！、安心して下さいっ♬！。若葉殿っ！」
　リラックスですよっ！。リラックスッ！♪、その"サット"のラスト励ましは、しかし。もう青年には、聞こえていなかった。
　今から向かう所は、そんなに遠くはない。というより、距離にしても数席の、同じコノ場所。
　できることなら、舌切りスズメのおばあさんの足捌きで、このまま帰省したい位だ。だが、それが叶わないと知っているからこそ、まるで行進しているかの如くの成績表を、夏休み前に受け取った下校時、みたいな歩みになる。
　若葉は成年期に訪れた、急な筋肉の衰えを感じながらやっ

との思いで、並木と友達が楽しそうに会話しているテーブルまで着いた。と同時に、顔の様子が変わり、国籍も変わった。
「､､っあっ、ああっ！　あの､､､。なっ並木さんっ､。、ちょと､､良いかなぁ、？､」
　話し掛けた青年を見上げつつ、睨む様な視線を送る女の子。看護科のサーチアイこと、波坂であった。徐 に立ち上がり、言った。
「╫！　っちょっとっアナタッ!!。並木ちゃんの彼氏、だかナンだか知らないケドッ！。ソウやって誘ってっ！、ナニをする気なのっ！！？」
「､もし、並木ちゃんをキズつける様な､､」「波坂さんっ！､､いいの、｡、先輩は、そうゆう人じゃないからっ♪」
　並木がサーチアイを制する。「だって、」と小さく呟きながら、波坂は促されるまま、俯き加減で座った。
　それから、クルッ！　と青年の方に向き直って、ニッコリと、尋ねた。
「♫　ど〜うしたんですかっ♫？。センパイッ♪」
　うっ！。かっ、かわいい。またしても首を横に傾けながら、優しく、ほのぼのとした声に、ドキドキする青年。って、そんな場合じゃなかった。
「！、あっ、あの〜､､｡、あの〜ねっ？♫。､､こっ！　今度っ！、でっ、デ､､デ､､、」
　で、で、で､､と、羅列を繰り返し唱えるネクロマンサーに、ぽかんっとしていた彼女さんが、しばらく考えた果てに、嬉しそうに叫ばれた。
「でんでん虫っ!!♪。次は、"し"からですよっ？♫、セン

パイッ♫」
　イヤッ、そうゆうコトではなく､､｡だがなぜか、嫌な胸騒ぎがする。
　まさか、とは思うのだが､､｡
「､､し、し､､。！　シ・マ・ウ・マっ♪！」
　あ～あっ､､、な～にやってんだか。シマウマ♪、じゃないだろ！。いやっもちろん、しまうま殿に特別、恨みを持っている訳ではないが､｡
　まわってきた、"ま"のバトン。ま、ま、ま､､、と考えている並木に、若葉が落馬した目的を復興させ、呼び掛けた。
「､なっ、並木さんっ！」
「!?　ハッハイッ！！?､､」
　ビクッと肩を震わせて、驚いた表情になる。
　青年は見つめ返してくる彼女さんの瞳を、内心ガックガクの緊張を押し潰して、まっすぐ見た。
　大きく深く呼吸して、不器用な笑顔ながらも、言った。
「デッ、デートに､､いっ行こうっ♪」
　暫(しばら)くの沈黙が続く。まぁ、無理もないか､､。突然そんな事を伝えられても、戸惑うだけかもしれない。
　それにアノ。保育園の遠足コースを喜んで貰えるか、という葛藤も、まだあったりする。ココロのどこかでは、断ってくれるのを待っている、のかな､､｡
　だが、そう思いもう1度、並木に目線を合わせた時。若葉の眼には、涙目になって、ウンウンっと頷いている、彼女さんがいた。
　そして、ゆっくりと、答える。

「､､､とっても､､うれしいです､､｡､いっしょに､､デートなんて､､」
　ゆ～っくりとしていたせいか、その"キモチのこもった感想文"は、青年のココロにポカポカと、あったかさを保ちながら、届けられた。のだが、そこにはこれまた、一生懸命に謝っている男の子、が居たりする。
　嬉し泣きに対する謝罪。でもそれは、なによりも素晴らしい返事、なのかもしれない。

　日本国の風土と伝統だけを心得た、母国の異なる青年がデートの約束をした、そんな日の帰り。1人で帰る事に決めた若葉は、"コットン"に着くまでの間、あれこれと考えながら電車に揺られていた。
　今日は金曜日。"ライシュウ"という一見、首領、リーリィ学長のご配慮が有りそうな響きは、冷静に考えてみれば、あさってにあたり、それは明らかな、弁当再加熱の怒りへと繋がっていた。だからこそ、一緒に帰っている場合、ではなかった。
　"数日後には、彼女さんが横にいて、歩いていて､､"と思えば思うほど、心のドキドキに封印していた魔王が、サンバを踊りながら町を練り歩きそうになる。もちろん、祭事。以外の日に､､。
　練習ナシの、一発本番。心の負担を含めない、新作CDの発表と類似する采配。まさに青年にとっては、"カミング、スーン"である。
　駅に着き、やがて改札をくぐると、ハァッ～と、買い溜め

していた卵の行方と分かり合える、溜め息を放った。それから、目の前にある"コットン"へと、ヨロヨロとした落ち武者視線を送る。バックサウンドは勿論、1日を時間で表すタイトルの、洋画。

　カランカランと、ドアを開ける。っと、今日は珍しく"小鉢"を手伝う形で、店長さんもカウンターでお客さんの応対をしていた。
「♪　ありがとうございましたぁ〜♫っ」「ありがとう御座います♫」
　お釣りを渡す店長さん。袋を渡した"小鉢"。
　その、異なる敬語レベルの感謝の意を述べた2人は、ふと青年に気付くと、
「、あっ！　若葉君っ♪。おかえり♫」
「、お勉強っ。おつかれさまですっ♫！。今日は、いつもどおりですねっ？♪、せんぱいっ♫」
　相も変わらない祝帰の言葉と、二重に敬っているとは思えない、裏に何かが隠されている、労いの言葉。
「♫ただいまですっ！♪。今日は店長さん、、接客なさってるんですね？」
　と言った青年の問いに、ハハハッと笑いながら、答えた。
「♫　っそうなんだよっ！♫。実は小鉢ちゃんに、勉強で色々、大変だろうから、、。もし何だったら、早めにあがってもいいよって、伝えたんだけどねっ？♪、」
「、"いえっ！。大丈夫ですっ！"って、押し切られてしまってねっ♫、」
「だってっ！。本当に、ダイジョ〜ブなんですもんっ!!」

小鉢、お前の"両親は医者なんですよ"と言わんばかりの自信は、ドコから来るんだ。仮にそうだとしても、親が医者なだけであって、うぬは関係ない。それは取り方次第で、"自分は例外"と発しているのと、同じなのだ。だからここは大人しく、「私はアホです」と認めて、甘んじて、退くのがスジではないか？。
　若葉は試しに、模擬テストの結果を、尋ねた。
「、ところでっ、この間のテスト、、、どうだったんだ？」
「♪　ヘヘェ～♫　ッ驚くなかれっ！。D判定でしたっ！♫」
　絶句した。でぃ、ディ、"D判定"！？。ほぼ、アキラメロ、と言われてるもんじゃないか。頭文字のDは、デッドゾーンの意味なんだぞ！。と思った青年を制し、崖っぷち受験生が、おっしゃる。
「っでもっ！！！、大丈夫ですっ！。コレから、ガンバリますからっ♪！。ゼッタイにぃ、盛り返しますよっ!!♫」
　ぶりかえす、の誤りだろう。その案には乗らない。
「、、、って、アレッ？、。いないんですねぇ、？、、。今日は、、彼女さん、、」
　今更ながら、といった感じで、小鉢が言った。ここの所"小鉢"氏は頻(しき)りに、並木のことに関して興味を持っており、会いたがっているようだった。
　最初に彼女さんと対面した日。2人で何かを話していて、それで仲良くなったらしい。
　青年は少し困った顔をして、言った。
「、、ああっ、、今日は、ちょっとな、」

そんな若葉に、ニヘッ♪　と悪戯に笑って、小鉢が言う。
「♪　っもしかして、怒らせちゃったんでしょっ?!♪。早くも、フラれちゃったとかっ♪？。ダメですよっ！。大切にしないとっ♪！」
　しかし青年は、ポンッと"小鉢"の頭に手をのせて、相方の、"元旦って、4月1日じゃないの？"レベルの、会計年度との錯誤を、ニッコリとした表情で打ち消しながら、
「♬　っそうだなっ？♬」
と、ただ一言、呟いた。予想されていたその後の、"監察官バッシング"は無く、上目遣いではあったが、エライ子にしている。ジ～っと見つめてはいても、知っているのだ。どれだけ若葉が、"たいせつ"にしているのかを、、、。

　空はきれいな闇に包まれ、時折通過する雲に月とその灯りが隠され、まるで、小さな子をあやしているみたいだった。
　駅前の広場から少し入った所に、規則正しく、まっすぐに続く並木道がある。そんな道を、"小鉢"と歩く。
　ふと、相方が話し始める。
「、、でも、なんとなく、、、わかるような気がします、。、好きになった、彼女さんのキモチ、、、」
「!?　っ何だよっ急にっ、」
　突然の切り出しに、たじろぐ青年。小鉢は続けた。
「、、先輩は、気付いてないかもしれないですケドッ、、、。せんぱいには、なんかこう、、、くすぐったくなっちゃう様なトコロが、、、あるんです、」
「？、笑いのツボがある、ってことか？」

遺憾ながら、真顔で返す。その答えに強く、断固とした首のスウィングを見せる相方。
　半ば、呆れ顔で言った。
「♫　っちっがいますよっ!!。ソウじゃなくて、、あぁーもうっ!、イイですっ!♫」
「?、」
　分からない、掴めない、理解できない。
　仕方なく若葉は、突如として遮断機をふり落とした"小鉢"に、2日後の負う任の乱についての勅詞を、賜はる事にした。
「、、あっあのなっ、あの〜、、っ。じつは、今度っ。デッデートすることに、、なったんだっ、、」
「!?　えっ、?、」
　掠れた声で、小鉢が答えた。束の間、ボ〜っとしていたが、やがて表情に夜にも関わらず、東日が射し込み、パアッと笑顔になって、言った。
「!?♪　っそうなんですかっ!!♫、良かったじゃないですかっ!!♫。おめでとうございますっ!、せんぱいっ♪!」
　意外と寄り道せずに帰ってきた"祝福"に、青年は恥ずかしそうに照れながら、「ああ、、うんっ、」と、言葉を返す。
　若葉は、
「、だから、、なっ?!、その、、、。何かアドバイスがあったら、、それを、くれないか、?、」
　と、聞いてみた。が、考えていたのより早く、答えは出れた。
「♪　ありません!」

ニィと、芸能人は歯が、、に則り、白さを強調せんとす、笑みを見せる。
　ガスッ!!
　即座の"裁き"が下った。青年は続ける。
「♬　ナイってコトはないだろっ!?。っ人がせっかく聞いてるのにぃっ!、」
　判決後の頭皮を押さえて、プクーッと、あとはブーイングの発射カウントダウンが、ゼロになるのを待つばかりの、膨らんだ頬。それは、悠久の時を越え、起爆した。
「だってっ!　無いんですもんっ!!。ホントにっ、無いんですもんっ!!」
　うるうるっとなっている被告人。泪目、という事もあってか、少し言い過ぎたかもと思った若葉は、ドウドウと必死で、ヒトを落ち着かせた。
「、、ごめんな、。。そっか♬、無いんだなっ♬?」
　コクッと、静かに頷く。ふと顔を上げた小鉢が、言った。
「ナニも考えず、そのままでっ♬。これが一番ですっ♬!」
　それからニコッと微笑み、指を丸めて、OKサインを作った。

　"何も考えず、そのままで、、"。それがどれほど難しい事かを、日本に居ながら留学経験のある若葉さんは、よ～く存じ上げていた。
　第一にまず、"どうすれば"彼女さんが、小学校の社会科見学を楽しんでくれるか、をやはり考えてしまう。更に哀し

んでしまわない様、シークレットサービス並の、細心注意を払う。そしてトドメの様に、そのままで、とは行かず、グローバル化して行く身元。と言った様に、否定をしだしたらキリがない。
　でも、もう決まっているのだ。それなのに今さら、「緊張しちゃうから、ゴメンね」なんて、やっとの思いで誘った自分から、言い出せるだろうか？。そんなことをしたら余計に、彼女さんを悲しませるだけ、ではないか。
　あれこれと悩んだ青年は、結局。台所と和室にある、たった2つの希望の光。蛍光灯を消して、蒲団(ふとん)に入った。成るように、なる、、、と、想う、。

　決戦の日。"ケッセンは"の次が、にちようびという、何処か釈然としないデートの当日。
　これまたなぜか、ニワトリ殿と共に示し合わせ無く、仲良く朝5時に起床された青年は、ドタバタと、"みだしなみ"を整えていた。
　寝グセを直して、髪型をくし、又は手ぐしで形作り、眉毛、マツ毛なども揃え、爪に関しても、先々、千年は伸びてこないだろうまで切った。
　机の上に置かれた鏡は、そんな若葉の、自分と向かい合う真剣なまなざしを、引きつった表情で見つめ、「今日は、ただならぬコトが有るんですね？、ダンナ！」と、悟った。
　全部の作業という名の、青年なりのオシャレが終わったのが、8時。幸駅に集まるのは、10時。まだ、2時間もある、、。
　とにかく落ち着かない。限られた狭いスペースで、大して

運動にもならない部屋を、ウロウロと歩き回る。
　ふと立ち止まり、座った。机上の"きゅうす"のフタを、飲む訳でもないのにぼんやりと顎を乗せ、肘をつきながら、片手で開閉させる。
　窓からは、暖かな日射し、そうだ！　と思った若葉は、天気予報をチェックしておく為に、テレビの電源を入れ、パッパッとチャンネルを替えていった。
　やがてお会いした、にっこにこのお姉さん。曰く、
"きょうは全国的に、春の陽気に包まれる晴れの日、となるでしょう♪。それでは、各地の天気です♫。"
　ここら辺の、天気は、1日中晴れ、降水確率は、午前・午後ともに10パーセント。うんっ！♫、まず降らないな。青年はテレビを消して、布団を畳んだ。
　さて､､これからどうしよう。外に出て乾布摩擦でもしようかな。って、風邪を引いたら、取り戻せないか､､。
　ぐる～りと、部屋の中を見回してみる。のだが、それからした事といえば、直前にするはずだった、念押しの、"荷物検査"だった。

　若葉は家を出た。しかも、開幕のなんと、30分も前に。アパートから駅までが、ものの10分も掛からない、と知ってのチャージである。
　なにも、そこまでしなくても､､、と、思うかもしれない。
　だが、デートなのである。それも、ただのデートではない。好きな子との、はじめての"デート"なのだ。
　待たせてはいけない。だから自分が先に行って、待ってい

よう。
　これが、"海佐"いや、藤白奥義その1『待たせるなら・拙者が待とうぞ・姫君を』（随所、字余り）。まぁ、平たく言えば、時間は守ろうねという意味だ。

　歩き出す。駅に向かって。空はどこまでも青々としており、そこにまるで、友達のように連れてきた雲が、ふわふわと陽の光を浴びながら、浮かんでいる。
　朝だというのに、肌にやさしく馴染む風。飛び行き交う小鳥。その、もし画家であれば、キャンバスを抱えて出掛けたくなる様な風景のなかに、青年はいた。
　足取りは、明解に軽やかで、フッフッフンフンフンフン、フフッと、なぜか、ユナイテッドステイツオブ・アメリカ国歌を、口ずさんでいる。
　この、自由の喜びを表現したいのか、前世の血が騒いだのか分からない、"奏で"は、しばらく続いた。
　と、何回目かのリサイタル中に、ソレは、途切れ途切れの雑音とともに、だれかからの声を受信した。
"ザー、ザッザザッザー、こちら本部。聞こえますか？、どうぞ､､"
　ザッと短く切れた。若葉はとっさに、肩から掛けていた鞄から、携帯式小型のソレを取り出して、応対する。
「♪　うんっ！♫。ちゃんと聞こえてるよっ♫、どうぞっ､」
　青年の返事に、ソレを透した向こう側から嬉しそうな笑いの籠もった声が、届いた。
"ザッ、ザザッーザッ、♪!?　そうですかっ！♫、いやぁ〜

良かった良かったっ！♬。どうやら、成功作品のようですねっ？♪、、安堵しましたっ、若葉殿っ！♬"

　どの、と言っている時点で、もう気付かれた方も多いだろう。仮想部でこれを伴う呼び方をするのは、1人しかいない。"サット"だ。

　遡ること、きのう（うん、そんなに前じゃない）。いわば、精神状態の衰退期にあった青年のアパートに、土曜日にも関わらず、"いざ鎌倉っ!!"と士気を上げ切って、松木がやってきたのは、あさっぱら。

　呼び鈴があるにも関わる事なく、ダンダンダンと、取り立て屋の様にドアを叩き、寝ボケまなこでボッサボサの髪型をした、クラブダンサー若葉が応じる所から、はじまる。

『、、ふぁ～い、っ、。どなたでしゅかぁ～、、？』
『!?　おおっ！♬、若葉殿っ!!。おはようございますっ！♪。、目覚めは、いかがですかっ?!』

　最悪である。お前のせいでなっ！、とはとても言えず、

『、うっ？、、うんっ。まぁまぁ、かなっ、、』

　と、等級を高めに設定し、答えた。

『それはっ！　よかったっ♪』と言いつつ、続けた。

『、!?　あっとっ!、忘れてしまう所でしたっ。遂にっ、遂にぃ！　完成したんですっ！♪。明日のデートで、ぜひっ！。使って頂きたいと思いまして、』

　半ば、"忘れてしまえば、よかったのに、、"と連唱しながら、"サット"がそそくさと、提げて来た紙袋の中からたいそう大事そうに、ソレを取り出して、説明を始める。

『♬！　ジャジャ～ンッ!!♪。コレはですねっ！、私が開発

しました、"小型ポータブルボイダー"という物ですっ！♫」
　ポータブルですよっ！、ポータブルッ！　と、やたらと横文字を強調しているが、要するに持ち運びが可能な、昔懐かしい"トランシーバー"である。
　得意そうに、ニッコニッコとしながら、尚も続けた。
『っしかしですねっ！、単なる"ボイダー"ではありませんっ！。これは、半径10キロ以内であれば、屋内であろうと地下にいようと、相手からのメッセージが受信できるっ！♫。いわばっ！、画期的(かっき)な発明なのです!!』
　キラ〜ンと聞こえてきそうな、余韻が残った。
　そんな"奇怪な煌めき(きら)"をメガネから放っている、"サット"は、最後にこう告げた。
『これをっ！、明日使いましょうっ?!。、大丈夫ですっ♪。絶対に損は、させませんからっ!!♫』

　〜と、村の長老から勇者に授けられた、ボイダー改め、トランシーバー。通信を終えると青年は、それを上着のポッケにつっこんだ。
　人通りは少ない。まぁ、生粋(きっすい)の田舎(いなか)なので、元々そんなに多くは無いのだが、、。
　やがて、"幸駅"が見えてきた時。遠く、改札の辺りから、誰かを呼んでいる声がした。よ〜く見てみると、大きく手を振っている。
「、、、せ〜〜ん、、ぱ〜〜い、、、」
　若葉は、お〜い、誰か呼んでるぞ、といった感じで、後ろを振り返った。

が、しかし。それに応えたり、立ち止まったりする人はいなかった。キョロキョロと見回した後、うんっ？　と首を傾げて、前に向き直る。
　"誰を呼んでいるんだろう？"。その疑問は、すぐに解決された。
「、、わかばせんぱ〜〜〜い、っ！、」
　間違いない。アノ声は、、彼女さんだ。
　歩みを進めて、駅前の噴水広場まで来たその時、青年は佇んでいた。
　彼女さんの前まではきた。そしていま、目の前には並木がいる。
　髪を左右の耳の横で束ね、ニッコリと笑っている。いつもと違う髪型と、あまりに違う印象に、若葉は息をするのも忘れ、見とれていた。
　かっ、、かわいすぎる、、。今更ながら、この子が本当に、自分の彼女さんなのかと、疑わずにはいられなかった。
「♪、おはよう、ございますっ、♬」
　ペコッと頭を下げて、ニコッと微笑む並木。そして定番の、お国入れ替え。
「、、♬　おっ、おはよっ♪、、」
　ぽつんと、呟く様に言った。もう1度確認しておくが、2人は、知らぬ存ぜぬの他人、ではない。とてもたどたどしいが、恋人同士である。
　俯いていた青年が顔を上げ、口を開いた。
「あっ、」「あのっ、」
　重なり合う声。再び、今度は2人そろって赤くなり、俯く。

そんな、何とも初々しい彼氏さんと、彼女さんを、少し離れた所から見守るアヤシイ影。
　ガサッガサッと茂みの中から、ナニかが蠢く音がする。
　ぴょこっと、頭と顔を出す者たち。
「♪　なんか､、イイ雰囲気だねっ♫？。悟ちゃんっ♫」
「っまったく！、でございますなぁ〜♪っ。空峰殿っ♫」
「､このまま､、平和に､。うまくいってくれればいいケド､､､」
「､、あのぉ〜さぁっ！､。。僕は､､必要なのかなぁ､､､。別にぃ〜、呼んで貰わなくても良い､、ような気が、」
　そこには、仮想部のナンバー2空峰、第2書記官松木、実家の社務所は2階建て斑戸といった、信者3人と、ゴリ押しで招かれた、教祖海、もとい、藤白がいた。その嫌々に、"五人組"を断るコメントを発した"海佐"に対して、次期神主が、言った。
「！　っ必要ですよっ!!、と〜っても必要ですっ！。無くてはならない、と言っても、過言ではありませんっ！」
　そっ、そっかなぁ〜♪　と、若干照れながら視線を移すと、隣にて無言で頷く記者らの姿があった。イヤ､、そうゆう協調性は、イラナイ。
　できる事なら、コトバで表して欲しい、そう"カイサ"が切実に願っている頃。
　一方では､､
「井ふんっ！　馬鹿馬鹿しいっ！。、なぜワシが休日を返上してまで、ヤツのデートを監視しなければならんのだっ！井」

助手席に座っていた、これ又"海佐"と同じく、無理やり狩り出され、どちらかと言うと味方である、生徒会の麻積会長が、このどう聞いても独り言で終わりそうにない組長のグチを、苦々しくも、だが非難を折り込みチラシで、話す。
「、確かに、御気の毒だとは思います。ですが、この件はそもそも、鈴鳴学長ご自身で決められた事。決定事項に対して、今更文句をおっしゃるのは、些か、如何なものかと、、、」
　何かをほざきたげだったが、完璧で、まぁ、そりゃそうだ、と納得させる会長の文章に、逆に黙り込んで、目線を外に戻した。
　チームワークの脱輪が懸念される、味方の宗教団体と、学長自らも送り込んだ、敵の２人のエージェント。、、、気が重いがどうやらここからは、これらとの"２元中継"で、お送りしなければならないらしい、、、。

　～そんな頃。彼氏さん彼女さんは、手をわたわたさせながら、発言権を譲り合っていた。そして落札したと思われる若葉が、話し始めた。
「、きっきょうは、あったかくて、。、いい天気、だねっ♪？、」
　お見合いで、「ご趣味は？」と質するのと肩を並べる、おなじみの"空模様解説"である。
　だが、そんな平凡な言の葉にも、並木は、
「！♬　そうですねっ♬!?。うんっ♪、とっても良いお天気ですっ♬」
　と、青空を眺めながら答え、優しい微笑みを返す。緊張は

している けど、ホッとしていた。
「、っじゃっじゃあ、行こうかっ♬？」
「♪　はいっ！♬」
　と頷く彼女さん。しかし、次の瞬間。歩き出そうとしていた青年の隣で、ほのかに頬を赤く染め、恥ずかしそうに、並木は言った。
「、、っあ！、あのぉ､､｡、てっ、手をつないでも､､いいですか、？､､」
「､､!?　えっ？､」
　なぬッ!?　と、今なんとぉっ？　が混ざった、掠れた声が放たれる。
　"テヲツナグ"。それは若葉にとって、単なる"あくしゅ"ではない。エベレストが沈む一大事である。女の子と､､手を、つなぐ､､､
　でも、断るわけにはいかない。
　青年は、「うっ、うんっ､､」と言って、気が遠くなるほど、そうまるで、ETのある指を合わせる場面のように、ゆっくりと、彼女さんの右手に触れて、そっと握った。
　小さくて、やわらかい、赤ちゃんの様な繊細な手。それが、はじめての好きな女の子との、"てをつなぐ"だった。あったかかった。守っているというより、護られている温かさだった。

　そんな時。やはりこちらも、まもっていると、痛烈な気違いを来している教祖様と信者達は、その光景をアングリとしたお口で、ご覧になっていた。恐らく、"海の軍人"を除い

た純な男の子らは、若葉が受けたであろう衝撃を、バイブレーションモードで感じとったに違いない。
　空峰が口を開く。
「、、手を、、つないでるね、、、」
　沈黙の周囲にボソッと、静かに伝わる。呆然とした視線を、ふと、改札の近く。ここからすれば対角線上に停まっている、黒っぽい車に移す。
　ふり返って考えてみると、自分達がこの広場にやって来たのは、朝の8時ごろ。あの車がココに来たのは、それから20分後のこと。
　最初は、人と待ち合わせをしているのかな、と思い、特別気にならなかった。のだが、間もなく10時になろうとしているのに、その"まちびと"は、一向に現れない。怪しい。じつに、怪しい、、。
　ジ〜ッと見つめる、副部長。よ〜く目を凝らしてみると、どことなく見覚えのある形相（ぎょうそう）が、浮かび上がってきた。、、ハッキリと特定できた。
　空峰は、ふいにソノ人物と目が合うと、無意識の内に、鋭く睨（にら）んだ。
　〜っで、その車内、、。
　閃光（せんこう）の被災者である首領（どん）、あ、いや学長は、怒りを決して隠さず、憤り狂いながら吠えていた。
「♯　小僧っ!!。ワシと知ってかっ！　睨みつけおったわっ！　♯。忌々（いまいま）しい、ガキめっ！」
　そんな、ほぼ本職に返り咲いた声を張り上げる、組長に対し、麻積は、呆（あき）れ顔で冷静に諭した。

「、、つまぁまぁ、落ち着いて下さい、。たとえ気付いた所で、何がどうなるという事は、無いのですから、、」
「、っチッ！ꕥ。確かにそうだがっ、、」
　大人しくなる、サファリゾーン。気を取り直して、再度外を見つめ、睨(にら)み返した。

　ところで、そういった宗教結社と、黒塗りの車に乗ったマフィアとの、眼戦(がんせん)を露知らない青年は、手を握ったまま、不動明王像だった。心臓がドキドキしている。速く打つ脈は、アスリートクラス。
　1歩も動かずに止まっている彼氏さんに、心配そうな表情で、横から覗き込む様に、彼女さんが聞いた。
「、？、っせ、せんぱい、？、、」
「、、!?　あっ！、うんっ♪。ごっごめんねっ♫？」
　お札(ふだ)の取れたキョンシーが答える。
　若葉は、歩き出そうとしたとき、
「、なっ、並木さんっ、、」
「？、はいっ!?」
　うんっ？　と、首を傾ける彼女さん。
　どーしても伝えておきたいコトがあった。今日、逢った時から、ずっと想っていたこと。でも、なかなか言い出せなかったこと。
　青年は、勇気を出して、ニッコリと笑いながら、言った。
「、っそっその髪型、。とってもっ♫、似合ってるねっ？♪、」
　素直なキモチだった。若葉にはじめてほめられた並木は、みるみるうちに頬を真っ赤にして、パアッと、いまにも泣き

出しそうに、ニッコニッコと、微笑んだ。
　そして、震える声で答える。
「、♫っそっ、そうですか♥、。、とっても、、とぉ〜っても、嬉しいですっ♪！」
　良かったぁ〜っ。気に入って貰えたっ♫　と、小さく呟く、嬉しそうな横顔。
"よかったっ♪、喜んでもらえて♫、"
　幸駅へと歩いて入って行く、ふたり。それと共に行動を開始する、後ろから追う"尾行班"と、けたたましいエンジン音で、走り去って行った"フビライ・ハン"。
　いよいよ、デートの"開幕"である。

　広場に面する駅の入り口に入るとすぐに、正面に改札、左に券売機、普通・特急乗車券を購入できる、駅員売り場がある。
　地方の小さな田舎(いなか)のえき。青年にとっては、高校以来の親しみある駅。彼女さんからすれば、"コットン"下車に続く、再会の駅である。
　その、隣り合わせになっている売り場の、券売機の方に2人は歩み寄って行った。
　理由は言うに及ばず、内情と素性を知り、面まで割れているご老体(すじょう)がいるからだ。
　機械の前まで来ると、若葉は鞄から財布を取り出し、千円札を挿入口(そう)に入れた。そして、木陰駅までの"大人2人分"のきっぷボタンを押そうとしたとき、後ろにいた並木が、話し掛けた。

「！、あっ！、せっせんぱいっ！。大丈夫ですよっ♪。、わたし、自分で買いますからっ♬！」
　振り返ってみると、財布から出した270イェンを握って、にっこりとしている彼女さんがいた。
　これは彼氏さんの、大蔵省崩壊を危惧しての事に他ならなかったのだが、青年は首をブンブンと振り、ニコッと笑って、言った。
「、せっせっかくの、お休みの日に、、。きっ、きてくれたんだもんっ♪。今日は、っぼ、ぼくが払うよっ♬」
「、だからっ、心配しなくて、いっいいからねっ♬？」
　彼女さんが少しでも、気を遣わなくていい様にしようとしている、途切れ途切れの文体。
　それにしても、"きてくれた"とはね、。まるで、お越し下さった、とか、ご足労頂いた、みたいに言っているが、どうやらそこに青年自身は、含まれていないらしい。
「、、、っす、すみません、、」
　申し訳なさそうに謝る並木に、「♪、ん〜んっ♬、イイからっ♬。ねっ♪？」と、優しく笑い掛けて、クルッと券売機に向き直り、改めてボタンを押した。のだが！、
　ピピィーピピィーピピーッ、、
「、、、出てきませんねぇ、、」
　青年と共に切符発券口を隣で見つめていた、彼女さんが呟く。
　うっ、う〜んっ、、と呟いて、若葉は 徐 (おもむろ) に、ズイッ！　と前 屈 (かが) みになり、目を発券口に近付けた。
　ピッタリとくっつけた、まさにその時！、

シュッ、コンッ！
「!?　うおっ！、」
　メッブシッ！。かろうじて眼鏡のレンズが食い止めた、勢い良く飛び出した乗車券は、きっと、それを狙っていたに違いない。どこか、作為的なモノを感じる。
　ある種の先制攻撃をくらった青年は、そのまま転げ倒れた。
　世にいう、"券売機の乱"である。
「!?　っだっだいじょうぶですかっ!?、せんぱいっ！」
　咄嗟に駆け寄り、膝をついて、心配そうな表情で言う。
　若葉は、ウンウンと頷いて、
「、、だっ大丈夫、だよっ♪、。、ちょっと、びっくりした、だけだからっ♫、」
「ごっごめんねっ♫、。ありがとう♪」
　と、お礼を返して、立ち上がった。
　並木はその後も、けがは無いですか？、痛い所は無いですか？　と、青年を色々と気遣った。

　日曜日、というのは、券売機や売り場に並ぶ人が少なくて困る。そう思うのは、背後に潜んでいるコノ、"尾行する班"くらいだろう。しいて言うのなら、それが、休日の特権ではないのか。
　そんな、交通の便利さに異を叫ぶ崇拝者達と、御崇体は、若葉に起こった事態に、「いかんっ!!、」と走り出した松木信者を、ドタバタと慌ただしく取り押さえ、近くにあるトイレの入り口まで、引きずり込んでいた。
「、ダメだよっ！　松木君っ！。心配なのは、、分かるケ

ド、」
「♪　うんっ！♫。ココはグッ！　と我慢だよっ!?、悟ちゃんっ！」
「！　っそう！、ソレにねっ？。ちゃんと若葉君には、彼女さんが、付いていてくれてるんだからっ♫、」
「、、確かに、、そうですな、。私（わたくし）とした事が、失礼致しました、」

　深々と頭を下げる"サット"。
「、、それにしてもぉ〜、、、」
　入り口の影から、顔だけを覗かせていた、"海佐"が言った。
「、♪　ふたりともっ！♫。な〜んか案外っ♫、お似合いかもしれないなぁ〜♪　っ」
　藤白の言葉を聞いた男の子達は、"カイサ"の下、またその下、、といったいわゆる、団子3部員となり、顔を出した。キレーに上から、副部長、書記官、神主の、仮想部入部年代順に並んだ彼らが見たもの、
　それは、
　わたわたと一生懸命に、彼氏さんを心配する彼女さんと、彼女さんに感謝する彼氏さんだった。

　気付いた時には、周りに少数の人だかりができていた。
　休日の構内らしからぬ雰囲気を察知した男性が、関係者入口から出て来る。
「!?、おうっ？。何だっ？　何だっ？、コノ人だかりはっ！、」

やがて熱りが冷め、それぞれの方角へ向かって、人が歩き出した。

その切れ間から現れた青年と、目が合った。

「！♪　オウッ！♫、若葉じゃねぇかっ!?♫。、券売機が、どうかしたのかっ？」

ニタッと笑う。貴様か！、久見。

その券売機の謀叛を、事前に提唱した駅長は、スタッスタッと発券機の前まで歩を進めて、語り掛けた。

「、、っお前よぉ～、、また壊れたのかぁ、？、。勘弁してくれよぉ～、、っ、」

ソレは、こっちが言いたい。勘弁してくれ、おじいちゃん。

「まっ！」と大きく放つと、青年の方を振り返り、

「♫　っこんなのっ！、俺に掛かればっ！　チョチョイノチョイさっ♫！。、なんたってオレはっ！、この駅のボスだからなっ♪!?」

と言うと、ガッハッハッハッ、！　と、迷惑極まりない、高笑いをした。

早速指摘しておくが、あなたのボスというのは、サボリぐせの、か、猿山か。とにかく、おぬしではない。別にいる。

と、偽りのボスが、若葉の隣にいる並木を見て、ニヤニヤしながら言う。

「、!?♪　おっとっ！。おやおやぁ～♫??、今日は一緒にっ！　デートってかっ？♫」

「、、っそ、そうですケド、。なっ！、なにかっ?!、」

青年は、ちょっとムッ！　とし、照れながら答えた。

だが、駅長からの返事は、意外なものだった。

「♪　良かったなっ!?♫」
　ニカッと、清々(すがすが)しい程の笑顔だった。少し戸惑っている青年の様子を、チラッとだけ見て、周辺を眺めながら続けた。
「！、おうっ！、いわゆる"お忍びデート"、ってやつだなっ?!♫。、2人だけ、しか、、」
　言葉を区切る久見。ふと、入り口近くの男子トイレに居る、顔だけを縦にピシィッ！　と並べていた、影の一族の一味と目が合う。
"そうゆうコトか、、、"。
　若葉は、とにかく早く電車に乗ろう、そう思ったのか、発券口に出ていた2人分の切符を抜き取り、サッサッと久見の横を通り過ぎて、改札をくぐった。
　さらに歩き出そうとしたとき、
「わかばっ！！！！！」
と吼える、凄まじい大声が、背中から聞こえた。
　クルッと後ろを振り返ると、駅の入り口を見据えたまま、静かに佇(たたず)んでいる駅長がいた。
　そして、
「、、並木ちゃんに、ヘンなコトすんじゃねぇーぞっ！、」
　頬を桃色に染め、俯(うつむ)く彼女さん。青年も少しばかりほっぺを赤くして、震える声で否定した。
「！、しっ、しませんよっそんなことっ!!、」
　若葉の答えを受け取ると駅長は、上に向けて右腕をスッと伸ばした。
　まったく、駅長さんも素直じゃないな。応援してくれるんなら、ひやかしでも、「頑張ってこいよっ！」とか、「楽しん

でこいよっ！」って、言ってくれればいいのに､､､。

　彼氏さんと彼女さんが、ホームへ行ったのを確認すると、トイレからワラワラと、無数の、いや4人の影の軍団が姿を現した。
　彼らは共に、久見に向かって、「どうもっ♪」と軽く会釈をして、券売機で切符を購入しようと、駅長の横をそそくさと通過した、その直後！、
　ガシィッ!!
「はっぐっ！、」
"海佐"ではなく、3人の信者を覆う様に抱きかかえ、左端にいた松木が、首を絞める様にグイッ！　と入った右腕に、苦しそうな声を上げる。
「､､お前らなぁ～､､。尾行いてくんならっ、もぉちょっとっ！　上手(う)いコトやれよっ！」
　必死でタップする書記官。しかし、聞き入れられない。
「､っそんなコトじゃっ、そのうち、気付かれるぞぉ?!」
　ガバッ！　と自力で脱出した、血色の悪い"サット"は、驚きの表情そのままに、早口で言った。
「､もっもしかしてっ！、話してしまったんですかっ?!、僕たちのことっ！､」
　駅長は、落ち着いた様子で目をつぶり、首を振りながら言う。
「､っい～やっ！、バラしては無いっ。ただこのままだと、まずいぞ、ってだけだ、」
　安心したのか、肩を竦(すく)める"サット"。

駅長は続けた。
「、っしかしっ。そもそも、何でお前らが同行してるんだぁっ?!。、頼まれたのか?、アイツに、」
「♪　応援部隊ですよっ！♬」
　ヘヘェ～♬　と嬉しそうに、空峰が答える。
　とっ、ほぼ同時に、ククッククッ、、と、明らかに笑いを抹殺しよう、と目論む笑みを浮かべながら、言った。
「、、っそれがっ、あのザマかっ?!、」
　プッハハハ、、ッ!!　と、ついに爆笑し出した猿山のボスに、甚大な気分損害を被った"海佐"を省く一同は、急ぎ券売機で切符を買い、改札をくぐり抜けた。が、またしても、、
「そらみねっ！！！！！」
　今度は、サブの幹部か。副部長が振り向くと、さっきと違って、正面真っすぐを見つめた体勢だった。
　駅長が口を開く。
「、、若葉のこと、よろしくたのむ、」
　ニィッと白い歯を剥き出しにして微笑み、親指を立てて、前にスッと押し出した。やがて、空峰もそれに答える様に、ニッコリと笑顔になって、小さく胸のあたりで、グーサインを返した。
　駅長のクサいセリフにより、大幅なロスを被った影の軍団は、ホームに行くと、伊賀か、甲賀かと素早く若葉達を見つけ、同じ車両に乗り込んだ。友人を想えばこそ、である。
　しかし、これは立派な、"ストーカー規制法違反"にあたるので、無論。すべきではない。
　友への想いやり、といっても、法律は法律。通報されれば、

一溜(ひとたま)りもない。
　言わずもがな、ご希望通り刑務所へ、なのだ。

　忍びの者らが乗り、前後する形で、プシュー！、ガトンッ！　と、ドアが閉まった。
　ゆっくりと動き出す電車。とりあえず間に合った宗教組合は、なにを、どう考えたのか、進行方向むかって右にある優先席に、真剣な面持ちで、着氷した。しかも、生真面目(きまじめ)なことに、きっちり、しっかりと姿勢を正し、膝(ひざ)の上に手を置くという、2次試験スタイルを採用している。
　斜め向かいの一般席に座っていた、女子高校生は、そのどこからどう見ても、妊婦さんでも、体に心配がある様にも思えない、異常なオーラを放つ大学生の若者を、ただじっ〜と、訝(いぶか)しげに見つめていた。

　その頃、ところっ♪！、変わらず、、そこから斜め1番奥の、ドアの前にある吊り革に掴まっている、青年と彼女さん。
　乗車後、初めての会話は、入国管理局とソリが合わない彼氏さんの、この一言から始まった。
「、、おっ、おはよう、、」
「♪　はいっ！♫。おはようございますっ♫」
　もしも〜し、本日2回目ですよ。並木さん。最悪、逆ギレも辞さない、「節子さん、朝メシはまだかのん？」という若葉の言葉に、にっこりと答える。
　だが、現実的にそういった言の葉を発するのは、事実上、猿山のボスであろう。

「あっ!、」と呟いて、彼女さんが尋ねる。
「♪、きょうはっ♫、どんな所に行くんですかっ?♫」
「、えっ!?」
　ついにきた!。イヤ、きてしまった、。アノ、奈良県遺跡巡りマップ計画発表のときが!。できることなら、伝えたくない。伝えたくない、のだが、、。
　全国に問う。キミは、隣にあるキラッキラと、興味に溢れんばかりに輝くこのヒトミを、裏切るコトができるだろうか?。もしも可能ならば、名乗り出て欲しい。
　そうすれば秋休みと称して、ワケの分からない内に、年明け前の祝賀会を開こう。それが不服ならば、警察署長に成り代わり、限度無く、何枚でも感謝状を発行しよう。
　"しかたない、、"。そう思った青年は、とてもスマートな予定の、午前の部を告げた。
「、、っえ、えっとぉ～、、。これから、木陰駅にいっ行ってっ、それから、近くのショピングモールで、かっ買い物をして、、映画館で、映画を、みっ見れたらっ、いいなぁ～って、、」
　言ってしまった、、。"近くの"という表現が、傷口を更に広げている。
　痛過ぎるアクセント。しかし、、、
「♪　た～のし～みで～すねっ♫?、センパイッ!♫」
　ニッコニコの、満面の笑顔。フフ～ン、フ～ン♫　と、まるで、子供のようにはしゃぐ並木さん。喜んでいるのは、口ずさむ歌からも、掴んでいる吊り革を、前に後ろに、キュ～イキュ～イ、と揺らしている様子からも、明らかです。「うんっ♪!」と答えると、若葉さんも、ニッコニコになった。

幸せそうな2人を乗せている。だが、乗せているのは、それだけではない。
　よもやの優先席に陣取った、シノビ軍団。
　この良く言えば、彼氏さんと彼女さんの姿を確認するのに最適で、効率的な場所取り。悪く言えば、言語道断のポジショニングを成功させた。御崇体と待機している面接者たちは、次の駅、また次の駅、、と着く度に乗車して来る、おじいさんや、おばあさんに1人ずつ席を譲り、結局気付いた時には、全員が吊り革を握っていた。
「ならっ、最初から座るなよっ！」、と言いたくなる彼らの行動だが、その"吊り革へのシフト"は、実にしなやかだった。

"ご乗車頂きまして、誠にありがとうございました。木陰駅、木陰駅です。お荷物のお忘れものが無いよう、お降り下さい"。
　プシューガトンッ！。電車から降りた青年は、恥ずかしそうに、さりげなく手を差し出して、少しぎこちなく笑っている並木を見ていた。それは、言わずとも分かる、"もう1回、手をつなぎましょ"のサインだった。
　青年は無言のまま、ウッ、ウン、ウンッと後編になるにつれて、速く首を縦に振り、双方、ほっぺを真っ赤にしながら、やんわりつないだ。
「、、っそ、それじゃあ、、。行こっかっ？♪」
「！、はっ、、はいっ！♥」

2人は仲良くまた歩き出し、改札へと向かう。そんな彼氏さんと彼女さんを追って、尾行する影の軍団。
　しかし、ほぼ同時にホームに降り立ったはず、だったが、今度は"休日のええじゃないか"である、多くの人の流れに翻弄（ほんろう）され、いつしか忍者は、ターゲットを見失っていた。

　長い人の列に並び、短い改札をくぐるとそこは、街中だった。（でしょうね）
　駅前のロータリーには、やけに活気づいたタクシーが、"不景気に負けるな！"といわんばかりに停まっている。
　フロントガラスを、タオルで念入りに拭いていた運転手さんの近くを、若葉と並木が通り過ぎようとした時。ザサッ！！と、砂煙を巻き上げるスライディングを決め、しゃしゃり出てきたおいさんドライバーは、言った。
「！　っお兄さんっお嬢さんっ！！。手をつないでいる所をみるとっ、カップルさんだねっ！？♬」
「、今日はデート？。っだったらっ！　おいさんがっ！、とっておきの地元スポットにっ、連れて行ってあげようっ！！♬」
　目が血走っている。"これは、良いお客さんになる！"と、思ったのだろう。
　だが青年は、「すみません」と、頭を下げ断った。理由は言うまでもなく、"地元スポット"ならば、初めてのおつかいコースであるこちらの方が、勝（まさ）っているからである。
　哀愁を多分に含んだ空気を放ち、ガックリと肩を落とすおいさん。

やがて、大きな通りへ出る辺りで見慣れた女の子が、駅に向かって歩いて来るのが見えた。
「！、っ小鉢っ!!」
　若葉が本名、NO！、ニックネームで呼ぶと、ハッ！　と顔を上げ、トップギアで妙に嬉しそうに、駆けて来た。
　2人の前に着いて早々、キョロキョロと右に左に表情を伺う。それから、口を開いた。
「♪　きょうがデートの日っ♫、なんですね？♫。ウンッ♪、ウンッ♫。、なんかっ♫、イイ感じじゃないですか♪♪？」
　ニコッと笑う"小鉢"。青年は、気持〜ちたじろいで、聞いた。
「っそ、それより小鉢。こんな所で、何やってるんだ？」
「！、あっ！、予備校のゼミの、帰りなんですよっ♪。、受験生は忙しいんですよ、？。。先輩とは違ってっ♫」
　ニヘッと笑い、偉いでしょ〜う♫？　と誇る。と、"あんたはエライ"受験生は、言った。
「、、でもっ、本当にふたりだけ。なんですねっ？。、てっきり、、」
　入口から次々と出て来る、人だかりを見渡していた小鉢は、タクシー乗り場の近くにある巨大な鉄柱の辺で、進もうかどうかアタフタしている宗祖と、3人の野郎信者たちに、気が付いた。
　すると、若葉に聞こえない様な小さな声で、囁(ささや)いた。
「、、、ぁあ〜、なるほどっ、、。そうゆうコトですか、、」
「？」
　疑問符を浮かべ、うんっ？　と首を傾(かし)げて見つめている青

年に、はっ！　として"小鉢"は、プイプイと首を振り、
「！、って！、なっなんでもナイですっ！、」
「っお幸せにぃ～っ！」
　と叫ぶと、慌ただしく、駅の入り口へと走って行った。

「、、ふう～、、っ。。やっと、追い付けたね、？、。それより、、ダイジョブ？、悟ちゃん、、」
　恐らく、先ほどの人のビッグウェーブで、多期に渡り揉みくちゃにされ、遺憾ながら、集中的に足を踏みつけられたと思われる、"サット"が、片足だけ、爪先立ちになっている。
"サット"は、唸る。
「、、！　だっ！、ドゥワイ、ジョ～ブ、、です、。なんとか、、」
「、すごい人だったもんね、、、。ボクも、ビックリしちゃったよっ、」
　斑戸が会話に参入した。神主補佐は続ける。
「、っでもっ！。そんな状況でも見つけられて、ホントに、よかったよねっ♪？」
　と話していると、"海佐"が言った。
「!?、アレッ？。。なんか、、女の子がこっちに向かって、歩いて来るんだケド、、」
　あっ、ホントだぁ～と、ボッ～とその様子を見守る、宗教団体連合会。
「、、あのぉ～～、、っ。分かり易すぎますよっ!?。皆さんっ！」
　腰に手を当て、仁王立ちになった"小鉢"が、注意する。

それに、大変、、苦闘を強いられております、という表情の書記官が、答える。
「、、っと、言われましてもっ小鉢殿っ！、。何を、どうゆう風にすれば、、いいのか、」
「♬　簡単なコトですよっ！♬」「えっ!?」
「"変装"しちゃえばイイんですっ♪。少しでもっ、分かりにくくする為にっ！」
　ニカッと笑って、ピースする"小鉢"氏。おおっ!!、なるほどぉ〜と感心する、"カイサ"を外した信者ら。
　あまりオススメできず、そうするべきでないと、思うのだが、、。今は祈るしかない、"願わくば、正気であらん"コトを、、。
「♬、っそれではっ！、私はコレでっ♬」
　と手を振り、非常に、デンジャーなみことのりを残し、陽気姫は去った。

　陽気姫の末恐ろしい命令が発布された事自体を、ご存じない御2人は、次の目的地であるショッピングモール、、の前の信号が変わるのを待っていた。駅前だもの、、、。まさに、"くるぶしと、靭帯の先"（顔のパーツ跡形もないやん！）。
　青年が、ギリギリの日本語で、話し掛けた。
「！、あっ、えっとぉ〜、、もっもしっ！　好きな物とかっ、欲しい物っとかが、あったら、言ってねっ♬？」
「♪　はいっ！♬、、でっでもっ、なんだか、申し訳ないですっ、。っだから私はっ♬、見るだけで良いですよっ！♪。ウィンドーショッピングもっ、楽しいですからっ♬」

とっても謙虚な彼女さん。"なんて、いい子なんだろう"。青年は思った。
　しかし若葉は、何か1つでも買ってあげたい、そう考えていた。ほとんど、その為に貯めたお金。せめて、ひとつだけでも、喜んでくれるなら、、。
　これが、"海佐"、もとい、藤白奥義その2『恋人は、サンタクロースの定理』。まぁ要するに、気持ちを時には、プレゼントで贈りましょ！、という意味だ。

　青になった。もちのろん、この時を待っていたのは、彼氏さんと彼女さんだけ、とは限らない。
　街中に驚くほど溶け込んでいる、陽気姫の命令を授けられた者達。と、一見、サラリーマンに重なるが、実際には、似ても似つかない様な稼業に手を染めていそうな、スーツ姿の男性と、身分上。不幸にも休日に徴兵された、日本中が同情する、生徒会の会長。
　そんな、じつに多種多様なヒトが、横断していく。

「、、1Fは、食品売り場、。みたいですねぇ、、」
　入り口入って、すぐ右の壁に掛けてある各フロアの説明板を、一緒になって見上げていた並木が、呟いた。
　青年は、「あっ！、」と言って、説明板を指さしながら、嬉しそうに話す。
「♪　3Fへ行こうっ！♬、ねっ？♬。並木さんっ♪」
　3Fには服屋さんが、いっぱいある。だから行こう、というのだ。

3階のフロアに視線を移す彼女さん。そこには、明らかに女の子が喜びそうな、お店の名前と、取り扱っている商品名が刻まれている。
　もう1度若葉を見つめ、とっても嬉しそうにニッコリとして、
「♪　はいっ！♫」
と、元気よく頷いた。そしてまた、一緒に歩きだす。
　っと、後ろからほぼ同時に、ドタバタと慌ただしく来店した影の一族は、2人と同じ様に説明板を見上げ、討論を開始した。
「、っさっきこうちゃんっ。ドコを指さしてたっ？、」
「、、恐らく、1Fでしょうなっ、。そこで仲良く、甘いデザートでもっ。召し上がるのではないですか？、」
「？、そうかなぁ〜っ？。、僕は4Fで、可愛いワンちゃんとか、ネコちゃんを見に行った、と思うケド、、」
「、、、う〜〜ん、、。ぼくは、やっぱり2Fだと思うなっ♪、。CD屋さんとかもあるしぃ〜、、。本を読みながら、ゆっくりデートっ！、ってねっ♫？」
　ハハハハハッ、、、！、掠(かす)りもしねぇ！。
　そんな中、冷静に分析する様に、各フロアの説明を眺めていた〝海佐〟が、言った。
「いやっ、恐らく、、若葉くんのコトだから、3Fに行ったんだと思う。3Fには、女の子の喜ぶ店が、たくさんあるからねっ♫」
　藤白のコメントを受けて、フロア3Fの説明に目を移す信者。

しば～らくの沈黙のあと、スタジアムに入って行く際の歓声の賛美が、徐々に音を増し、手向(た)けられた。
「♪　おぉっー!!♫、さっすがぁ～♫！」
　尊敬の眼差(まなざ)しで見つめる、2年生。ヤッター！、やっと言葉にして貰えた！　と涙ぐむ、卒業生。
　ようやく、チームの歯車が回りだし、チームらしく勢い付いてきた宗教結社は、これまでより、多少リズミカルな足捌きで、2人を追い、店内へ入って行った。
　次に、ハァ、ハァ、、と息を切らしながら来店したのは、高齢化をカゲから牽引する学長と、人類最大の負債を、今現在抱えている麻積だった。
　組長が吼(ほ)える。
「♯あさずみいっ!!♯。、アイツらぁ、ドォーコへ行ったと思うっ！！？」
「、はい。、、恐らく、、、」
　と呟いて、説明板全体を見回し、再び視線を戻す。
　学長の顔を見つめて、落ち着いた様子で伝えた。
「、3階へ向かったものと、思われます」
「♯　ナァ～ニィッ！♯。3階だとっ?!、ふざけるなっ!!♯」
　お前が、フザけるな！。生徒の事を信じろよ！。アンタ教育者だろ？。
　大声で怒鳴り散らし、尚も、怪訝(けげん)そうな表情で続ける。
「、、っよりによって、。ナゼ3Fなんだ、？。オレの歳と、バイタルを考えろっ♫!!」
　しかたない、、。わたしが許す。「知ったことかっ！」、そう

言ったれ！。
「申し訳御座いません」
　深く頭を下げ、謝罪する会長。首領が尋ねた。
「、、まぁイイ、。それよりも、、どうやって3Fまで行くべきか、、」
　エレベーター、エスカレーター、階段、、。と、行き方は色々あるが、厄介な事に、今日は日曜日。エスカレーター付近は、見るだけで胸焼けがしそうなヒトの群れでゴッタ返しており、かといって、階段を登ろうとすれば、息切れ、動悸といった、更年期障害。だからそんな気は、さらさら無い。
　とすると、、
　エレベーター前までやって来た、高齢化に拍車を掛ける学長と、こんなオトナになりたくない麻積は、エレベーターが1階まで下りてくると、それまでイライラしながら待っていた組長を追う形で、人がギッチギチに詰まったエレベーターに、会長も乗り込んだ。
　ビィー！、ビイッー！、、
　鳴り響くサイレン。当然である。どう凝らしたって、"重量オーバーにまもなく到達"と、いわんばかりであったじゃないか。
　ヘッド、静かに曰く。
「、とりあえず、オマエが降りろっ！。、そうすれば何とかなるっ！」
　ビィー！、ビィー！、、、
「クソッ！」と言って、学長は続けた。
「、、っ仕方ないっ！。今度はオレが降りるっ！。お前が乗

れっ！」
　ティンッ！、コンッ！
　閉まり始める扉。どうやら、あんたが原因だったようだな。
「！、待て待て待て待てっ、、。麻積っ！、階段で行くぞっ！」
　無理やり扉をこじ開け、夜中。トイレに起きた子供の様に、会長を引っ張り出した。ひとりで行けば良いのに、、。
　ショッピングモール、エレベーター乗り場横奥にある非常階段を、利用する事にした組長と会長。
　しかしそこには、上のフロアへと続く階段を前にして、溜め息をつき、こう呟いている学長が、佇んでいた。
「、、これを、、、登るのか、？、、」

　フンフン♪　フンフン♪　フン、フフン♬　と、楽しそうに奏でながら、スタンッ！　スタンッ！　と、軽くスキップという名のステップを踏み、はしゃいでいる彼女さん。
　どうやら2人は、エスカレーターを使う様で、列に並んでいた。
　いっしょに、"せ～の"で乗る。
　そして並木は、横を振り向き、とびっきりの笑顔で、言った。
「♪　ねぇねぇ、せんぱいっ♬！。どんなお店があるんでしょうねっ？♥」
　は～やく3Fに、着かないかなぁ～♪　と、右に左に、クイッ、クイッ、、と首を傾げている彼女さん。
　そんな並木を若葉も楽しそうに、ニッコニッコと見守りな

がら、3Fまで行った。
　3Fに着くと、キラキラと瞳を輝かせる彼女さんと、ゆっくりゆっくり、お店を回って行く。並木はその度に、「あれもカワイイ！♪」、「あっ！、こっちもカワイイ！♬」と言って、青年の腕をまるでバネの様に、ビーンと伸ばした。
　ある、小物雑貨のお店に来た時のこと、木製の机の上に置いてあった、クマ殿の小さな人形をそっと手に取り、嬉しそうに手の中にあるそれを青年に見せて、言った。
「♪　コレっ♬、かわいいですねっ♬？。せんぱいっ♪」
　若葉もニッコリと、笑顔で返す。
「♬　うんっ！。とってもっ♬」
「あっ！、」と、青年は、続けて聞いた。
「、、きっ気に入った？、かなっ？」
「♪　ハイッ！♬」
　と、ニコッと答える彼女さん。
　青年は、「っそ、そっか」と言って、鞄から財布を取り出すと、優しく微笑みながら、話した。
「、そっ、それじゃあ♬。かっ買おうっ！♪。ねっ？♬」
「えっ!?、」
　戸惑った表情をみせる並木。
　プンプンと素早く首を横に振り、答える。
「!?　っそっ！　そんなっ、とっとんでもないですっ！。わっ、私はただ、、見てるだけでっ、十分ですからっ♪」
　そう返事をする彼女さんに、若葉は、素直に伝えた。
「、、♬　ん～ん♬。かっ買って、あげたいん、だっ♪。あっ！　えと、ほらっ♬、、。きょ今日の、お礼も、、こめ

て、」
　たぶん、、これを、"正直"というのだろう。
　不器用な、本来ならば母国語と、笑みを浮かべて、並木のほうを見る。
　その先には、一心に青年を見つめ、うるうるっときている彼女さんがいた。
　目がかゆいふりをして、泪を拭い、並木は、ニコッと笑って言った。
「♪、はいっ！♫。それではっ！、お願いしますっ！♫」
　そして、一緒に手をつないだまま、会計を済ませた。

　"クソォ！　ヤツめっ。これは、オレの血圧を知っての諸行か？"
　階段を登りながら学長は、心の中で呟いていた。
　1段1段がやけにツラい。呼吸もいまや、ゼェゼェ、ひぃふう、ひぃふう、、といった調子で、更に高齢化に磨きを掛けていた。
　数十分前に、「では、私は先に参ります」と麻積に先立たれて、いまは、ポツ〜ンと1人。歳は取りたくないものだと、ブツブツと何度も繰り返している。きっと、もうとっくに、辿り着いているだろう。
　何せ、若さからか、鍛錬の成果からかの、"2段飛ばし"。
　悲しい事に、この、高齢化統一がしらを突き動かしているのは、若葉への怒り、というよりも、まだワシだってという、"おのれのプライド"のようだった、、

ところっ♪！、やはり変わらず、彼氏さんと彼女さんは、服を売っているお店の前まで来ると、
「！♪　あっ！、せんぱいっ♬。ココに入りましょっ♬？」
　と、ニコニコと言う並木に導かれて、店の中に入って行った。
　彼女さんは洋服を、じつに嬉しそうに、でも慎重に見比べたり、といった感じで、キョロキョロと品定めをしていた。
　そして、いいなっ♪　と思う物を見つける度に、
「ねぇせんぱいっ！♪。この服、カワイイと思いませんっ？♬」とか、「あっ！。この服なんてっ、どうですかっ♬？」とか、「､､う〜〜ん､､｡イイ服が、たくさんありすぎてっ、困っちゃいますねっ♪？」と、青年に問い掛け、若葉はそれに、カミッカミの馴れない島国のことばで、丁寧に、一生懸命に答え、ウンッウンッ、と満開の笑顔で頷いた。
　とにかく嬉しいのだ。果てしなく楽しいのだ。一緒にいるだけで、こんなにワクワクする。いま、"デート"をしてるんだなぁ、と改めて実感していた。
　しばらくの"並木さんチェック"の結果、うんっ！♪、コレにしよう！♬、と言って絞り込まれた、2つの洋服。
　ふたつのハンガーを片方ずつ手に持ち、彼女さんはおっしゃる。
「♪　せんぱいは、どっちがイイと思いますっ？♬」
　ウゥライツorレフツ？（本場の発音で！）
　"恋愛のドラマで、見たことがある"。
　いわゆる定番の、"女の子が聞いて下さるコト"である。
　青年はまたしても、出典先はTVショーだ、という思いを心

の中で抱いた。
　せっかく聞いてくれてるんだから、その気持ちは分かるが、若葉のソレは、度を遥かに超えていた。
　真剣なまなざし、危機迫る表情。
　まるで、一早く地球滅亡を知った人のように、2つの洋服を、キョロキョロと代わる代わる見つめ、吟味する。
　やがて、「こっこっち、、かなっ♪」と、青年が指さしたのは、春物であって夏物。春らしくて、夏らしいといった、これからの季節にピッタリの服だった。
　この、酸性でもアルカリ性でもない、PH：ペーハー値8の、生粋の中性洋服が選ばれた事について、並木さんは、
「♪　あっ!、いっしょですっ♫。せんぱいと♫。、、よかったぁ〜、、♥っ。嬉しいなっ♪」
と記者会見で述べられ、ニッコニッコと笑われました。若葉さんも、ニッコニッコと、笑顔を返します。
　青年は、言った。
「、、いっ1度っ。。着てみたら、どうかなぁ？♪」
「♫　そうですねっ?!♫。、じゃあ、着てみますねっ♪？」
　彼女さんは、一方の服を元の所に戻して、試着室に入って行った。

「、、、っどっ、、どですか、ねぇ、、」
　着替えを終えた並木が、恥ずかしそうにカーテンを少しずつ開けて、手を祈りを捧げる様に絡ませながら、照れている。彼氏さんはそんな姿に、ほっぺを赤くして見とれていた。
　かっ、、、かわいすぎる、。青年はそんな感想を、ありのまま

伝えた。
「♪　うんっ♬　うんっ♬。っすっごくっ！。すご〜くっ♪、似合ってるよっ♬！」
　何度も何度も、ウンウン、と頷き、微笑む若葉。
　彼女さんは小さく、「わぁっ♪、」と呟いて、
「♪　ありがとう、ございますっ♬、、」
と、照れ笑いを浮かべた。

　さてその一方で、エスカレーター付近にあるベンチで、どこで買ったのかサングラスを掛け、2人を監視している、宗教団体連合会時息支部のメンメン。言うまでもなく、恐れていた事が成就（じょうじゅ）した形である。
　なんでも人の意見を聞き入れる子たちなので、いつかはやりそうな気がしていたが、ここまでくると、素直過ぎるのもどうか？　と思う。
　お母さんに手を引っぱられて、歩いて来た男の子が、
「！、♪　お兄ちゃん達っ♬。変わったメガネ掛けてるねっ？♬」
と、興味を示して歩み寄ろうとすると、グイッ！　と手繰（たぐ）り寄せた母親が、少年の耳許（もと）で呟く、
「♯ダメよっ！　ケンちゃんっ。、お兄ちゃんたち、忙しいんだからっ、」
　いったい"何（なに）で"忙しいというのか。男の子は、「は〜い、、」と不貞腐れて言う。そして怪訝（けげん）そうな目線を、彼らに母親が送り、去って行った。
「♬　っなんだかとっても楽しそうだねっ♬？。若葉君と並

木さんっ♪」
　斑戸(むらと)信者が口火を切る。
「！、♫　ですなっ！♫。まさにっ！、デートを満喫されている、といった感じが伝わって来ますっ！」
「、洋服を選んでいる時の、こうちゃんの気持ち、、。よ〜くっ分かるなぁ〜、、」
　"海佐"が言った。
「、、っでもっ、あれでイイんだよっ？♪。、言ってみれば、、最高の判断かもしれないっ♫、」
「そうなんですか？」
　副首相が尋ねる。"カイサ"は、隣の色メガネ、あ、いやっサングラスをニッコリと覗き込んで、話した。
「♪　うんっ♫。その人のコトを、大切に想ってるっていう感じがする、とってもっ♫、良い反応だったと思う♪」

「、、あ、あのぉ〜、、ごっごめんなさいっ！、。、、こんなに色々と、買って頂いて、、」
　と、さっき買った洋服の入った袋を、大事そうに抱えながら、彼女さんが謝る。
　じつはあの後。青年は再び、「、おっお礼だからっ♫、ねっ!?♫」と言って、お金を払い、ニコッとあったかな、やさしい笑顔になっていた。
　ペコッペコッ、と何度も、深々と頭を下げる並木に対して、ぎこちなく、不器用な微笑みを向け、正直に、しかし照れも含めて、言った。
「、、んっ、ん〜ん♪。それ以上にいま、ボッボクは、、。幸

せだからっ♬、」

 とっても素直な感想文。本当に本当の、素直なキモチ。こんなに可愛い女の子と、お付き合いをしているのだから、当然。と思うかもしれない。

 だが、皆さんも分かって頂けると思うが、"当たり前"のことを行ったり、伝えたりするのは、とても難しい。

 しかしもし、それができたのなら､､､。間違いなく、どんなメッセージよりも早く､､。相手の心を通過する。

「､､､､っせん､､ぱい､､､」

 溢れんばかりの泪を目に溜めて、うっとりと見つめる彼女さん。

 とろ〜んとした瞳。泣きだしそうな並木を見て、

「!?、っあ！ え、えと、ごっごめんねっ。あのっ、なっ何かいけない事っ､､､言っちゃったかなぁ、？､､」

 と、手をわたわたさせながら、一生懸命に謝る若葉。

 並木は、フルフルと首を横に振り、泪を拭いながら答えた。

「､､そっ､､そんなこと、ないです、｡､ ♪ いい人ですねっ？、♬、せんぱいって、♬、」

「？、いいひと？」

 青年の簡易な4文字の問いに、彼女さんは、ニッコリと微笑んで、

「はいっ！♪、」

 と、元気良く、コクリと頷いて答え、行きましょっかっ♬？ と、嬉しそうに言った。

 そんな仲睦まじい彼氏さんと彼女さんが、2人そろって下

に降りて行く為に、階段まで歩いて来たとき、悲劇は起こった。
「あっ！」「あっ！」
　踊り場で対峙する両者。もちろん、階段から現れる班、といえば1つしかない。
「っ超高齢化社会ぃ？㌸。結構じゃないかっ！」、と豪語する裏、失礼、表私立大学のドンと、恐らく、今世紀最大の厄除けに失敗した生徒会会長。の2人からなる、"蒙古斑"である。
　この、絶対的に居にくい状況の中で、最初に話し出したのは、学長だった。
「、、やっ、やあっ！♪、若葉くんに並木くんっ♬。、こんな日に、こんな所で出会うとはっ、奇遇だねぇ〜？♬、。っなぁ？、麻積くんっ？♪、」
　内情をよ〜く知っている若葉が、学長を睨みつけている。
　まさかの、"アサシンパス"を受けた会長は、「フルなよっ！㌸」と全力で思いつつも、答えた。
「、、っそ、そうですねっ♬？、奇遇ですねっ？♬。今日は、デートか何かですかっ？♪、」
　言った後。麻積は、心の中で大きく、ハァーと溜め息をついた。そんな事、聞かなくても分かっている。そもそもが仕掛け人なのだ。把握した上で来ている。
　それに、本当に奇遇なら、もっと驚くはずだし、大体。いち教育機関の長が、何百、何千という膨大な学生の中から、会っただけで特定の固有名詞に辿り着くのは、あり得ない事なのだ。家族ぐるみの親交があるか、部族に伝わる千里眼を

持っているか、のどちらかでしかない。"母を訪ねて三千里"というアニメがあるが、それさえも、3回目をつむれば、クライマックスである。

　しばしの沈黙、、。それから、何も知らない唯一の人である並木が、ペコッと頭を下げて、組長に向かい、挨拶をする。
「、♪　こんにちわっ♫！、学長先生っ♫」
　いや、いやっ、、、あの〜並木さん？。敵ですよっ、テキ。
　じつに、ホレボレする位の爽やかな笑顔に、返事に困ったボスと、可哀相(かわいそう)な手下は、
「、、じゃ、じゃあ、、我々はこれで♪」
「っ失礼しました〜っ♫、、」
　と、欠陥(けっかん)工事のような、地盤グッラグラの愛想笑いを残し、逃亡した。

　告げるまでもなく、尾行側の大失態。"追う"者がターゲットに"見つかる"とは、なんてコトだっ！！！。きっと、、もう、分かってしまっただろう、、。
　しかし、そんな心配を余所(よそ)に、いま青年の横には、カンッカンッ、、とニコニコしながら階段を降りる、彼女さんがいる。
　何段か降りた後。ふと、並木が聞いた。
「♫　っでもっ♫、ホントに偶然ですよねっ？♪。学長先生もっ、お買い物ですかねぇ？」
「、、そっ！　そうだねっ？♫、。、うんっ♫、、きっと、」
　っんなワケがナイ。ちゃんとご覧になってました？、会長のアノ、苦(にが)り切った表情を。最後まで「無罪だぁー！」と訴

える、差し迫った表情を。
　あっ、と小さく呟いた彼女さんが、言う。
「、♪　今度は、私がせんぱいにっ♫。なにかプレゼントしますねっ♫?!」
「!、えっ!?。、ん、ん～んっ♪。いいよ♫、ボクはっ♫」
「、で、、でもっ、」
　視先を下げ、俯く並木。青年は答えた。
「、、きっ、気持ち、だけでも、、。とっても♪、嬉しいから、、」
「だだからっ、、楽しもうっ!♫。ねっ?♫」
　精一杯の微笑みを浮かべる若葉に、それでもまだ、"もうしわけなさ"が残るお顔の彼女さん。う～んと考えて、
「、え、えと、じゃあっ!♪。欲しいモノがあったら、教えてくださいっ!♫。、わたしもっお礼、、したいですからっ♫」
　と、ニコッと笑って、答えを返した。

「、、え～～っと、次は、、。映画館、かぁ～、、」
　"中東、油田巡りツアー"の予定表の上に、地図を広げて、歩きながら眺めている空峰が呟く。
　ショッピングモールの非常階段を、ヒジョウとはかけ離れた状態で、仲良くゆ～くりと降りて行った若葉と並木は、どうやら次のポイントである、"映画館"に向かっている様子だった。
　現在の状況を説明すれば、彼氏さん彼女さんの背後に、影の軍団。大きな通りを挟んで、向かい側の歩道に、国民の休

日をものともしないスーツ姿の男性と、本来であれば、休日である男子学生。といった感じだ。
　やけにテンションがおめでたい、"サット"が言った。
「！♪　いやぁ〜！　ついにっ！、映画ですねっ♬?!。近づいて来ましたよぉ〜っ！♬。、何だかっ♪、高揚しますなっ！！？♬」
　松木、勘違いするな！。いまお前たちに近づいているのは、捜査の手か、検挙のいずれかだ。カガミで自分を見てみろ。日本のドコに、幸せ満点の恋人を、グラサンで追い掛けるトモダチがいるとゆうんだ？。何目的だ？　何の儀式だ？。親のかおが見てみたい、、。
　次世代神主が、会話に参加する。
「♪　つねぇねぇ、でもさぁ〜、。2人ともっ、どんな映画を見るのかなぁ、？」
「！、ああっ！。確かにそうだねぇ〜、」
「♬　予想外のっ、絶叫ミステリーぃ♬。かもしれませんなっ？♪」
「いやっ、」
　突然の教祖の否！　に、記者らの視先が集まった。
　"海佐"は続けた。
「、ったぶん♬。とても穏やかなモノ、だと思うよっ♬？。、だって、、」
「"デ̇ーṫ̇"、だからねっ♪!?」
　信者たちは、明らかにその言葉の意味がわからない、といった様な、ポカ〜ンとした表情のまま、「おぉ〜！！」というヘ音記号の声援を、御神体に発した。

数分後、すぐに映画館に到着した。
　2階建ての映画館で、1階は、入口・出口専用のガラス張りの自動ドアがあるだけ、実質。シアターや、飲食店などがあるのは、2F部分なので、入ったら血も涙も無くすぐさま、大理石、もとい、コンクリート造りの階段を登って行く事になる。
　また、2人が入って行く方は良いが、反対側の入口に付いて、稼働しているエスカレーターはなぜか、"下り専用"とケンカ越しの設計になっている。まさに、"天国と地獄"をジでゆく施設、と言える。
　ところで、当の彼氏さん、彼女さんはと言うと、、
「♪　いろんな映画がありますねっ!?。ねぇねぇせんぱいっ♫!。どれを見ます？♫」
　映画館前にある、ちょっとした広場の様な所で、建物2階部分に掲げられている、"公開中映画紹介ボード"を、キョロキョロと見渡していた並木が、青年の上着の袖のはしっこを、キュムキュム、と引っ張っている。
　そんな彼女さんの仕草に、ほんの〜り頬を赤くしながら、
「、、うっ、う〜ん、♪、。、そうだねぇ〜、、」
　と、若葉は答えた。ふと、"新作映画"に目が止まる。
　作品は2種類。タイトルはそれぞれ、「小犬ポロン」と、「レッツ！　武士道」。
　この何とも、日溜まりの如くの作品と、カタナという刃物を用いるのにも関わらず、軽快さが垣間見られ、"レッツ"という横文字の影響で、武士道との兼ね合いに亀裂が走って

いる作品。
　青年は、その2つのポスターを見つめ、うんっ！　と、ある決心を固めた。
　それは、、、
「！　っあっ！、けっケイタイが、鳴ってるみたいっ！、」
　若葉は、ちょ、ちょとっごめんね？　と付け足して、「ハッ！、ハイッ！」と言ったまま、キョトンとしている並木と、ある程度の距離を取って離れ、ササッとポッケの中から、巷で無名の、アノ通信器具を取り出し、語り始めた。
「、あ、あ、、もしも～しっ、聞こえますか？。どうぞっ、」
　ブーン、ブツ、ブツ、、と、鈍い断続的な電子音が流れる。
　その後に応答したのは、本日最初の接触となり、嬉しさ溢れるコノ信者。
"ザッ、ザザーザッ、はいは～いっ♪！、こちら本部でぇ～すっ♫！。♫　どうっ⁈！、楽しんでるっ⁉︎。、、って、あっ！その前にぃ～♪。おはようっ！♫、こうちゃんっ♫、"
　なんて暢気な、対策本部。しかし、いくら戦場では即座に撃ち落とされそうな本部でも、いまの青年にとっては、防衛省と覇権を争える位の信頼がある。
　若葉は続けた。
「♪　おはよっ！　順ちゃんっ♫。、えっとさぁ～、新しい作品を見たいと思うんだけど、、、。っこの2つって、どんな映画か分かる？、」
"ザザッ、ザーザザッ、うんっ♫！。ちょっと待ってねっ⁉︎、"
　ブツンと、交信が途切れる。

少ししてからの、連絡送信に出たのは、
"ザーザー、ザッザザッ、おまたせー！。おはよう若葉君っ♪。お人代わって、せなだよっ🎵！、それではっ！　さっそく、説明するねっ？🎵"
"ザーザッ、まず、「小犬ポロン」っていうのは、ポロンというわんちゃんが遭遇する、連続猟奇殺人を、名探偵の飼い主が解決していくお話。っで、「レッツ！　武士道」っていうのは、お侍さんの平々凡々とした日々を描いた、とっても、のどか～なお話。だってっ、"
　フツー、逆じゃねっ？。青年は、「そっか♪、ありがとう🎵」と言って、トランシーバーを、肩から掛けている鞄に仕舞った。
　やっぱり、調べてよかった、そう思った。一見、題名そのままの内容に思えても、こういった、不測の事態もあり得るのだ。
　彼氏さんが急いで彼女さんの所へ駆け戻り、ごっごめんねっ、、待たせちゃったね？、の次にコレを見よう！　と伝えたのは、言うまでもなく、、
「、、れっ、、レッツ！、武士道っ。にしようっ！🎵、」
　だった。念には念を！　の、勝利である。
　女の子に、"武士道"という、バリバリのヤロウ色を見せるのは、些か抵抗があったりもしたが、並木さんは、意にも介さない環境性能で、
「♪　はいっ！🎵。どんな映画か、楽しみですねっ🎵?!」
　と、ニッコリと微笑んで、おっしゃった。
　それから、「せ～んぱいっ♪」と言って、スッと右手を伸

ばし、青年の左手とやんわりつないだ。

　この世とあの世の光を、全て集めた結晶の様な2人は、自動ドアをくぐると、入ってすぐ左の壁に掛けられていた、"上映スケジュール表"に気付き、その前まで歩いて行った。彼女さん曰く。
「、、つぎの上映は、、。12時からですね？、」
「、うんっ。まっまだ少し、時間があるねっ、、？」
　目線を落とし、腕時計を覗き込んだ若葉が答える。並木が言う。
「♫っソレじゃあ！　せんぱいっ？♫。ここは、、階段で行きましょう！♪」
　イタズラっぽく、へへェ～♫　と笑う彼女さん。エイッ！エイッ！　オー！、とばかりに振り上げられた左手と、買い物袋。しかし、この2人にとっては、何の問題も無い。言ってみれば、"王宮の階段"かもしれない。
　あっ、、じゃっ、じゃあ、に続けて、青年は言った。
「、そっその袋っ、ぼくが持つよっ♪。つ、疲れちゃったらっ、、大変だからねっ♫？、」
　これが、"海佐"、don't、藤白奥義その3『天は彼に、荷物を与えた』である。まぁ、掻い摘んで言えば、ゴロ合わせに過ぎない、、、。
「!?、えっ！　あ、あぁ、、すっすみま、せん、、。ありがとう、♪、ございますっ、、♫」
　戸惑った様子で感謝する並木。でも、その表情は、すっきりと晴れ渡っていた。

「、若葉君も並木さんもっ♬、階段を利用するっていう所なんかは、楽しんでいる証拠だねっ♪⁉」
　宗教団体連合会時息支部、通称"グラ連"（ほとんど1文字も噛まず、、）、のメンバー達が入口をくぐったのが、ついさっき。
　その時は、只今のコメントとは大きく波形が異なり、目の前に現れた限り無く続く階段を登る2人を見て、「マジかよ、、」と、遺憾の意を表明した。
　なぜに、カイダン？。見えていないのか？。上りエスカレーターという名の、右隅に取り付けられた文明のリキが、、
　彼らにとってすれば、まさに"修羅場"。王宮どころか、天空へと繋がる段数であり、たとえ着いたとしても、そのまま羽ばたいて行ける階段なのだ。旅立てる、と言ってもいい。
　しかし、いまではさすがに慣れたのか、至って好調な尾行となっている。

　これとは対照的なのが、突然のターゲットの右折により、緊急の歩道橋渡りを余儀なくされ、ゼェゼェ、ハァ、ハァ、、と火を見るより分かる、バイタルの変動を来しながらご来館の、組長鈴鳴と、全国民を支持基盤に持つ、会長麻積。
　息と面構えを取り乱し、入口付近のガラス戸に凭れ掛かっていた組長に、冷静な口調で麻積が尋ねる。
「、ここからは階段か、エスカレーターのどちらかになります。如何なさいますか？」
「、、、ハァ、ハァ、、ウンッ、？、」
　と、返事をして顔を上げ、会長の左右背後を見比べた。

そして、呼吸を乱しながら、声を荒げて吠えた。
「、ハァハァハァ、、いかがも、なにもっ、。ハァ、アレに、決まってるだろっ‼♬」
　ビシィッ！　と、エスカレーターを指し示す学長。
　だしょうな。仮想部と特別顧問が"シュラバ"なら、このマフィアにとっては、"処刑場"である。しかも、羽ばたくどころか、ムコウから迎えが来る。
　こうして、結局。エスカレーターに乗り、若葉と並木、影の一族を悠々と、追い越して行った。

「、、♪　せ～のっ、とうちゃ～く♫！」
　最後の1段を、とっても和やかに登った恋人さん。何の悲痛な叫びも、歪みもない、実にのんびりとした登頂。そんな、ニコニコとした表情で、すぐ左にある受付カウンターに歩いて行った。
　2Fは、階段から向かって右は、一面壁で、左に向き直って正面左に、映画シアター入口。正面右が飲食店街入り口となっており、その2つの入口を、中央の分厚いガラスで隔てている。
　チケットカウンターは、コの字のテーブルであり、風通しが良い、もとい、直接店員さんと対面できる型式だ。
　ルンルンルン♪、フフ～ンフンフ♫　と、嬉しそうに口ずさみ、小刻みにつないでいる手を、プン、プン揺らす彼女さん。そして、仲良くゲートイン！。
　っが！　次の瞬間、「いらっしゃいませっ！♪」と言った店員の顔を見て、若葉は思わず、吹き出しそうになった。

、、、、、岸だった。
「ゲッ!、」
　とこちらも思いがけずシャウトする店員。多量のクエスチョンマークを周回させている並木が、不思議そうなお顔で見つめている。
「?」
　今度は、突如としてダンマリを決行した青年をじっ〜と見て、うんっ？　と呟き、首を傾ける。ことばを失い、なにも喋らなくなってしまった彼氏さんに代わり、ニコッと笑って、高らかに言った。
「♪　おとな2枚くださいっ!♬」
「!?、ハッ!、ひゃいっ!!」
　と、驚きからか、ボロボロの母国発音で、震える様に放つ。同時に、コスチュームである帽子を、顔を横に向け目深に被り直し、素早くチケットを発行した。
「!　はっ!　はいっ!、お待たせしましたっ!、」
　2枚のチケットを、ブルブルと震わせる店員から受け取った並木さん。しかし、それでも彼女さんは動きません。
　明確に不審な視界不良の店員を、色々な角度から観察して、最終的には、下から覗き込み、なんとか顔が見えないものか、とジーっと見ています。対する謎、、というより岸は、必死のもがきディフェンスで、目線を逸らそうとしている。
　あっ、、あのっ、お客さまっ、そう言おうとしたとき、青年が、
「、っじゃじゃあ、♪、行こうかっ、♬」
　と、並木さんを引っ張る、より、引き剥がすといった感じ

で、ゲートをくぐり抜けた。
　だが、どうしても気になさっているらしく、くぐり抜けた後も、3歩進んでは振り返り、また4歩進んで振り返り、、といった事を、何度も何度も繰り返し、数回それを行った後に、彼女さんは、若葉に聞いた。
「、、ね、ねぇせんぱい、。。あの店員さん、、、どこかで、会ったコトありません？」
　イェース！、ザッツライトゥッ！！。言わずもがな、部室にてケモノに近い哺乳類の雄叫びを上げ、斬新なフレームアウトを決めた人物である。
　当然だが、そうは言えない青年は、
「、、っそ、そっかなぁ～、、？。。きっと、、き、気のせいだよっ、、♫、」
と応えるしかなかった、、。

　万感の思いで、やっと階段を制した、突発的な筋肉痛を訴える若者達が、シアター入口付近まで歩を進めた時。飲食店街入り口近くにあるトイレから出て来た、ビコウの鉄則に反し、決死の階段登り義務を怠った、組長厳と、市民も応援している麻積生徒会長に、バッタリ出会した。
　ついに、ミカタとテキのエージェントの接触である。
「、、╪っエスカレーターを使って尾行なんてっ、、いい度胸ですね、、？、」
　学長をあらゆる怒りを込め、ニラみつける空峰。予め、もう1度伝えておくが、麻積は学生側なので、味方です。
　しかし、そんな副部長のイヤみに憤る事なく、至って涼し

げな表情で、組長が言う。
「卍　フンッ！卍。休みの日に、わざわざ付き合ってやってるんだっ！卍。それだけでもっ、ありがたく思えっ!!卍、」
　ニヤッと、薄気味悪い笑みを浮かべる首領。と、
「!?、おぉっ！、麻積じゃねぇかっ?!」「、あっ!?、藤白っ！」
　奇妙な巡り合わせの初会に、ある意味、"驚愕"にも似たお言葉を述べる同級生。
　海の強者が続けて話す。
「、、お前、、、。こんな所で、、ナニしてんだっ？、」
「、いやっお前こそっ！。何でココに居るんだよっ!?」
「、オレは、、その、。。この子たちに、頼まれたんだよっ、、、。一緒に、来て欲しいって、、、」
「、、っそうか、同じ様な物だな、。自分も、、、」
「、お互い、、。苦労が絶えないな、？」
　ハァー、と溜め息をつき、分かち合う両氏。
　すると、それまで膠着状態だった、松木直立不動明王像が、始動した。
「、、！　っあ、麻積会長どのっ!!。おっ、おはよう御座いますっ！！！」
　ハッハハハハ、、、あっぱれ！、縦社会。
　シュバッ！　と敬礼をして、姿勢を改善する。会長がのたまふ。
「、松木くんっ♪、おはよう！♫。、気持ちは嬉しいけど、、、っ今日は休日なんだしっ♫、そうゆう事はいいからねっ♪？」

「!?　っはっ!、はいっ!、ありがたき御言葉っ、。至幸の極みにございますっ!」
　ハ、ハハ、、と苦笑いをする麻積。
　斑戸が、抗議を続行。
「井っ生徒を自分の都合で連れ回すのはっ、考えられませんっ!!。それでもっ!　教育者ですかっ!!!!?」
　そうだそうだ!、言ったれ言ったれ!。「空峰君っ?、行こっ!?」と言って促し、再度学長を睨んだ。

　激しいバッシングの末、先に入場するに至ったジャーナリスト集団。
　しかし、怒っているのは、彼らだけではなかった。
「井っサットッ!♫、オマエ頭おかしいんじゃないかっ!!?。見も知らないならともかくっ、なんで正体がバレててっ!、顔まで知ってるオレのアルバイト先をっ、デートプランに含めるんだよっ!井」
　頷ける抗議内容。チッチッチッチッと人指しゆびを、雨の日のワイパーの要領で傾け、"サット"が告げる。
「♪　だ・か・らイイんだよっ!♫。まったくフツーの映画館よりも、っ少しでも顔馴じみがいて、信頼が置ける映画館のほうが、何かと助かるしなっ?♫」
　だが、それでも納得できない様で、岸は、以前よりも勢いを増し、吼えた。
「井っザケンなっ!井。ソノ、顔馴じみのせいでっ、どんだけオレが緊張したと思ってんだよっ!!♫、」
「っもぉ～～んのスゴイッ!、姫君疑ってたんだぞっ!

♯？。見つめられたんだぞっ!?♯、姫君にいっ！。っ照れるに決まってんじゃねぇかっ♯！、」
「♯慰謝料はらえっ！♯、慰謝料をっ!!♯」
　岸よ、とりあえずその、"姫君"という工学部のしきたりを捨てろ。
「♪、っわかった♫　わかった♫。ハイッ！♪　慰謝料っ♫」
　チャリ〜ンと、木製の会計入れに落とされた、入場料900円、、、。
「、、松木♪、、おまえっ♫、、、コロスッ！♯、」
　ヒトだとは思えない速さで、ガッ！　と"サット"の胸ぐらを掴み、殴り掛かろうとするお友達を止めに入る店長と、低コストで抵料金を実現させた書記官を押さえ込む、事務次官と、神主のご子息。
「!?　っ岸くんっ！。お客さまになんて事してるんだっ!!」
「、、っさっ、悟ちゃんっ！、。、とっとりあえず、あ、謝ってっ!!」
「、っそうだよっ！、ここでっ、こんな事してる場合じゃっ、、、ないんだからっ、！」
　入り乱れるそれぞれの声。少ししてようやく、"サット"の「スマン、、」という呟きの謝辞で、双方ボッコボコの大惨事は免れた。
　覚えておこう！。これを、"喧嘩する程、仲が良い"という。

　さっき、ゲートをくぐって近くにあった売店で買った、1個なのに、それ相応の圧があるLサイズのポップコーンを、

"笠かけ地蔵"のおじいさんの如く、たいそう優しく抱えている並木さん。お顔はニコニコと、とっても嬉しそうです。
「♪　あとで、映画を見ながらっ♫。いっしょに食べましょうねっ？♫」
　という彼女さんの一言で買われた、かなりの大きさのシェアを誇るスナック。
　しかし彼氏さんは、こんなに必要なのか、とは言いません。
　なぜなら、、、
「♪　っせんぱいっ！♫。はいっどうぞっ♫！」
　抱えていた、家宝クラスのポップコーンを、若葉の方に傾け、ニッコリと微笑む。
　青年も、「、！　っあ、ありがとう♪」と言って、1掴み分のポップコーンを口に運ぶ。
「！　うんっ♫！。美味しいねっ♫?!」
「♪　ハイッ！♫」
　心の奥から、楽しいからっ。

　上映5分前。ギリギリの所で売店のお兄さんに、ポップコーンの調理を急かし、ラストスパートを掛けて上陸した、"工学部の変"の当事者、鎮圧者、傍観者と、歩くだけで草花が枯れる時息大学長に、現代に蘇った平安時代の悪霊に取り憑かれている生徒会長。彼らが入って行ったのはもちろん。「レッツ！　武士道」が放映される、7番ホールである。
　中に入ると、左側はカベ。理由は、茶畑の様に、上の方から段々と客席が設けられているからで、数メートル歩く事により、正面に大迫力のスクリーンが登場する。

ひとまず、ぐる～んとホール中央で360度見渡した、宗教団体とフビライ・ハンは、前から5列目。つまり真後ろで、それはそれは、キャッキャキャッキャとはしゃぐ、恋人さん達の姿を確認した。
　そして無言のまま、8段目、10段目に別れて着席する。そう、、まるでカゲの様に、、、。
　座って間も無く音も無く、サングラスを外した8段目。花見気分の同僚と上司は、口々に、
「、、っあ、、危なかったぁ～、、、」
　と、呟いた。
　まさかの、"ビハインド"。まだ後ろだったから良かった様なものの、もしも2人が、6段目以降に居たら、と思うだけで悪寒(おかん)がする。
　しかもコチラは、プラスアルファ、"グラサン"。誤魔化し様がなく、日ようびには考えられない、パーソナリティー。さらにそれが、4人いる、ともなれば、潮時である。
　当然ながら、ハタチの成人男性がする事ではない。

　やがて、ホール内の照明が消えていく。スクリーンに映し出される、映画会社のマークと文字、、、と波。
　ヴゥワンッ！！！　と大音量の効果音、ならぬアタック音が流れ、続いて、"最新映画情報"と表示される。
　大画面に現れるは、土砂(どしゃ)降りの雨の中、立ち尽くす1匹のワンちゃん。
"「ウォッ、ウォ～～ン、」飼い主を呼ぶポロン。
「♬　こらっ！、ダメじゃないかポロンっ！。、、うん？、、

こっ、これは、、！」
　テレレェー！！（アタック音）
　突然、2人の前に現れた、横たわる男性の死体。
　山中奥深くにある洋館に招かれた、小犬ポロンと、名探偵バーツ。
　はたして、誰が殺したのか？。
　そしてその、招かれざる者とは、、！"
　バンッ!!　と、スクリーン一杯にタイトル。のち、出演者など、関係者の列記。
　カメラ切り替わって、バーツのどアップ。して一言！、
"、っこの事件、、、。絶対に解決しねぇーとなっ、、」
　終了。青年は思う。ホンットに、見なくてよかった、、と。
　再び映画会社のロゴ。、、、と、後方からの光。
　映画はいきなり、暗闇の画面でのセリフから始まった。
"、、ったく、武士というのはラクじゃない。メシを喰って鍛錬、休む間もなくお役所に奉行。それが終わればまた鍛錬、、」
「、人々は、"お侍さま"な〜んて慕ってはくれるケド、、、。武士だって、町民のように生活しても、いいんじゃないか？」"
　場面切り替わって、ぽかぽかとした日射しが差し込む縁側で、刀の柄を縦にして左手で持ち、布切れで刃を拭いている和服の人。
　徐 に立ち上がり、
「っえいっ!!、」
　と外に向けて、まっすぐに振り下ろす。その凛々しい表情

は、次の時点ですぐに、ヘナッとした呆れ顔に変わり、
「､､､あぁ～だるっ！､」
といった呟きと、溜め息を放った。そこでっ！、題名ポ～ン!!。
ココまでの説明で十二分にご理解頂けるであろう。
「！　っあ、これはコノ先､､。動きねぇーな、」と。
タイトルとほぼ同時に、仲良くポップコーンを一掴みずつ、パクパク、モグモグと召しあがる、若葉さんと並木さん。
確かに、女の子と映画を見る、というのも青年にとっては初めてのコトなので、ドキドキしている。のだが、あまりにも今、プロジェクターが映し出しているコノ映画が、報告どおりの"ほんわかさ"なので、少しばかりではあるが、余裕ができた。
まさに、彼氏さんからすれば、作品に集中できる、ありがた～い映画なのだ。

しかし神々は、ソレをヨシッ！、とはしなかった。
レッツ中盤。主人公権兵衛さんの、洗濯シーン。
ザッザーザーザザ、ザー
"ザッザザッ、カリッカリ､､、っんあのさぁ、権兵衛さんて、いくつ位の人なのかなぁ～？､"
"バリ！　バリッ！、とぅわぶん、シブい顔つきから察するに、､､、3・40代、でしょうなっ？"
電源切っとけよ！、松木っ!!。察しなければいけないのは、"権兵衛の年数"よりも、"若葉の気持ち"だろう井！。
自分が座っている席の、右隣に置いていたカバンから、突

然流れだす野郎雑談。
　ビクッ！　と背筋を伸ばした青年と、おやっ？　といった感じで音に気付いた彼女さん。
　並木が首を傾げて、疑問を質問した。
「、、せん、ぱい？、。どうか、しました？」
「!?　っえっ!!　あっ、ん、ん〜ん♪、。なんでもないよっ♬、」
　と答えて、大慌てで鞄の中にあるトランシーバーを探り当て、OFFにした。
　言わずもがな、泣く子も黙る、製造物責任法の対象範囲。出るとこ出れば、勝てるレベルである。

　ようやく1時間半にも及ぶ、良く言えば、"ビバ！　ピースフル"。悪く言えば、即効性の睡眠ガスを、顔面に吹き掛けられた様な映画が、最後に"完"という、レッツと決して共生できない和のテイストを残し、幕を閉じた。
「♪　っせんぱいっ♬！。おもしろかったですねっ♬?!」
　目映い喜び溢れる、彼女さんの笑顔。お手許には、からっぽになったポップコーンが、盛者必衰のことわりを表していた。
「♪　うんっ♬！。たのしかったねっ？♬」
　若葉も、ニッコリと笑う。正しくは、"楽しかった"というより、"嬉しかった"なのかもしれない、、、。

　こうして何とか、味方の叩き込んだトリプルボギーにもめげる事なく、青年の生まれて初めてとなる女の子さんとの、

映画観賞が終わった。
　彼氏さんは、カバンの紐を首に掛けて、彼女さんへのプレゼントを持ち、照れ恥ずかしそうに、どちらともなく、そっと手をつなぐ。
　そして、倭国とヨリが戻せない青年が言った。
「、、え、えと、あっあの、、。お昼、どうしよっか？♪」
　小さな首掛けバッグを掛けた並木が、満面の微笑みで人指しゆびを、ピーン！　と伸ばし答える。
「♬　っソレについてはっ、ご心配なくっ‼♬。この近くにとっても景色が良くって、落ち着ける公園があるんですっ♪！。そこに行きましょうっ！♬」
「？、、こう、えん、、？、」
「♪　はいっ♬！。公園ですっ！♬」
　うん、うん、と元気よく頷く彼女さん。
　そっか！、コウエンかっ！（おっ！）。今日は日曜日だから、屋台でも出てるのかな？。

　たぶん、、いやきっと、時の流れを承知していない青年と並木が、仲良くゲートをくぐり抜けて、「ありがとうございました」と頭を下げ、礼を言う店員を、彼女さんがきも～ちチェックし通過。で、すぐその後を、心理学の上級生、法学部、情報管理学、同窓のダチの順で通過すると、最後の背中に向け、岸は、「2度と来ないでくれ、、」と嘆願した。紛れもない、店員の心の叫びである。

　なが～い階段を降りて、ドアを開けると、そこは、外だっ

た。
　映画を見た後に起き、アンデッド系大ダメージが頷ける、陽の光の眩（くら）みを感じながら、「♪　じゃあ、行こっか♬？」とまた歩き出す2人。
　ぽかぽかとした春の日射し。どこまでも晴れ渡る青色の空。優しく肌に触れる、涼しげな一陣の風。
　そして語り掛ける陽。
「どでっしゃろ兄さんっ♪。この日の為に、ベストメンバー揃えましてんっ！♬」
　まさに、森羅万象が応援する、デートの日。立ち並ぶ桜の木々の隙間から見える、そんな空に居る陽に、さりげなく笑い返す若葉。
　木洩（こも）れ日に照らされて、輝いて見える彼女さんが、ふと青年に、
「、？、なにか、見えました、？」
　と聞いて、若葉と同じ方向を見つめる。
　トンッと、肩と肩が触れた。
「!?　っえっ！！？　あっ、んっん～んっ！♪、。ななななっ、なにもないよっ？♬、」
　青年の、高速ブラインドタッチ否定。に対し、並木さんは、
「?！！、う～～～んっ？♬。ホントですかぁ～、？」
　と気難しそうな表情を作り、青年の顔を覗き込む。彼氏さんはソッポを向き、ほっぺたを真っ赤にして、静かにコクッと頷いた。
　"いまさら言うまでもないケド、、。やっぱりっ♬、かわいい！♬"。そう思った。

気を取り直して、彼女さん。
「♪　ねぇせんぱいっ♬！。、この公園の桜並木、。きれいだと思いませんっ？♬。♪　へへェ～♬、お気に入りの公園なんですよっ♪！、ココ♬」
　たったしかにっ！♬、うんっ！♪。すっごく、すご～くキレイな桜だねっ♬?!、という若葉の、素直な感想を受け取った並木は、フッと視先を、空高く咲くサクラの花に向け、ほのかに頬を染めながら、言った。
「、、、ずっと、、夢だったんです、。、大好きな人と、、この公園に来るの、、、」
　ヒュゥ～と走り去る風に、ふわっとそよぐ彼女さんの髪。ほんのりとした、午後の光に包まれる体。
　、、コトバに、できなかった、、、。
　どう伝えたらいいのか、分からなかった。
　告白をされた時と、同じキモチ、。澄んだ透明色。
　言葉のキャッチボールだってままならないボクを、、大好きと、、言ってくれた、、、
　青年は、震える声を振り絞り、並木に伝えた。
「、、、♪、あっありが、とう、、♬、。、、っぽ、ぼくも、、とっても、。とっても嬉しいよっ♬！！」
　一生懸命な笑顔。でも若干、泣いていたりもする、、。
　"ココロから贈られたメッセージには、ココロから送り返す"、言葉で言うのはカンタン。言葉にするのはディフィカルト。
　少しうるっときている彼女さんは、キュッ！　とつないでいた手を握って、

「、、♪　っほんとに、、よかったです。、、っせんぱいが、、いい人で、、♪、」
　と言って、ニコッと微笑むと、
「、♫　っそれではっ！♫。あのベンチでっ、お昼ごはんにしましょうかっ!?♪」
　と高らかに宣言された。
　、、アレッ？、屋台は？、、。

　"飲食店街じゃないの？"、もちろんこの事態に、1番に戸惑ったのが、フルに黒いサングラスを装着し、またしても、ドコで買って来たのか分からない、あんパン、ジャムパン、クリームパン、チョコパン、、といった、「わたしのカラダは、酵母でできている」と言わんばかりの兵(ひょう)、もとい、食物が詰まった袋を提げて追って来た、選挙権を持つ、大変残念な大学生たち。
　2人の恋人さん達が座ったベンチから、数10メートル右斜め前に聳(そび)え立つ、大木の後ろに集まった、この現在から未来に掛けて歓迎されない、グラサン連合はそれぞれ、大木(たいぼく)の左横から上と下、右横から上と下、という感じで首を伸ばし、平穏な昼下がりに打撃を与えていた。
　"休日の逮捕"を恐れないメンバーが、カサッカサッと、思い思いのパンを袋から取り出す。
　クリームパンを引き当てた信者が、口を開く。
「♪　っさあ！、お昼だね?!。でも、、若葉君たちは、何を食べるんだろう？、。ここで見てる感じだと、、買い物袋もないし、、」

あんパンを持った信者が言った。
「､､う〜〜ん､｡、たぶんだけど、そのうち屋台の車かなんかが、来るんじゃないっ?!」
　ブルータス、お前もか。類というのは、友を呼ぶんだな､､､。
　そこに、チョコパンが参入。
「!、♬　ああっなるほどぉ〜!!｡さすがですなっ♬!!、空峰どのっ!♪」
　"サット"に褒められ、テヘヘェ〜♬　とポリポリ頭を掻く副総裁。勝手に、ヤッテロッ!｡

　まぁ、無理もないのだが､､､。
　仲良く一緒にベンチに座る、彼氏さんと彼女さん。
　しかし、未だに現れない露店のオヤッサンに、痺(しび)れを切らした青年が、「､､おっ、遅いねっ､?､屋台､､」と呟くと、もの凄くニコ〜〜としたお顔で、少し自慢げに、並木さんは言われたのです。
「♪　っジャジャ〜ンッ!!!♬｡手作り弁当でぇ〜すっ♥!!」
　バッグからお出ましの、可愛らしい弁当箱。
　､､っお、おっ、オベ、おべっ、お弁当ぅっ!!!!!!?｡、しっ、シカ、しかもっ!、て、テヅクリィィィッッッ!!!｡
　"お弁当"。それは、神々が彼らから奪いし、聖なる遺産。煌(きら)めく、人間界最後の希望。香しい禁断の宝物(ほうもつ)。
　若葉からしてみれば、"豪華な重箱"にさえ見えるシロモノである。「､♪　それじゃぁ、開けますねっ♬?」とおっ

しゃる、彼女さん。
　パカッと重箱の蓋を開けると、凄まじい光と共に、まるで、竜宮城から無事持ち帰った場合の玉手箱の様な中身が、お目見得する。
「♬　浦島さんっ！、やりましたっ！」とばかりに、感動する青年。
　そんな先代の失敗を見事に克服した、日の丸弁当の発祥地を知らない青年が、素直に告げる。
「！♪　わぁ〜〜っ♬、ありがとっ♬！！！。っお、お弁当、作って来てくれたんだぁ〜♪!?」
　ニコニコと話す若葉に、こちらも笑顔で、
「♬　ハイッ!!♬。ガンバッちゃいましたっ！♬」
　と答える並木さん。ポテトサラダにおにぎり、唐揚げにマーボー豆腐、、、。じつに至れり尽くせりの、バランスの取れたメニュー。少なくとも、担任の様な弁当でないのは確かだ。
　銀紙の中におはす、串の刺さった通称"タコさんウインナー"。
　定番とも恒例とも言える"タコさん"に、手を掛ける彼女さん。タコさん浮上。
　そして、並木が青年の口元まで運ぶと、ポッと頬を赤くして言った。
「、、♪、せんぱい、、あ〜〜んっ、♬」
　顔を真っ赤にする青年。言わずもがな、恋人同士であれば、1度は訪れるシーンであり、ヤロウが泣いて喜ぶ場面である。有り得ない程の、ドキドキ。照れている2人。

パクッ、モグモグ、、
「、、っど、どうですか、？、ねぇ〜、、。うまく出来てると、いいんですケド、」
　心配そうに手を絡ませ、祈りながら見つめる彼女さん。
　しかし、若葉の反応は、驚く程あったかいモノだった。
「♪！　うん♫　うん♫、すっごくっ、すっご〜くおいしいよっ♪‼。並木さんって、り、料理っ、上手なんだねっ♫⁈！」
　とってもオイシイッ♪　と、さらに付け足す青年。「♫よかったぁ〜、、♫」と、嬉しそうに呟く並木。
　何でだろう、自然と泪が出てくる。
　こんなに幸せで、良いのかなぁ〜、、？。
「、っで、でも、、、作るの、大変、だったでしょ？、」
「⁈、えっ？、っそ、そんなことないですよっ⁈、、そんな、、」
　言葉に詰まる彼女さんに対して、彼氏さんが言った。
「、っそ、そっか、、。で、でもっ、、ありがとう♪。、こんなにおいしいお弁当を、、作ってくれてっ♫」
　瞳の底に溢れる泪の粒。だが、それを流せばどうなるかを、よ〜くご存知の並木さんは、横を向いて、そっと泪を拭いた。
　時として、正直なのは罪である。

　喉から手、、だけでは済まされない並木のお弁当を、野郎代表、いや、恋人として食べている若葉とは裏腹に、パンと一心に向かい合う仮想部のメンズと、海外、もとい学内からの、スペシャルゲスト。

"スペシャル"な割に、支給がジャムパンという、死んでも死に切れない待遇を受けている、"海佐"が述べた。
「♪ うんっ♫ うんっ♫！。イイ感じだねっ、若葉くんも並木ちゃんもっ♪」
 コクリコクリと頷く"海佐"。語り出すグラサン。
「♫ ふぃやまっちゃくっ！♫。しょのとうりでしゅなっ!?♪」
 あの〜な、パンを置いてから喋れよっ！。
「♪ わしゃばくぅんも、なみゅきしゃんも、ちゃのしゅしょうだねっ?!♫」
 わかった。分かったから、パンを置け！。
「♫ にゃんだかっ♪ くぅおっちましぇ、ウシュウシュしちゃうなぁ〜、、♫」
 分かった分かった。からひとまず、そのパンを置け！。
 ところで、わしゃばって、、、ダレだ？。

 次発のタコさんを構える彼女さん。もちろんそれは、もう1度褒めて欲しいのと、褒めて貰えて嬉しくなったから、に他ならないのだが、青年は青年で、再び輸送されて来たタコさんを、その気持ちに応えるかの如く、「おいしいっ♪」と言って、微笑みを返している。
 まさに、"バカップル"。でも、そんな事はどうでもいい。バカだろうが、アホだろうが、隣で笑ってくれているのは、"大切な人"。なのだから、、、。
「、！ っな、並木さんも、食べなきゃ、ダ、ダメだよっ？、」

あまりに運搬業者化した並木を、可哀想に思った若葉が言う。
彼女さんは、パクッと唐揚げを口の中に放り込み、ほっぺを大きくしたまま、
「♪　っホラッ！♫、だいひょうふでしゅよッ?!♫。しゃんとっ、たべてましゅからっ♪！」
と言って、唐揚げを満足げに咀嚼(そしゃく)した。ニッコニコの並木さん、とっても楽しそうです。

独りよりも、ふたり､､､。1つのお弁当を、「おいしい、オイシイ」言いながら召し上がった、彼氏さんと彼女さん。
ふと、時計を見れば、3時。苦しい事よりも、楽しい事の方が早い、時の流れ。そして残すは、"ティスニーランド"。
桜の花弁(はなびら)舞う公園をくぐり抜け、またもや、車道接する歩道へ。
青年はとてもぎこちなく、さりげないとは口にできない歩みで、車道側にオイルチェンジした。そう、これこそが、"海佐"、doesn't、藤白奥義その4『コノ道をユケバ、どうなるものか、』である。まぁ、お分かりだと思うが、これには続きがある。
「♪！　ねぇせんぱいっ！♫。お次は、ドコに行きましょうか?!♫」
「、っあ、うんっ♪、つぎはねぇ､､､。ゆっ遊園地に、いこうと思ってるんだっ♫」
「！♫　ゆうえんちですかぁ〜♪､､あっ！　それって、新しくできたところじゃありませんっ?!､」

「♬　うんっ！♬、そうだよっ♪」
「♪　わぁ〜〜っ♥。1度行ってみたかったんですよねぇ〜♬」

　フンフ、フンフ、フ〜ン♪　と、鼻歌を奏でる並木。話に夢中になっている青年。

　しかし、悲劇は突然起こった。

　ドシィーンン！！！！！

　天誅ッ！、もとい電柱に激突。頭を強打し、蹲る若葉。

「！　っだっ、だいじょうぶですかっ！！？」と駆け寄る、彼女さん。

　並木はバッグからハンカチを取り出して、青年のおでこに、そっと当てる。

「、、っあ、、ありがとう、♪、、」と頬を赤くして、感謝する青年。情けない、、そう思った。

　幸いな事に、音よりも軽傷で済んだ、のだが、、。やっぱり、ハズカシかった。

「、、♬、も、もう、、大丈夫、だから、。ありがと、♬、」

　と伝え、立ち上がる。心配そうな彼女さんのお顔。に向かって若葉は、ニコッと笑った。

　部長の災難の最中、背後でピタリとマーク中の、"良い子はマネしないで"が、キャッチフレーズとなりつつある、教徒と教祖は、近くにあった街路樹横のポストに、身を潜めていた。

　コノ、いつ職質を掛けられてもおかしくはない、サングラスの群集が、再び歩き出した恋人さん達を追おう、とした頃、

トントトンッ、
　誰かが肩を叩いている。
「、？　今さぁ、誰か僕の肩叩いた？」
　ソノ手を払いながら、斑戸が尋ねる。「？、っい〜や。叩いてないよ？」と否定するメンツ。気のせい､､､かな？。
　トンッ！　トンッ！
「艹っもうっ！艹。悟ちゃんっ、叩かないでよぉ〜っ!!」
「??、ムッ?!。私は、何もしていませんぞっ？、空峰殿､､」
「、！??　っえ？、そ、そう？、」
　はい、と頷く"サット"。
　トンッ!!　トンッ!!
「艹っあぁーもうっ艹!!。さっきから何々ですかっ!?艹」
　憤り混じりに、勢い良く振り返る松木。
　しかし､､､
「艹　ッキミたち!!。こんな所で、なにをやっているんだねっ?!艹」
　そこに居たのは、通報を受けて駆けつけた、巡回中の警官だった。

　ポッ、ポツ、ポツ、ポチャン！。雨粒が降り注ぎ始める。
「､､雨､､ふりだしちゃったね、？､」
　水平に差し出した右手に、1つ、2つ､､と雨粒を受け止めながら、青年が呟く。
「､､はい､､､」
「、っ傘､､かっ、買わないとねっ、？」
　ちょうど、あと数メートル先にコンビニ。

よしっ！、あそこにしよう。

お店の入り口付近に置かれたビニール傘。「、っえ、えと、、。それじゃあ♪、1本ずつでっ、に、2本だねっ♫？、」

と言った若葉に、フルフルと首を振り、少し照れたご様子で、並木さんはおっしゃった。

「、いっ、、1本が、いいです、、♪、」

何故に？、という表情の青年。だが結局、その理由が分からないまま、「♫、そっか♫。じゃ、じゃぁ、1本にしよう♪」と言う。

カウンターまで、ビニール傘を持って行き、精算。

普通に考えれば、豪雨になるかもしれない状況下での傘1本は、命取り。だがその発想は、どんなヒトと居るか、によって、だいぶ違ってくる。

キィッとドアを開け、外に出た。

水1滴落ちて来ない快晴。さっきの雨は、いつのか間にか、止んでいた。

結果からすれば、10％の降水確率に、弄ばれた形ではあるが、青年は、雨止んでよかったっ♪　と思った。ふと、横に視先を合わせれば、どことなく、残念そうに空を見上げる彼女さん。

"、、そうだよね、、、せっかく買ったのに、雨。あがっちゃったんだもんね、、"

しかし、誰もがそれと、同じコトで哀しんでいる、とは限らない。他の場合も、有り得るのだ。

ゴトッ、

「、、っで、きみたちは、同じ学校に通う友人の為に、後方からデートの支援をしていた、、、って訳だね？」
　机の上には、警官の調書と、それぞれの前に置かれた、冷た〜い麦茶。
　ココは、閑静な住宅街の１角にある、"木陰交番"。検挙の現場から10数分の距離にある、小さな駐在所。
　まさか、初めてのデートの日に、初めての補導を経験するなんて、、。
「、、はい、、、」と、力なく呟く一同。
「、ふぅ〜、、、、。しかしねぇ？、キミたち、大学生なんだろ？。っ休日のみならずっ！、平日だって、揃いも揃ってあんな格好で歩いてたら、誰だって怪しむに決まってるだろっ?!」
「、そうですね、、。おっしゃる通りです、、」と一同。
「っ大体！。そこまでする理由が、どこにあるんだね？、」
　グラサンＡが口火を切った。
「、今日は、その友達にとっても、ぼくたちにとっても。大事な意味がある日なんですっ！。うまく、、、説明はできませんケド、、」
　グラサンＣがカバーする。
「、こうちゃんって、言うんです、、、名前、、。こうちゃんは、大学入学時からの友達で、、、、、っだから、だからっ！、応援してあげたいんですっ!!、」
「初めてできた友達の、、。初めてのデートをっ!!」
　トントン、、とボールペンのペン先を、開かれた調書の紙面に、一定のリズムで落とし当てつつ聞いていた警官は、熱

意込もる主張に、キョトンとした表情になった。
　警官が尋ねる。
「、っではなぜ、もっと他の方法を考えなかったんだ？。少なくとも、1つや2つ位なら、あったかもしれないのに、、」
「、それは、、、」
　押し黙るグラサンC。そして続けた。
「、、全ては、、。僕の責任です、、」
　すかさずグラサンCを庇う、グラサンB。
「、！　い、いえっ！。時息大学生徒会に所属しておりますっ！、わっ私の、責任でありますっ!!」
「っいや！」
「、ここは年長者として、注意義務を怠った、、私に、非があります、。、申し訳御座いませんでした、、」
　深々と机に額を押し当て、謝るグラサンD。それに続く、グラサンA～C。
　まぁまぁ、、と彼らを諭して立ち上がり、警官は入口辺りにある、電話が置かれた机に歩み寄り、受話器を取り上げて言った。
「、っ話は分かった。とりあえず、、お家の方に、連絡しとくからっ」
　直後、ダダダダッ、、、！　と砂煙を舞い上げ、もの凄いパワーで椅子を蹴り飛ばし、警官の左腕、右腕、左脚、右脚にまとわり付いたグラサンらは、斉唱した。
「!!　ソレだけはヤメテ！！！」

第4片　ちっぽけなボクから、
　　　　　　　大好きなキミへ

　オトモダチが消息を絶ってから間もなくして、最近新しくオープンした、話題のパッタもんスポット、"ティスニーランド"に到着した。まさに、近いっていいな、の代名詞とも言える遊園地の入場門に居る、2人の恋人さん。
　しかし、幾らオリジナルが大前提となっている、パクリテーマパークとはいえ、今日は日曜日。見渡す限り、ほとんどが家族連れ、といった状態。
　したがって、どのアトラクションに乗るにも、ある程度のご覚悟が必要だ！、と言える。
「♪　さぁさぁせんぱいっ♫！。なにに乗りますっ？♫、ナニに乗りますっ?!♪」
　入場門入ってすぐの広場で、ピョンピョン、、と飛び跳ね、フワ、フワと舞い上がるスカート。嬉しそうなまなざしでパンフレットを眺め、キラキラと輝く瞳で、園内を見渡す並木。青年が言った。
「、、う～～ん、、、。いろいろあって、、、迷っちゃうけど、。あっ!!、コレなんて、どっどうかなぁ？、」
　若葉が指さす部分を、覗き込む彼女さん。
「、、"ウォーターバレー"ですか。♪　っなんだかっ♫、楽しそうですねっ♫!?」
「、じゃぁ、、え、えと、、。ここからだと、右に曲がって

真っすぐ、かな、、」

　春闘の様な家族連れの人の津波を掻き分けながら、"スプラッシュエリア"にあるウォータバレーに着いた、のは良かったのだが、さすがは休日。やはり、乗車口までが程遠い。最後尾に居た、プラカードを持つ係員曰く、
「、ぇえ～只今、このアトラクションは、混雑のため、待ち時間が30分となっておりま～すっ!!」
　気と意識が遠ざかる待ち時間。それでもビクともしない、彼氏さんと彼女さん。
　ソレどころか、、、、、
「、！　っあ！、せんぱいせんぱい。このアトラクション、最後に、大きなドラゴンがでてくるんですって！♪？」
「、、っど、どんな、ドラゴンかなぁ？」
「、そうですねぇ～、、。♪　きっと、仲良くなれるっ♫、ドラゴンですよっ♪！」
「♪　そっかぁ～♫。っそうだねっ?!、きっと♫」
　話に花が咲いていたりします、、。
　若葉くん？、並木さん？。何かを、忘れてはいませんか？。そう、ウォーターバレーのあるエリア名、"スプラッシュ"の意味を、その結末を、、、
　アトラクション"ウォーターバレー"は、一種のファンタジーとなっており、ギルド：職業案内所の建物の中に入ると、職員扮する係員に、奥の扉へと誘導される。トビラの中は、秘密の洞窟が広がっており、そこを流れる川に浮かぶ船に乗り込み、冒険の世界へ！。待ち受ける2つの国を助けて、ド

ラゴンと対決。といったカンジ。
「、っでは次のかた♪、どうぞっ！♫」
　係員に促されて中へと案内される２人。
　歩み寄る２人に、ガラスの向こうでイスに腰掛け、微笑む職員が言った。
「、！　っあらっ?!、今日はデートッ♪？。♫　いいわねぇ〜？♫、恨やましいっ」
　一瞬だけ互いの顔を見つめ合い、頬を赤らめる恋人さん。
　引き続き、オバチャン職員。
「♪！　まぁカワイイっ!!。初々(ういうい)しいわぁ〜、、。♫、若いってっ、いいわねっ？」
　それはイイから、早く券を！。ニッコニッコと仕事をすっぽかして、２人を見つめていた職員は、ハッ！　と現世に帰還し、告げた。
「♪　はいっ、入場券ねっ！♫。、っで、あとこれが、、。ウォーターコートねっ!!」
「、？　ウォーターコート、、。ですか、？、、」
　あまり掴めていない青年の独り言に、オバチャン職員が小声で呟く。
「、、ほんとのコト言うとね。そのコート、有料なんだけどっ。♫　これは、オバチャンからのサービスよっ♫！、サービスッ♪!!」
　オバチャン、太っ腹！。いや、実際にかどうかは別として、、
「♪　〜っありがとうございますっ♫!!」
　と、声を合わせてお礼をする。イイのよぉ〜、っそんなっ、

と満足げな表情の職員。
「♫　っそれではっ！。こちらにどうぞっ！」と言われて、扉の中へ。
　剥き出しの岩肌。もちろん作り物ではあるのだが、まるで、本当に旅立つ者の心境にさせる様な、リアルさ。
「、っではすみませんが、船に乗り込み次第。すぐコートを着て下さいねっ♪！」
　そう言われ、乗船後、お約束通り良い子にコートを着込む、青年と彼女さん。
　すぐ、といった辺りから、"そんなに危機迫る感じなのか"と、察する事ができる、このアトラクション。残念ながら発船の後。ソレを、まざまざと体験するとは、思ってはい、ないだろう、、。
　家族連れの勢いからか、休日に賭（か）ける国民の勢いからか、あっという間に定員乗数に達した船は、係員の押したブザー音と、「いってらっしゃ～い、、」という、疎（まば）らな係員の言葉に見送られ、出航した。
　と同時に、船内にスピーカーを通して流れる放送。
"♪　っやあみんな！。ぼくの名前は、キャプテンシェアー。世界を股に掛ける旅人さっ！♫。きょうは、ぼくの仕事を引き請けてくれてっ、どうもありがとう!!♫。っそれではいざっ！、冒険の世界へ!!"
　ゴゴゴゴッ、、とゆっくり、前の大きな水門が開く。開門と共に生じた、小さな波のうねりが、低速で進む船体を揺らす。
　最初に船が辿り着いたのは、１ヶ国目"お菓子のくに"。

左右に、ケーキや、アイスクリーム、クッキーなどで彩られた城下町で、イソイソと働く住人たち。
"、っぁあ～忙しい、忙しい、、。つまったく♯、今度の王様ときたらっ！。みんなをイジメる様に働かせるんですものっ♯！、困ったものだわっ!!"
"？、どうしたんだい？、住人さん。"
"！♪　っあらっ！、キャプテンシェアー!!♫。いいところに来てくださったわっ！、、じつは、ワルい王様をこらしめて欲しいの、、。お願い、できるかしら、、"
"！♫　っお安い御用だっ！。ねえ？　みんなっ！！？♪"
　急な船内へのフリ。それでも、若葉と並木の後ろの席に居た小さな男の子が、「うんっ♫！」と愛嬌たっぷりに答える。
　船は進む。やがて見えてきた、お菓子の城門をくぐり抜けると、城内の風景に変わった。
"♯　っダ～レだぁ～っ!!。ワタシの食事を、ジャマするのはっ♯！"
　カチャンッ！　と、船が停止。のち、ブクブクブクブク、、と気泡を上げ、ゆらゆらと水面から波を伴い登場する、？代目ワニ国王。
"♯！っオマエがっ！、住人のみんなを苦しめているっ、王様だなっ！！？"
"、、な～にを人聞きの悪いコトを、、。、、っまぁイイ、ついでにお前たちも食べてくれるわっ!!"
　またも、水に潜る国王。注意を呼び掛けるシェアー。
"、！　っみんなっ！、気をつけてっ!!"
　次の瞬間。ザバァーッ!!　と凄い勢いで、登場する国王。

大きく揺れ動く船に、追い討ちを掛ける様に、
"くらえーー！！！"
の声と共に、左右から発射される水の台砲。ドザァーー!! と、資金繰りに困ったシェアーの、屋根が無い船に降り注ぐ。

、、そうか、コーユーことか、、、。

何とかしろよっ！ シェアー。船に居る年齢層に開きがある仲間が、そう思った時。シェアーが語り始めた。

"、っくっそぉー！、、これでもくらえっ!!"

船体の先端部分に取り付けられた台砲が、ウィーーンと機械音を上げて、斜めに傾く。上に向けられた台砲から、発射ッ！、はしていないが、その仮定の弾丸が、ドォーンン！！！ という爆音で発射され、ワニ国王に命中。高らかに王様を包む、水の柱。

"、、わぁ～～、、っ。やられた～、、"

除々に縮まっていく水の柱と、息を合わせる様にして、ゆったりと沈んでゆくワニ国王。

"♪！ っど～んなもんだいっ！。なぁみんな?!♬"

だが、もう、応答はない。さっきまで、シェアーに対して好意的だった後ろの男の子(たびかさ)、度重なる爆発音にびっくりしたのか、ウエェ～ンと泣き出している。

"♬ っさぁみんなっ!?、元気良く笑おうっ!!♬。♪ ッワッ！ ハッ！ ハッ！ ハッ！"

しかし、そんなシェアーの笑い声は、皆の心に染み入る事なく、男の子の泣き声に、吹き消された、、、。

威勢の割に、あっけなく退治された王様と、人の痛みを顧みないキャプテンシェアー。おまけに、空気を読まない高笑いと、極め付けのルーフフリー。
　実写版であれば、「艹　っだれがあんな船長っ、選んだんだっ!!」と、揉み合いが起こりそうな所ではあるが、それはソレ、これはコレ。あくまで、アトラクションなんだ、という事実だけが、船員らを慰めていた。
　ワンマン船長の船は、しばらく続いていた、荒野の景色を進行し、やがて見えて来た次なる場所、"森のくに"へと入って行く。
　一面に広がる木々。そんな林の中で生活している、きこり、、の人形。
　"?、♪　っおうっ!、キャプテンシェアーじゃねぇーかっ!!♬"
　"♬　っこんにちわ!、きこりさん。、ところで、何かお悩みはありませんか?"
　"、、そうさなぁ〜、、、、。この頃、森を荒らしている、、獣がいるんだが、、、。それを、なんとかしてくれないか、?、"
　"♪　っお安い御用だっ!。なぁ?、みんなっ!♬"
　度重なるシェアーの安請け合いに、甚だ反応が薄い船内。どうせまた、水被るんだろ?、コレが本音。
　少しの間、きこり殿が居ない森の風景の中を進んで行くと、聞き覚えのある音と同じくして、船が止まった。戦さである。
　進行方向むかって、右側の凹んだ隙間から、巨大なゴリラがなぜか、カニ殿歩きで登場。船体の前、定位置でバミって停止。

"、、よく来たな、、。キャプテンシェアー。、しかし、、お前はここまでだっ!!"

"！　っみんなっ!!、くるぞっ!!"

　分かっている。ゴリラが大きく腕を振り上げ、そして振り落とす。

　うねりのある、小さく、安全に配慮された波が、船の先端から後尾に掛けて通り抜け、震動を与える。名付けて！、"ショックウェーブ"。

"!?、っ大丈夫かっ！！?、みんな！"

　なワケないだろっ！。一応の心遣いをみせた、シェアーが続ける。

"！　いよしっ！、こっちも反撃だ!!"

　初回と同じ手順でスタンバる主砲。

　そして、、

"うてぇーーー！！！！！"

　ッズドォオーンン、

"、、っくそぉ、、、。このオレがっ、、負けるだとぉー、、"

　情けないコメントを残し、獣は昇り立つ水の柱を横切り、元の場所へ。

"♫　やったぁ〜！。みんなも一緒にっ♫、せ〜のっ、"

　歓喜のシェアー。しかし、同調者ナシ。せ〜のっ、の後の余白が、キャプテンシェアーとの溝を、ありありと表現している。

　完全に孤立したシェアーの船は、ついに宿敵、ドラゴンが棲む祠に侵入。周りもゴツゴツとした岩壁に姿を変え、一行

を招き入れた。
　カチャンン!!
　間髪入れず船が停止。前へとバランスを崩しながらも、手擦りに掴まり、何とか上体を立て直す船員。
　"、！,,っあ、あれはっ!!"
　進行方向むかって右の岩壁に、捩じ込まれる様にして、顔だけを出すドラゴン、、の模型を照らす、対岸からのスポットライト。
　ぱくぱくと、口のみを動かすドラゴンが語る。
　",、キャプテンシェアーよ、。よくぞここまで辿り着いた、,、。我が試練、乗り越えるがよい"
　"！　っ望むところだっ！、みんな！、いくぞっ!!"
　な〜に言っちゃってんだか。望んでいるのは、アンタぐらいだぞ。
　船体右側面に装備された準台砲が、壁のドラゴンに照準を合わせ、,,,たそのとき！。
　"くらうがよいわっ！！！！！"
　ドラゴンの口が開き、火炎放射。もちろん、ゴォーとはいっているが、届いてないし、優しい火力。
　まさかの先制攻撃に怯んだ船長は、ここは危険だ！。いったん離れよう、と発言し、船が再びだがしかし、今度は中速で発進した。

　ヤラれ逃げを帰した、キャプテンシェアー。ぐんぐんとスピードを上げ、出口を探求中。
　その先に待ち受けていたのは？。

"!?、っしまった!!、いきどまりだ!"

　しばしのダンマリ。立ちはだかる、岩で覆われた人工のカベ。停まった船の前に映し出された、勇ましいドラゴン。

　恐らくアトラクション中、いっちゃん銭が動いたとみられる、スリーディー画像のドラゴンが述べた。

"、、、ふ、ふ、ふ、ふ、ハァーハッハッハッハッ!!。っここまでだっ!、キャプテンシェアー!。トドメだ、くらえぃ!"

　船の両側面、水面から船内に向け放水される、被災上、最も水圧が弱い水鉄砲。

"、っ平気かっ!?、みんなっ"

　ああ、まあね、、。幾つか疑問は残るが、。

"よ〜し!♪　みんな!!。準備はいいかいっ?!♫"

　無論。応答ゼロ。沈黙を破り、シェアーが叫んだ。

"くらえ!　ドラゴンッ!!。ロケットランチャー発射ぁっ!!!!!"

　イヤイヤイヤイヤ、、まて待て、、、!。ファンタジー！ファンタジー！。

　じゃあ、さっきの点呼は何々だよっ！。

　突如として弾切れを来し、"ロケットランチャー"という、近代的強硬手段に単独で臨んだシェアー。だが遺憾にもその効果は、的を射ていたらしく、、、

"ッグワァ〜〜〜〜〜ッッッ!!!!!"

　とのメッセージを後世に伝え、フッと画像が消えた。

"♫　やったねっ!　みんな!!。ドラゴンに勝ったんだっ!♪"

それと共に、切り開かれる岩石。ズゴゴゴゴォーー!!、と音を立て現れる、岩間から差し込む陽の光。
　眩しさに、目を瞬いたり、手で光を遮ったりしながら応戦する、各船員たち。
　やがて、船が通過できるまでになった頃。青年は、、絶句した。
　代弁しよう、"!?、、っま、まっ、前に、、、レールがないっ!、"。

　それは、一瞬だった。
　ズゴオォォォォーーッッ！！！！、シャアーーッッッッ！！！！！、、、
　右から左から、、正確には、殆どが真上から降り注いだ水繁吹き。よって、ズブ濡れ。
　"♪　みんな！、今日は本当にありがとうっ♫！。冒険はどうだったかな？、♬　また一緒に、旅にでようねっ！♪。それじゃあっ！♬、バ〜イバ〜イッ!!♬"
　2度と出るかっ！。ビシャビシャの仲間達に対し、暢気な捨てゼリフを告げた、キャプテンシェアー。
　いまやっと、その名の由来が分かった様な気がする、、。要するに、アトラクションの内容からも、最後のメッセージからも、痛み分け、という事なんだな。
　それプラス、問題点も少なくない。特に、最後の部分である。
　なぜ前半、あれだけ活気付いていた水圧が、後半になって、急激に衰退したのか？。

ドラゴンが移動中、疲れたコトを表したかったのか、予算の配分を間違えたのか。
　まぁ、何となく察しはつく、、後者だろう、、、。
　結局。スリーディーのコスト配分に失敗したが為に、ザコキャラであるワニ国王の、攻撃力の上昇、ラスボスであるドラゴンの、チカラの失速、を引き起こしたのだ。
　お金は、大事に使いたいものである。

　なにはともあれ、現実にかどうかの公表は控えるが、太っ腹なオバチャン職員からの餞別(せん)、"ウォーターコート"によって、予期できる水害を免(まぬが)れた、彼氏さんと彼女さん。
　出口から出て来ると、並木がニコニコしながら、青年に言った。
「♪　っせんぱいせんぱいっ♬！、たのしかったですねっ♬？、楽しかったですねっ♪!?」
　目映(まばゆ)いばかりの笑顔と、それを助長する、プンプンと振られた、若葉の左手。
　ふと、彼女さんの前髪が濡れている事に気付く。
　青年は、鞄の中をさばくり、小さなタオルを取り出して、
「、こっこれ、、つ、使って、♬、」
と言った。最初は、うんっ？　と疑問ぎみだった並木さんだが、のちに、あっ！　とおっしゃり、
「、、、♪、っあ、ありがとう、、ございますっ、、♬、」
と返して、受け取ったタオルで前髪を拭く。やけに品揃えが良い、と思われるかもしれないが、言うまでもなくこれは、青年が出家(しゅっけ)前に、ある意味。どんな災害にも屈しない様、

悩みに悩んで準備した物である。
　拭き終えた彼女さんは、タオルを丁寧に裏返し、手に持つと、
「、♪、せんぱいも、、、」
　と言って、そっと、青年の頬にあてた。
　ポン、ポン、、と優しく、けれど、ほっぺを赤くしながら拭いている並木さんと、同じく、「、、っあ、♬、、ありがと、、、」と呟きつつ、照れながらもじっとしている若葉さん。
「♪、はいっ！♬　せんぱいっ♬。これでよしっ！」
　ニコッと微笑む、彼女さん。とてもぎこちないが、「、、ありが、、、とう、♪、」と、精一杯の感謝をした青年。
　本当なら、、もっと、言葉を繋げたかった。でも、これが限界っ、、。

"女の子さんからの優しさ"、の威力を知った若葉と並木が、仲良く、手をつないで次に向かうは、、、
「あっ!!、♪　ねぇねぇせんぱいっ！♬。今度は、アレに乗りましょっ♬?!」
　空高くを指さして、嬉しそうに笑う彼女さん。見上げる彼氏さん。
　遊園地には、多種多様なアトラクションがある。しかしコノ時点で、だいぶ絞られたのは確かだ。空高くという事は、少なくとも、高低差がある証拠であり、いわば、絶叫系だと断言できる。もちろん、そこにあったのは、、、、、ジェットコースターだった。
　なんてこったっ！、パンナコッタッ！（お父さんに聞いて

みよう！）。まさに、カワイイふりしてこの子、わりと、、（お母さんに聞いてみよう！）の、歌通りの展開。

　アキバ系、ビジュアル系、、系統には色々あるが、中でも青年がイチバン苦手とするのが、"絶叫系"なのだ。

　であるからして、必死に首を、横にスゥイングしたい、といった気持ち、ではあるのだが、、、

「♪　っせんぱいっ！♫。、せんぱいは、ジェットコースターって、好きですか？。♫　わたしっ、大好きなんですよっ!!♪。、っだから、、とってもたのしみですっ♫！」

　できるワケがない。たとえ帰って来る世界が違っても、否定はできない。

　なので、、、

「、、♫、、う、、うん、。。たの、楽しみだ、ね、、」

　と述べるしかないのだ。

　やはり休日。と思える、注目の待ち時間は、40分。解(かい)し易く表現すれば、小学校の、冬期授業時間帯である。

　しかし、恋人さんはお構いナシ。

「!?、あ、せんぱい、見てくださいっ、。、、ほらっ、だんだん上がって行きますよ、、。、っ♪　何だか、ドキドキしちゃいますねっ♫?!、」

「、、そして、、、そこから、、、、」

　並木さんの実況に合わせる様に動く、ジェットコースター。やがて、カチャン!!　と金属音を発し、止まる。

　俗にいう、"ムカエの直前"である。

　カタ、カタ、カチャ、カチャン、、と少しずつベルトコンベアーが、コースターを手繰(たぐ)り寄せていく。

やがて、頂点に達するコースター、、そして、、、
「うわぁ～～～！」「♪　ィヤッフォ～～！」「キャーーー!!、、」
　谺(こだま)する、遠方からの叫び声。ほぼ真っ逆(さか)さまに滑(ま)り落ちて行った、コースター。
　姿を消したコースターを見て、ゴクンッと唾(つば)を飲み込み、青年は思う。
　"、そっか、、、アレに、のるんだな、、"。

　自分の立場と行く末を、しっかりと弁(わきま)えた青年は、ソノ番が回って来ると、腹を括(くく)ったのか、係員から位置だけを指定されると、スッと風の如く移動し、キリッ！　とした表情のまま、ガードを下ろした。大凡(おおよそ)の事は分かった、とする若葉の潔(いさぎよ)さは、宛(さなが)ら、"もののふ"を彷彿(ほうふつ)とさせる。
「♫　は～いっ！、ではよろしいですね？。行ってらっしゃ～いっ!!♫」
　プルルルルルッッッ、、
　鳴り響くサイレンの音。何故だかは理解できないが、係員の見送りの言葉に、愛しさと、切なさと、心、、を感じる。
　ゴトンンッ!!、ゴト、ゴトッ、、、動き出すコースター。
　まだ大丈夫。コースターの前に、"ジェット"が付くまでは、、。
「、！♪　動きだしましたね？、せんぱい♫。♫　っでも！、お楽しみはもう少し先っ。ですけどねっ!?♪」
　隣の席で微笑む、精神も情緒も不安定な血色の青年とは、正反対の彼女さん。

出迎える陽の光線。気が付けばそこは、例の地点へと続く坂道。
　カタ、カチャ、カタ、カチャン、、、
　いや〜な間合いで登って行く。まるで、手招きされて、いるかの様だ、、、。
　突然、カチャンンッ!!　と大きな金属音と共に、停止するコースター。
　いよいよ、"ジェット"の付与、である。
　スカイハイッ！、エンドゥッ、トゥーザ・スカイッ！。、、、つまり、そんな高さ。
「♬、！　っさぁせんぱいっ！、来ますよ!!」
　それが、若葉の聞いた、最期のコトバだった、、、、、。

〜

　詳しいコトは、あまり覚えてない。いや、それで良かったんだと思う。ただ目の中に飛び込んで来るのは、裏に返された空中と、地上を歩くヒト、グニャグニャに折れ曲がったレール。気を失っていたのかな？。
　兎にも角にも、3回乗った。青年はその度に、10歳、20歳と年を取り、最後に帰って来た時、そこには、団塊の世代が座っていた。
　モウロウとする意識。出口の階段をゆっくりと降り、大地に降り立った今でも、どこか、ボンヤリしている。
　しかし、不思議な事に、青年の感想は、
「、、♪　っと、とってもっ、たのしかったねっ?!♬。なっ並木さんっ♬」

という、ニッコニコの笑顔が、伴ったモノだった。
　通常であれば、"ジェットコースター"と聞いただけで、スタッフロールが流れるのだが、今日は違う。
　1人じゃないのだ。それに、
「♪　ハイッ！❤。とってもっ、、。と～～ってもっ！　楽しかったですっ♫」
　喜んで貰えて、本当によかったって、、、。そう、、思えるから、、。

　時間は正直であって、嘘をつかない。幾ら恋人さん達が気にしていなくても、午前中、2人を暖かく見守っていた陽は、いつのまにか、紅の化粧を施し、ちょっとばかり遠くに見える山肌に、頬杖をついている。
　彼氏さんと彼女さんを照らす、薄紅の光。けれどそれは、同時に、もうすぐ訪れる、お別れの悲しげなしるし、でもあった。
「、っじゃあせんぱいっ!?♫。最後は、これに乗りましょうかっ♪」
「えっ!?　あ、、う、うんっ♫！。いいよ！、」
　青年が戸惑うのも無理はない。指定されたのは難所、"観覧車"。
　すでにご存知だとは思うが、密閉空間プラス、緊張度アップのダブルパンチ。
　それなりのお年頃、でもないのに動悸を引き起こす、まさに、"掛かり付けの医師に御相談を"の、アトラクションである。

言ってみれば、最幸のジゴク。そんな乗り物の、乗車入口に歩いて行く2人。っのだが!!、またしてもそこで青年は、笑いが吹き出しそうになった。
　、、、、、、、、上竹だった。
　ブッフッ！！！
　思わず噴出する、圧縮された爆笑。おやぁ？　と首を傾ける並木さん。
　何故、お前がココにいる。岸にしろ、目の前に佇むこの将軍にしろ、とてもじゃないが、ただのグウゼン。では済まされないだろっ！。なんでこうも、身内が多いんだ？。まぁ、彼女さんが会った事がなかったから、良かったものの、、、。
　沢山の疑問符を浮かべ、じっ〜〜と将軍上竹を見つめる並木。居心地が悪くなったのか、コメディアンとしての血が騒いだのか、語り始める、新聞部んとこの部長。
「、！♪　いやぁ〜！。っこれはこれはっ♫、いらっしゃぁ〜せっ!!。、、えっ〜とっ、おふたりさま、っで！、いらっしゃいますねっ!?♫。♪　っさぁさ、どうぞこちらにっ！、」
　回って来たゴンドラに案内しつつ、彼女さんにバレないスケールのグーサインを、若葉に送る戦国大名。できる事なら叫びたい、「っこの、外様大名がっ！」。
　日本。も去る事ながら、木陰地区というのは、意外と狭い、と痛感しながらも、ゴンドラに乗り込む青年。これまでの係員とは違う、「ごゆっくりぃ〜♫」といった、異例のハネムーンメッセージを贈ったジェネラル。
　不満なら幾らでもある。しかし、扉にカギが掛けられると、それ所ではなくなっていた。

最初乗った時には、正面にちょこんと座っていた並木さんだったが、
「、、、っあ、あの、、。せっせんぱい、、。、となりに、座っても、、いいですか、、？、」
　と、若葉に聞いて、「!?　え！！！　あっ、あぁ～～うん、、いっいいよ、」と言われてから、いまではお隣さん。
　彼氏さんは緊張からか、放心状態。彼女さんもそれに準ずる形で、真っすぐに、さっきまでおはした座席を、見つめている。
　言葉に詰まる2人。漂う静寂。と、スススッ、、とにわか～に移動する、並木さんの右手。やがて、青年の左手の上に、ピトッと到着すると、ビクンッ！　と青年は体を震わせて、述べた。
「!!、っあ、あのぉ～～さ、、なっなみ、並木さんっ！。、え、えと、か、かっ観覧車って、。い、いが、意外と、速いん、、だだだだってっ！、、」
　い～え、そんなコトはありません。のですが、、、
「、、っそ、そうなっなんですかっ！。、しっ、しら、知らなかた、、です、、、」
　あ～あ。な～にやってんだか。ほっぺを真っ赤にして俯く、恋人さん。そして、再び沈黙。
　でも、何とか会話をしたい、そう思った彼女さんが、口を開く。
「♪、わぁっ～♫。せんぱいせんぱいっ！、みてくださいっ♫。きれいな景色ですよっ!?♪。ほらっ!!、」
　並木さんを通して広がる、窓からの木陰の景色。黄金色(こがね)に

輝くその光景には、親しみや、馴れといったものとは違った魅力があった。
「、、ほんとだぁ〜、、、。きれいだね、？、、」
　２人仲良く見惚れている。言葉は要らない。ノーコメント、そうゆう事だろう。

　観覧車が頂点に差し掛かった時、並木が、しょんぼりとした様子で呟いた。
「、もう、、終わっちゃうんですね、、」
　下を向いている、淋しげな横顔。言わずとも分かる、"一緒にいたい"のキモチ。
　同じ気持ちだった。もっと一緒に歩きたい、、、もちろん、ドキドキしちゃうけど、、、。
「、まっ、まだ、、終わってないよ、♪。な、なんて言ったら、、いいか、、。い、いま一緒に、いるからねっ？、♬」
「、せんぱい、、、」
　一生懸命な青年の励ましに、涙ぐむ彼女さん。それから、ウンッ、ウンッ、と頷き、
「♬　っそうですね、？、そうですよねっ♪!?、」
と言って、泪を拭いた。

「♬　っおつかれさまでしたぁ〜!!♬、ま〜たどうぞっ！！！」
　ゴンドラから降りて来る青年と並木を、歓迎する戦国武将。しかし、それに対する答えは、「ありがとうございましたっ♪」と、ペコッと頭を下げる彼女さんと、苦笑いをしながら

会釈する彼氏さん、といった、クールな結果であった。依然として残る並木さんのギモン、"誰なんだろう,,,この人,,,"。

　情報筋が、味方のヤロウ部員の釈放を伝えた頃。恋人さん達は、いよいよゴール地点である大学に向かって、歩いていた。
　夕暮れ時。すっかり辺りも暗くなり始め、陽も、僅かな光を発するのみとなっていたが、どうやら2人の為に、サービス残業を決めたらしい。
　彼女さんが、若葉に聞いた。
「、っあ！、そうだっ♪。せんぱいっ♫！。、今度、せんぱいのおうちに遊びに行ってもっ、いいですか？♫！」
　突然の、キラークエスチョン。あまりに唐突だった為に、反応が遅れる彼氏さん。「、、えっ!?、あ、、う〜〜んとぉ〜、、」と戸惑いながらも、
「、う、、うんっ。いいよっ♪！、」
　と答えた。もちろんこれは、本意、ではない。"女の子さんが、家に来る"、考えられない事である。
　大体、足の踏み場がない、訳ではナイが、徒でさえ、震度2で冷や汗、震度3で身支度を始めるアパートに、いったい誰が招くというのだろうか。それこそ、我とともに滅びよ、と言っている様なものである。
　さらに加えるのなら、ゲーム機1台すら無い、涙ちょちょぎれる殺風景な部屋で、どうお持て成しをすれば良いのかも、分からない。精々、テレビを見る、位だろう,,,。

「、、っふぅ〜〜、。。っまったく、ヒドい目にあったね？、」
　危うい所で"初犯"を回避した、同じサークルの子達と、不運な恋愛アドバイザー。
　取り調べが長きに渡った所為か、もう遊園地には居ないだろう、とヤマを張った彼らは、急ぎ2人を捜し当て、その後を追っていた。しかし、反省からであろう、グラサンは鳴りを潜め、今では、元来のメガネとなっている。
「、いやぁ〜〜、、。一時は本当に、どうなるかと思いましたな、」
「っまぁ、いま考えてみるとムリもない、ってかんじもするケドね、、」
「♪ "後悔先に立たず"っと、ゆうことですなっ！♫？」
　そうだ、ソレをよ〜く、噛み締めとけよ！。"海佐"がのたまふ。
「♫、っでもっ♪、少し見ないうちにさぁ〜。また一段と仲良くなってるよねっ？♫、若葉くんと並木さんっ！♫」
「♪　っですなっ！。さぞや、アトラクションを楽しまれたのでしょう!!♫」
「、、なんか、ボク、、。そうゆう意味で言うと、すっごい罪悪感があるなぁ〜、、、」
「？、何故です？、斑戸殿」
「、っだってっ、上竹部長が働いてる所を紹介したんだよっ?!。、きっと、気まずかっただろうなぁ〜って、、」
「♪　っ心配ないですってっ！♫。大丈夫ですよっ！♫」
　ドンマイ斑戸。フザけんな松木。こうもヒトによって異な

るのかと絶望するが、やがて、
「、、あっ！、着いたね、、学校、、、」
　と、ふいに空峰が呟くと、息を合わせる様に会話が途切れた。
　時息大学正門。2年後には卒業となるその門に背を向け、徒ならないオーラを放ちながら入って行く、影の軍団。
　夜風に揺れる、校門から校舎へと続く桜並木が、ぎこちない恋人さんと本学生を、優しく出迎える。
　ほぼ、忍び足で歩を進める、秘密結社。
　中央付近まで来た時だった。
「、！　っあれ？、止まった、、、ねぇ、、？、、」

「♪　っせんぱいっ！、きょうは、ほんとに楽しかったですっ♬。ありがとうございました！♬」
　ペコっと頭を下げる彼女さん。
「、っそ、そんなっ、いいんだよ♪。こっ、こちらこそ、ありがとう♬」
　と、手をわたつかせながら言う、彼氏さん。そしてまた、、、、沈黙。
　ついに迎えた、"お別れの時"。だが青年には、まだ。やり残したコトがあった。
　出逢った日からずっと、心の中に抱き続けてきた想い。伝えたくても、届けられずにいたキモチ、、、
　それは、
"彼女さんに、好きだと告白すること"。
　今度は、僕から伝えるんだ。そして、いまなら、それがで

きそうな気がする、、、、。
　一大決心なのは、ジブンが1番分かっていた。ココでできなければ、後悔する事も全部。
　若葉は高鳴る鼓動を押さえ、握っていた並木の右手をそっとほどいて、前に、向かい合った。
「、、っせ、、せん、ぱい、、、？、、」と小さく呟き、見つめる並木。青年は、ぐっと目を閉じ、深呼吸した。
　ゆっくりと目を開けて、若葉は、、、、、
「、わっ、、、笑わないで、きっ聞いてね、、？、、」
　伝えた。
「並木さんのことが、大好きです、、心から、、、、」
「、、だ、だから、、、その、、、。これからも、一緒にいよう、、ねっ？、♪、」
　返事はなかった。いや、できなかった。正直で、まっすぐな告白に、瞳からとめどなくあふれ、頬をつたい、流れ落ちて行くナミダ。
「!?　っごっごめん、、うまく、伝えられなくて、、、、。で、でもその、、気持ちは、」
　一生懸命に謝るそんな青年に、並木は、あったかい笑顔と、言葉で、答えた。
「っ大丈夫ですよ♪。ちゃ～～んと、届いてますからっ♫」
「？、、あんなこと、、、教えたっけなぁ、、」
　"海佐"が呟く。他の者は衝撃から、アングリ。
「っヤツめ、こんな所で告白しやがったぞっ、」
「、よく頑張った。若葉くんっ！」
　もうお分かりだと思うが、青年の告白を見届けたのは、並

木、だけではない。
　2人の恋人さんを挟んで、左の桜の木の後ろに、仮想部のメンメン。右の桜の木の後ろに、時息のヘッドと、あはれな生徒会長。つまり、さらに6人に監視された状態での告白、だったのだ。したがって、若葉がどれだけ緊張していたのかは、計り知れない。
　、、、でも、届けられたし、受け入れてもらえた。青年はそれが、なによりも、幸せだった。

　嬉しくて泣いている彼女さんを、慌ただしく宥（なだ）める彼氏さん。
　そのカイ？　もあってか、しばらくして、いつものニコニコとした並木さんに戻ると、ある質問をしてみた。
　ソノ質問、とは、、。
「、、っあ、、あのぉ、、なっ、並木さん、。え、えと、、じつは、前から、気になってたんだ、けど、、」
「、どっ、どうしてボクを、、好きに、なってくれたの、、？、」
　ハッ！　と思い出すかの様な驚きの表情を浮かべ、並木はそれから、語り始めた。

　あれは、わたしがまだ、高校生だった頃です、、、
　当時。受験する大学を決めかねていた私は、ある日。時息大学に向けて、自転車を漕いでいました、、、、、

〜
　全ては、去年の春に遡る。サクラ舞い散る4月の中旬。
　大学には、"オープンキャンパス"という、学校を見学できる行事があり、この日も多くの高校生が、各地から訪れていた。
　当たり前であるが、高校とは比べ物にならない広大な敷地に、右も左も分からない学生を迎えるので、大概の場合。各大学には、その子達を案内する、"実行委員"がいる。
　もちろん本学にも、生徒会を中心として選ばれた実行委員がいて、大学の各場所で、新入学生、になるかもしれない高校生の対応に追われていた。
　そして、ここにも1人。そんな高校生がいた。
「、ここがっ、時息大学かぁ〜、、。思っていたより、ずっと大きいなぁ、、、、」
　正門から見える校舎を見上げ、ボソっと、独り言を呟いてみる。だが、やっぱり名門校。その佇まいにどこか、一定の圧力を感じてしまう。
　到着したのはお昼ごろ。まずは、昼食にしますか、、。
　キョロキョロと食べる所を探索した結果。辿り着いたのは、校舎と食堂の間にひっそりと置かれていた、木製の円形机と椅子。
　近くには、1本の桜が枝を揺らし、その度に花弁が舞い降りてくる。
「♪、、きれ〜〜い♥、、。ココにしよっとっ♫！」
　食事所を決めた女子高校生は、イスに腰掛けると、机の上に弁当箱を広げ、昼食を摂った。

「、っふぅ～、、おいしかった♪！。ごちそうさまっ！♫」
　サッサと片付けて、カバンを担ぐ。
　では早速、校舎へ！。の前に、ちょうど死角になっている場所にあった花壇に、ふと目が止まった。
　花壇に植えられた、チューリップや、パンジーなどの、季節の花ばな。それらをうっとりと、ボ～～っと眺める。
　しかし、前屈みで、膝に手を置き見ていたからか、次の瞬間。彼女の視界の片隅に、何かが落下するのが映った。
「あっ!!」
　気付いた時には、もう遅かった。いま頃はこの土の中か、花壇付近のドブのなか。
　運が悪いのはそれだけじゃなく、まさかの"死角"。さらに助けを呼ぼうにも、幾ら人が良いからと言って、在校生に頼む訳にもいかないし、そんな勇気も無ければ、恥ずかしさもある。
　やはり、自分で捜すしかない、か。
「っあぁ～もうっ♫！、ドコ行っちゃったんだろぅ、、」
　半ば、キレ気味で捜索中の女子高生。そこを偶々通り掛かった1人の実行委員が、
「、、あの～、、、何か、お捜しですか？、」
　と、声を掛ける。ガバッ！　と素早く形勢を立て直し、立ち上がった。
「!?、っそ、そうなんです、、、え、え～～と、、。学生バッチを、、おとしてしまった、、みたいで、」
　テヘヘェと、申し訳なさそうに、右手を頭の後ろに当てる高校生。

しかし反対に、この事態を重く捉えた係員は、
「!!　それは、たっ大変ですねっ！！?。どの辺で落とされましたっ?!、ドノ位の大きさですかっ?!、どんな色ですかっ?!」
　と、スパルタ教育を凌ぐ勢いで質疑を展開する。その勢いに圧倒されながらも、細かく説明していく。のだが、
「、で、でもっ、だいじょうぶですっ♪。わたし。自分でさがしますからっ♬」
　決意は固いらしい、。しかし、係員の返事はというと、
「、♬　いえいえっ♪。1人よりも、2人で捜したほうが、早くみつかりますからっ♬。手伝いますよ♬」
　と言って、袖を捲り上げ、側溝を外して、ドブの中を捜し始める実行委員。「、!?、っあ、あ、すみませんっ!!」と慌てた様子で、高校生も花壇を捜す。

　それからじつに、2時間。さすがにもう、ないだろう。冷静に考えてみれば、たとえ失くしたといっても、オープンキャンパスに影響を及ぼす訳でもないし、学校に帰れば、売店で、300円位で買える。
　だからしょうがない、諦めよう。そう思ったとき、
「、！　っあ。ありましたよっ！♪。ほらっ♬」
　土を慎重に、そして、丁寧に払い、係員は、にっこりと微笑んで言った。
「♬　はいっ♪、よかったですね♬?」
　手渡された学生バッチ。ニッコニッコと笑う係員は、顔中泥塗れ、手もドロドロでベッタベタ。服もズボンも、開始の

時点に比べ、明らかな汚れを伴(ともな)っていた。

"私のために、こんなに、、こんなに、"

　そう、この時の実行委員こそが、若葉だった。
〜
「、、はじめて、だったんです、、。あんなに親切に、、してもらえたの、、、」
　そっか、、あの時の女の子だったんだ、。記憶の断片を集めていた青年が、はっきりと認識した。
「だから、、あの日、。入学式の日、、必死でせんぱいを、捜していました、、」
「、でも。なかなか見つからなくて、、。それで、もう、、、卒業、しちゃったのかなって、」
　ふふっと微笑み、続ける。
「っでも♪、安心しました♫。部室でみつけたせんぱいは、昔のままで、、、。だからわたし、、告白、したんです♫、」
「、、っそ、そう、、だったんだ、」
「ハイッ！♪。それに、せんぱいは、ズルいですっ」
「!?　え？、ずるい？」
「今日だってそうですっ。朝はやくから来てるのは、せんぱいだっておんなじなのに、きてくれたお礼だって、切符を買って下さったり、服を買ってくださったり、、、」
「、1つの服を決めるのだって、あんなに悩んで下さって、公園の桜並木にも共感してもらえて、、、そのひとつ1つがすごく、すっごくうれしくて、、、、」

泪で、コトバに詰まる並木。
　そして、やっとの思いで紡ぐ言の葉。
「､､､ほんとに､､優しすぎますよ、せんぱい､､､､」
　どうしたらいいのか分からなくなった青年は、とりあえず、騒々しくはあるが、鞄からハンカチを取り出して、そっと。彼女さんにわたした。

　恋愛というのは、上層部がするものである。よって、女の子さんとお付き合いができるのは、その対処に慣れていない下層部ではない。しかし、本当にそうだろうか。
　確かに、券売機に目潰しをくらい、珍しく車道側を歩けば、電柱に衝突。雨が降ってきたと思い傘を買えば、イジメの様に晴れ渡る。だが私は思う、"だからイイのだ"。
　一見。というか実際、行き当たりばったりだが、重要なのは、どんな失敗をしたかどうか、ではない。大切なのは、その時々で、どれだけ相手の為に一生懸命になれたか、である。つまり、"込めるか、込めないか"の違いなのだ。言ってみれば、それと共に付いて来る結果など、関係ないし、必要もない。
　えっ！、こんなコトで､､と思われたのなら、非常に遺憾である。前に言ったとは思うが、当たり前の事を、当たり前にするのは難しい。だがウラを返せば、"あたりまえ"の事をされるのは、だからこそ嬉しいのだ。

　泣きやんだ並木が、ニッコリと微笑み、若葉にお願いをした。

「♪　っねぇせんぱいっ！♫？。、、ギュッてして、もらえませんか？♫」
「！？　え、ええっ！！！！！」
　明瞭な青年のたじろぎ。ね？、ねっ？、、と急かす彼女さん。ヘタをすれば、警官隊突入もあり得る、とは考えたが、ウ、ウンと返事をする。
　ゆっくりと、並木の背中に手をまわす青年。もちろん、スローモーション。
　ピトッ！　ガバッ！　ギュウ!!
「！？、っえ？、え、あ、あの、なナナなみっ、並木さんっ？！！」
　青年の手が彼女さんの背中に触れる、よりも若干早く、若葉に力強く抱きついた並木。
「わぁっ♥。せんぱいっ、あったか〜い♫」
　青年の胸に顔をうずめ、嬉しそうに呟く彼女さん。ドキドキしていた。緊張していた。だけどいま、一緒にいる。
　"恐らく、こんなに自分と一緒にいるのを喜んでくれるのは、世界のどこを探しても、この子ぐらいだろう"
　若葉も少しずつではあるが、抱きしめて、ふんわりと、並木を包んだ。
　初めてのデート、初めてのコトばかりだったので、藤白にアドバイスを求めた青年。しかし、本当はそんな事をしなくても、若葉は、誰よりも、分かっていたのかもしれない。
　漆黒の闇に浮かぶ、光沢のある満月。そのまんまるとした月は、ふたりの恋人さんを照らし出し、いつまでもいつまでも、2人をつつんでいた、、、。

「、っよ〜し！。ふたりともっ♪、今日はここまででいいよっ！♬」
「そうですか、。じゃあ小鉢、家に帰ったらしっかり勉強するんだぞっ！」

　青年の、励めよの一言に、一瞬。ムスッとした表情になったが、"小鉢"は言った。
「っノン！　ノンッ！　ノンッ！。この神をも見初めた"天才すずめちゃん"にかかれば、どんな問題もっ！、ラックラク突破ですよっ!!♬」

　見離された、の間違いじゃないか？。若葉は、率直に思った。

　ま、まぁ、、頑張れ、と苦笑いの「ごきげんよう」をムッソリーニに送信し、何だかんだで、いまは、キッチンの前に居る。

　土曜日の夜7時30分。作るはもちろん、晩ご飯で、食べるはもちろん、自分自身。いつもと何も変わらない、寂しい、寂しい、1人暮らしの風景。

　そこ彼処に、長年の貫禄を感じさせるフライパンで、卵のきみ殿が、着々と領土を拡大させていた時、

　ピ〜〜ンポ〜〜ン

　鳴る呼び鈴。"こんな時間に、いったいだれが、、"。

　ある意味。ホラー映画のキャラクターと心を通わせた青年は、恐る恐る、開き親しんだドアに近寄り、

「、はい、、。どなたですか、？、、」

　と、問い掛けた。

カチャ、キィー、、ッ
　ゆっくりと奇怪な音を立てて開かれる、単身用だ、と聞いている部屋のドア。
「あっ！、」
「♪　へへぇ～♫。こんばんわっ、せんぱいっ！♫。遊びに来ちゃいましたっ♪」
　ニッコニッコと、嬉しそうに微笑み、かかとを浮かせたり、地面に付けたりして、カタッ、カタッ、、とリズムを刻んでいる。
　あれっ？。でもどうして、、デートの日と同じ髪型なんだろう？、、、。
　若葉にとっては、まさかの〝来日〟。もとい、〝来訪〟。約束をしたとはいえ、本当にいらっしゃるとは、、。
　たとえ国連大使が、ピザ屋の格好で来ようが、テロリストが、板前のポテンシャルで乗り込んで来ようが、至って冷静に対処できる青年ではあるが、やはり女の子さんは、ベンツ。
「、こっ、、こんばんわ、♫、。っな、並木さん、、」
　しかし、彼女さんからのお返事はありません。約束をしたのです。
『、ねぇせんぱい？。もう1つ、約束して欲しいことがあるんですけど、、、』
『その、、こっこれからは、わたしのことを、、。名前で、よんでもらえませんか、？、、』
　あ！、あそっか、、。
「、、っえ、え～と、、、。こんばんわっ、♫、、かっ、かすみさん、、、」

「、♪　ハイッ!、こんばんわっ♫」
　徐々〜にお口を開けられ、笑顔になるかすみ。でもまだ、ちょっとぎこちなさが残っている、彼氏さんです。名字から名前に替えられても、"さん"という敬称から、"ちゃん"というカジュアルスタイルへのクラスチェンジは、不可能。
　まっ、らしさ、ですな。
「、！　っあ、あ〜〜っと、きっ汚ない部屋だけど、ど、どうぞっ、♫！」
「うんっ？、そんな事ないですよっ♪。きれいにされてるんですね？、せんぱい♫」
　キョロキョロと、玄関からでも全営を把握できる1Kの部屋を見渡す、かすみさん。気持ちはとても嬉しいが、忘れもしない。以前この部屋に、仮想部を招いた時。ある書記官が、こう言ったのだ。
　"荒野のよう"だと。
　それがトラウマとなり、延いては金縛りとなっていた訳であるが、どうやら、ダイジョブそうだ。
「、あっ♪！、コレって､､｡せんぱいが作ったご飯ですか？」
　丸い木のちゃぶ台に並べられた料理を見て、若葉に尋ねるかすみさん。
　徐に正座をして、いいニオイですねぇ〜、としみじみ感想を述べている。
　チャーハンに欠かせないスナップをきかせながら、青年は言った。
「、♪　うんっ！。もし、ばっ晩ごはんが、ま、まだだった

ら、、いっしょに、、食べる？、」
「！♬　っはいっ！。じつは、おなかペッコペコなんですよっ♬！。嬉しいなっ♪、せんぱいと一緒にごはんです♬」
　ルンルンランランといったご様子で、首を右に左に、左に右に傾ける彼女さん。あとはシェフ待ち、醬油っこと。

「♪　いた～だきます！♬」
　前置きとして、"お手てを合わせて下さい。合わせました！"が付けば、完璧に、園児と類似する挨拶のトーンで、食を開始された恋人さん。
「、っあ♬、このチャーハンっ！、。とってもおいしいですっ！♪。それに、こっちの焼き魚もっ♬」
　うん、うん、と頷いて、チャーハンに、サラダに、ワカメスープにと、ローテーションを繰り返すかすみ。
「、♬　っそっかっ。よ、よかったっ♪」
　と青年も、思わず笑みが零れます。
　ほのぼのとした2人での食卓。笑顔が絶えないのはきっと、言葉にできないほど、楽しいからに違いありません。
　全ての容器が、盛者必衰のことわりを表した頃。彼氏さんと彼女さんは、揃って、台所に居ました。
　詳細に語れば、「じゃ、じゃあ、片付けちゃうねっ？♪」という青年に、「い、いえっ。わたしもっ♬、お手伝いします！」と、かすみさんがおっしゃった事が原因、なのですが、、、。
「♬　っせんぱいって、料理。上手なんですねっ!?♪」
　スゴイですっと、尊敬の御目で見つめるかすみ。

「えっ!?。、そんな、♬、そんな事、、ないよぉ～、♬、」
「♪　っん～ん♬、そんなことありますよ？♫」
　、、、、ちなみに、ではあるが、こんな討論がしば～らく続いた。
　後片付けを終えた後。食事の後なので、
「、、っあ、そっそうだ、。か、かすみさん。、何か、のむ？」
　と言って、「ハイッ」とアンケート結果を得た、までは良かったのだが、冷蔵庫を開けて青年は、呼吸いや動きが止まった。
　まさかのストライキ。入っているのは、マヨネーズ、ケチャップ、みりん、酢、、つまりは、飲(いん)を主(しゅ)たる目的としない調味料ばかり、、、、。
　ハァ～と溜め息を吐く切ない背中に、彼女さんが質問する。
「、？、どうか、、しましたか、？」
　問い掛けに対し、ギクッ！　と微アンペアを流す青年。
「！！？　っえ！　あ、うん。。え、えと、えとね、？、、。ちょっ、ちょと待っててもらえる、かなぁ、？、」
　すっ、すぐに、買ってくるから、と急ぎ靴を履き始める。
　世帯主の明確な品切れ宣告を受診したかすみさんは、
「一緒に行きたいです♪、わたしもっ♬」

　飲み物を買いに行く、といっても、特に。アドベンチャー！　でも、スペクタクル！　な事でもない。距離にしてもそう遠くはなく、時間にしても数分。
　ただ、駅近くにあるコンビニまで歩いて行って、戻って来るだけ。

それでもかすみさんが、"ついていく"と青年に伝えたのは、、、
「♬　っせんぱいせんぱいっ♪。せんぱいは、なに飲みます？♬」
「、、う～ん、、そうだねぇ、、。たっ、炭酸系、かなっ？♬」
「ムッ！、それはダメですよっ?!。せんぱい」
「、！　っええ、、だ、だめ？」
「はい♪。、炭酸はですね？、せんぱいの元気な歯を、ドロドロに溶かしちゃうんですからっ、」
「ドロドロに？、」
「はいっ。ドロドロにっ♬」
「、っじゃじゃあ、、お茶でいいやっ♬」
「♪　ウン！。許可します♥」
　もっともっと、話したいから。

　それから、まともに数分後、2人は駅前商店街の1角に居を構えるコンビニに、到着した。
「、、っいらっしゃーせ、、、、」
　夜9時以降特有の、虚ろ(うつ)なアルバイト店員の声に導かれご入店の、彼氏さんと彼女さん。
　スマート且つ、スムーズな足取りで、"ドリンクコーナー"に向かった恋人さんは、
「、かっかすみさんは、、なににする？」
「わたしは、ココアにします♪。甘いものが飲みたかったんですよっ♬」
　と、各々(おのおの)述べ、それぞれ、麦茶とココアを手に、カウン

ターへ行った。
　迅速にバーコードを読み取り、会計作業を済ませる店員。しかし、青年が財布から小銭を取り出していて分かったのだが、、、確実に店員は、かすみにホレている様子だった。恐らく、若葉さえ隣にいなければ、アドレス交換といった強硬手段に、打って出ていたであろう。
「、、、ありがとう、、ございました、」と、消え入る様な謝礼で、莫大（ばくだい）な名残（なご）り惜しさを醸（かも）し出して、見送る。
　気持ちは、よ〜く分かる。こういったいわゆる、ヤロウの猛好、を受ける度に青年は思う、
"やっぱり。自分には、もったいない"と。
　けれど、好きになって、好きになってくれた大切な人、それだけは変わらない。
　駅長に会うため、では決してナイが、弥（いや）が上にも前を通過する幸駅。
「あっ！」と何かに気付いたかすみが呟く。
「、、閉まっちゃって、ますねぇ、、？。シャッター、、」
　ぬぅわんですとぉ！！！。華麗な2度見を決めた青年。
　ふと、中央付近に貼られている貼り紙に目が止まる。

"本日は所用により、午後8時をもちまして、営業を終了させて頂きます。
　　　　　　　　　　　　　　　　　　　　　　　　幸駅長"
　謀（はか）ったな久見っ！。あの、サル、、いや、グランドファーザーめ。
　でも待て。って、コトは、、、
「、、帰れなく、、なっちゃいました、」

ウ、ウンと答えながら、必死に、他のご帰宅法を編み出そうとしている若葉。
　深刻な横顔で対策を検討する彼氏さんに、彼女さんは、戯けた表情で言った。
「せんぱいっ♪。泊まっていってもっ、いいですか♬？」
「ならん」
　予想を遥かに超え、娘の縁談を断わる際の父親を演じる。
「っそ、、そうですよね、、、」
　と、しょんぼり肩を落とすかすみ。
「!?、えっ！　あ、そっそうじゃなくてね？、、その、、、」
「、う、うんっ♪。いっ、いいよっ♬」
「、、ほんとに、、いいんですか？」
　なんですか、ソノ逆質疑。
　若葉は、手をわたわたさせながら、弁解する。
「、う、うんっもちろんっ！♬。って、あ！、そのでも、もちろんっていうのは、べっ別にっ、へ変なコトをするとかっていっ、いうんじゃなくて、、、」
　少しの間、青年をニコニコと見守っていた、かすみが答えた。
「♪　っせんぱいって、ほんとにっ。かわいいですね？♥」
「へっ？、カワイイ？」
「ハイッ♬。とっても♥」
　そんなかすみに、ほっぺを赤くした青年が返す。
「、そ、、それだたら、、、かっ、かすみさんの、ほうが、、かわいいよっ、♪」
「えっ!?」と頬を染めたまま、なにも喋らなくなる彼女さん。

お互いに歩は進んでいるものの、会話はススマズ。ただただ、周りの景色が移りゆくだけ、、、。

　喉の乾きを癒やす、実家の表現で"一服"を完了した青年は、円形の机を横に立てて、難攻不落、という名の、"ちゃぶ台バリケード"を築いた。
　せっせと砦(とりで)を創設する若葉に、部屋の奥。押し入れの前に敷かれた布団の上で、ちょこんとおはすかすみさんが聞いた。
「せんぱいは、どうやって寝るんですか？」
「、う、うん♪。ぼくは、コレでねるからっ♬」
　かすみは、言葉を失った。
　"ネブクロ"？。登山か！。アルプスでもヒマラヤでもない所で、突如として登場した山岳(さんがく)グッズ。
　唖然とするかすみをよそに、
「じゃ、じゃあ、、。電気消すね？」
　と語り、消灯。
　ゴソッゴソッ、と殻(から)に、もとい寝袋に篭(こ)もったころ、寝返りの音と共に、
「、、ねぇ、せんぱい。寒く、ないですか、？」
　きこえてくる、おっとりとした、彼女さんの優しい小声。その気遣いに、
「、、うん、だいじょうぶだよ。あ、ありがとう♬」
　若葉も、感謝を返した。
「、♪　そうですか、。よかったぁ〜、♬」
「おやすみなさい♬、せんぱい♪、、」
　ドタバタではあったが、なんとかこれで、落ち着いて、

ゆっくり眠れる､､､､､､､､
　　､､､ハズだった。

　丑3つ時。ついに、その時はきた。皆さんは覚えていらっしゃるだろうか。アノ、人物を､､､
　ピンポ〜ン、ピポピポ、ピ〜ンポ〜ン
　深夜に轟くインターホン。
　最後の間伸び部分で覚醒した青年は、眠たい目を擦りながら、寝袋から脱出し、玄関に向かう。
　寝ボケた若葉が、「､っふぁ〜い、どなたでしゅかぁ〜､､」と、ドアノブに手を掛けた瞬間！！！
　ガチャッ！！！！！
「♪　ッヘ〜イ!!、わ〜かばく〜んっ！♫。こんばんわっ、家賃徴収の時間だよっ♫⁉」
　場に、徹底的に適わない大家のハイテンション。､､もうお分かりだろう、これこそが、道草の由来。"丑3つ時の家賃徴収"である。幾ら馴れたとはいえ、やはり喧しいし、いつまで経っても無くならない、恐怖の行事。
「井っアンタのせいでっ！、子供の夜泣きがヒドくなったのよっ！！？井」という住民ブーイングも、シカトで乗り越えてきた、最強の訴訟モン行為である。
「井ッシー!!、静かにしてくださいよっ井、大家さんっ！」
「､うんっ？、オイオイ♫！。なんだいっ！　なんだいっ⁉、いつものわかばくんらしくナイッ！♪」
　僕らしさって、何ですか？。小声と奇声の抗争に、目を覚

ましてしまったらしいかすみが、呟き尋ねる。
「、、せん、、、ぱい、、。、、どうか、したんです、か、？、」
　なっ、なんでもないよ、否定しようとする青年よりも早く、「おやおやぁ～ん、」とワザとほざいて、入口近くの照明のスイッチに手を伸ばす大家。まったく、無駄にアンテナが多い人だ。若葉は、改めて思った。
　点灯させようとする賃貸人と、照明を死守しようとする賃借人。
　揉みくちゃの激闘を制したのは、、、
「っやめてくださいよ！、あっ!!」
　カチッ、ブゥーン
　照らし出される部屋の全景と、起き上がって、キョトンとした表情を浮かべるかすみ。
　青年の顔越しに見える並木を確認した道草は、震える声で言った。
「！！！？？　っああ！！！、もももしかしてっ、あそこにいるのはっ！。、わかばくんのっ、わ～かばくんのぉっ！、」
　全てを叫び終える前に、若葉は、大家を玄関から押し出して、後ろ手でドアを閉める。
「#っうるさいですってっ！、大家さん！。はい、これが今月分です。っだからもう行ってくださいっ」
「っお、おう、、、まいどっ、、」
　ニヤッと、大変不快な笑みを零し、続ける。
「♪　っいやぁ～しかしなんだなぁ～♫。女の子を家に招くなんてっ♫、やるねぇ!?、わかばくんっ♪」

「そうか、ウンウン、そうゆうコトか、、。おたのしみのところ、悪かったネェ〜♬、、では、オレはこれでっ」
　そそくさと、なぜか、後退り(あとずさ)で退散する賃貸人。
　決めた、引っ越そ！。今月中に。

　チュチュン、チュンチュン、ピヨピヨピヨ、チュン、、、
　ザクッ！　ザクッ！、ジュアアー!!
　もう朝になったのかぁ、、。なんだか、あんまり寝た気がしないなぁ〜、、、。
　スズメの鳴き声に、何かを刻んでる音に、炒(いた)めてる音、、、、？、って！
「えーーー！！！！！」
　勢い良く起床しよう、とした青年だが、ネブクロの副作用バウンドで、再び。畳の上に戻る。
「、あっ！♪　せんぱいっ♬、おはようございますっ♬」
　元気で、眩しい位の笑顔のかすみさん。
「、、っあ、うん、、おはよう、、、」
　そっか、そういえば昨日。泊まって貰ったんだっけ。うんしょ！　とミノ虫、失礼、若葉は体勢を整え、寝袋のチャックを下ろした。
　脱皮したさなぎ、いや青年は、かすみに言う。
「、ぼっ、ぼくも手伝うよっ♪」
「っあ♬、大丈夫ですよ♬。もうできちゃいましたからっ♪」
「、そ、そう、、なんだ」
　ちゃぶ台の上に置かれた、どれを取っても美味(おい)しそうな料

理。言うまでもなく、"お弁当"に次ぐ、第2の最高傑作である。ニッコニコの若葉。
　他の猛者からしても、贅沢極まりない1品だ。

　レオナルドさんも、「描きてぇー」と唸るであろう彼女さんの料理。これが、"最後の晩餐"ならぬ、"ラストの朝飯"になっても構わない、そう思う。
　エプロン姿のかすみが席に正座をすると、昨夜と同じく、和やかな食事が始まった。
「、、うん?!、ああっ!♪。この肉じゃが、とってもおいしいよ♫!!」
「！　ほんとですか?!、♫。よかったぁ〜♪」
「♪　うぅ〜ん！♫。それにねっ、このポテトサラダもっ、このお味噌汁もっみんなみんなオイシイ♫！」
「っわぁ♥。そんなによろこんでもらえて、良かったですっ♪」
「かっかすみさんだったら、お店開けちゃうよっ！♫」
「!?　っえ、？、そっ、そなコトない、ですよ、♪、」
「、ん〜ん♫　そんなことあるってっ！♫」
　人類誕生以来例を見ない、青年の大絶賛。
　少し恥ずかしくなったかすみさんは、頬を真っ赤にして、
「っだ、、だから、作りがいが、あるんですよね、、、せんぱいって♫、」
　と、はにかんだ。
　あーあーおアツいことで。紹介側ってフラストレーションたまるわぁー。

「、っじゃあせんぱいっ！♪、わたしはこれで、帰りますねっ？♫」
　部屋を出て、玄関の前に佇むかすみが、若葉に微笑む。
「え、えと、じゃじゃあ♫。駅まで、送って行くよっ♪」
　で、でもぉ、、、と戸惑いつつ、嬉しそうなかすみ。
　迷ったふりの末、辿り着いたのは、
「ハイッ！♥。じゃあ、おねがいしますっ♫」
　どことなく、ではなく、すっかり満面の笑顔。そしてこれもまた、「せ〜んぱいっ♫」と手をつなぎます。
　カンッカンッカンッ、、と一定の足捌きで、仲良く階段を降りて行く恋人さんたち。
「！♫　わ〜かばく〜んっ♪！。おっはよ〜う!!」
　ゲッ！　奴だ。何のアポイントも無く、レーダーに映り込むステルス大家。「おはようございます♪」、そつが無く挨拶を締め括る賃借人。しかし大家は、会話続投。
「っお！　これはこれはっ♪、わかばくんのカワイ〜イ彼女さんっ！。おはよう！♫」
「、、っお、、おはよう、ございます、」
　躊躇気味の返し挨拶。青年の方に視先を合わせ、首を横に傾ける。"この方は？"の意。
「、え〜と、コチラは、このアパートの大家さんで、、。道草さん、」
「♫　っイヤいやぁ〜、まっ、といっても、名乗るほどのもんじゃぁーございませんっ!!」
　なら出て来るなよ！。ハウスッ!!!。

「、おっとところで、もう、おかえりですか？」
「、っは、はい、、」
「っそ〜うですかぁ〜、、ソレは残念っ！、」
「、っそれでは共々！、おきをつけて♪」
　さりげなく青年に対し、ウインクを贈る。失笑する青年。その表情は語る、
　"帰って来たら、オボエテロヨ"。

　駅まで続く、新緑 芽生える春のみち。思えばこの、ナンの変哲もない道を、どれだけ1人で通った事だろう。
　季節は移り変われど、時は流れど、歩き過ぎゆくこの景色に、感動することも、情緒を感じることもなかった。
　だけど、いまはちがう。
「、っじゃ、じゃあせんぱいっ？♪。また明日、学校でっ！♫」
　改札の前でニッコリと微笑み、手を振るかすみ。「、う、ウン♫！、また明日っ♪」と、手を振り返す若葉。
　今では、淋しささえ、感じられるようになりました。
　成長したのかな？、ボクも。

第5片　手帳のかたすみで、、、

　5月14日、文化祭前日。青年は、幸駅で待ち合わせをしていたかすみと、電車に揺られていた。
　時息大学の文化祭は、3日間の日程で開催される学生のお祭りで、今年の予定は、15、16、17の3日間。
　この期間は別名、"アグレッシブタイム"と呼ばれ、普段、「このサークル、そのうち潰れるんちゃうか？」と思う様な部活でも、就職氷河期を、逆に融かす活気をみせる。
　また、ヤロウの動向にも同じ事が言え、今まで草食で留まっていたチェリーボーイが、ウザいほどガッつく、肉食獣に形態を変える為、いわゆる、ナンパ戦線が激化するのだ。
　まさに、平家物語からの栄華物語である。
　したがって、若葉は気が気ではなく、遺憾ながら高まるヤロウの猛好からも、工学部表現"姫君"を、守り抜かなければならない。
　考えたくはない、のだが、、正門の前まで来たとき、早速ソノ洗礼を受ける事になった。
　普通に見渡せば、どこもかしこも変わりないキャンパス。手際良く、せっせと屋台のテントを組み立てたり、休憩所を造ったりと、準備に追われる学生達。
　しかし、目線はというと、、、、、
「あの娘、なんていう娘かなぁ？」「かわいいなぁ～、♥」「何学部なんだろう、」、かすみに注がれていた。そう、まる

で、集うように、、、。
　準備で忙しく動き回る、各サークルの学生。その中を仲良く手をつなぎながら歩いて行く、若葉とかすみ。
　ヒシヒシと感じるヤロウの気配。迫り来る様に青年を見つめる彼らの眼光は、"祝意"というより、"殺意"そのものだった。
　なんで、オマエなんだ！。と言わんばかりのレジスタンス。火炎瓶を投げたら、手榴弾が返って来そうなムード。とにかく若葉は、先を急ぐ事にした。
　青年は、校舎に入ると、3階までの階段を、不動産バブル期の建築速度で駆け登った。
　やがて、"森のくまさんにも、頻繁に会える"ようになった、旧遺跡通りに着くと、斑戸が扉の前で出迎える。
「、、あっ!?♪、若葉君っ、並木さんっ、おはよ〜♬」
「♬　おはよ〜せなくんっ♪」
「♬　おはようございますっ、せなさん♬」
「、っついに、、つぃぃ〜にっ!!、文化祭だねっ!?♪。きっと部室に入ったら、机の上が依頼状であふれかえってるコトっ！、まちがいナシだよっ♬！」
「、っうん、、、。だといいケドね、、」
　今までの仮想部の歴代上、とてもそうは思えない。むしろ、平年以下だってあり得る位だ。
「♪　っじゃあ早速っ、開けようよっ♬！」
　若葉君、早くっ♬　早くっ♪、と神主のお子さんに急かされ、カギを差し込む部長。
　カチャ！、、ガラガラガラ、、、

「、、っうわぁ〜、、、」「えぇ〜〜！！！！？」
　同時に、"引き"と"驚嘆"のコメントを述べる、柔道部愛好会の大株主と青年。そして、絶句するかすみ。
　数え切れない程の、膨大な依頼状。それが、机上は集収つかなかったらしく、防波堤を突き破り、地べたにまで流れ出ていた。
　まさに、新入部員であるかすみにとっては、"衝撃映像"。
　うろたえるベテラン部員斑戸（むらと）が、口を開く。
「、、っこ、、、コレ、、どうする、？」
「、っどうするも、、こうするも、、、」
　立ち尽くす創設メンバー。っと、そこへ、
「っおお!?、これは皆さんっお揃いで！♫、どうしたんです？、中に入らないんですか？」
　背中越しに聞こえる、間の抜け落ちた工学部の声。
「松木君っ、アレアレ」
「うんっ？、何です、斑戸殿」
　訝（いぶか）しげに斑戸を見遣（みや）り、再度、部室内へと視線を移す。みるみるうちに表情が強張（こわば）る書記官。のち、シャウトゥッ！。
「ッゥウ〜〜ワッ！、なんですかコレッ！！」
　うん、うん、と頷き、せなが冷静に言った。
「っだ・か・らっ！、困ってるんだよ、」
「、、いえしかし、、。こればっかりは、、どうするも、こうするも、、」
「ヤッホー♪!!　みんなどしたの？、入口に集まっちゃって、」
「あっ♫、空峰君っおはよ〜♫。とりあえず、、アレみ

てっ！」
「、うっ、うわぁ､､､｡何あれ、？」
「っでっしょ〜う？。、どうしたらイイかなぁ、あの山､､」
「、っふぅ〜〜〜ん、どうするも、こうするも､､､」
　あのちょとタンマ。何でもいいけど、語尾を揃えるな！。そして考えろ！！。
　いつまでも結論を導かない同僚に対する、若葉の答え。
「、とりあえず。読みながら片付けちゃおうか♪」

　依頼状が昨年比で、大幅な黒字に転じた理由。それは、読んでいく間に明らかになっていった。読み手だけが分かる、ナットクの理由。
「"仮想部さんへ、今年はぜひ、私達のクレープ屋さんを手伝って下さい。もちろん、並木さん同伴(どうはん)で"」
「"昨年に引き続き、タコ焼きとやきソバの屋台をお願いします。その際は、並木さんも"､､」
「"カフェ時息です。並木さん求ム！"」
「"我々のもちつきには、並木さん！。あなたのような可憐(かれん)なる１りんの花が必要です!!。われわれに力をお与えください"」
　出るわ出るわ、並木の名前。新手(あらて)からお得意先に至るまでの職の斡旋(あっせん)から、"好きです！！！、付き合って下さいっ！"等の告り文まで、実にとゆうか、やけに趣旨の方向が手広い依頼状。
　しかし、ヤロウの情報網というのは恐ろしいものである。まぁあながち、サークルに加入した時に発行される、"新入

部員リスト"を見ての事だろうが、これを期に、システムを見直した方が良いかもしれない。
　兎にも角にも、明確な、並木の加入効果、及び経済効果。それだけは何があっても、否定できない。
「、、せっせんぱい、、、わ、わたし、」
　縋(すが)る様な瞳で、若葉を見つめるかすみ。戸惑った表情のまま、続ける。
「、せんぱいが、選んで下さったところに行きます」
　ニコッと笑ってみせるかすみ、青年は大きく、「ウン!!」と頷いた。
"そうだな!。ぼくが安全な所を見つけてあげないと"。

　現実は残酷なものだ、と、こうゆう時に思う。
　徒(ただ)でさえ、どうせ広いスペースを有(ゆう)してるんだからイイでしょ?、の見解で送られて来たこの、"磐梯山(ばんだいさん)"。きっとクレーム処理室も、毎日これと向かい合っているのだろうと、溜め息を洩らす。
　彼女さんのご希望を、あどけない母国語で聞いていた、法隆寺よりも、サン・ピエトロ寺院に造詣(ぞうけい)が深い青年が、"選りすぐり"を終えたのは、ちょうどお昼ごろ。それはじつに、3時間にもムダに及ぶ、死闘だった。
　全神経の中でも、目に関わる部位に、著(いちじる)しい失速を感じ始めたため、部長の、「っみんな!♪　お昼にしよう!!」という白鳥、もとい、鶴のワンボイスで、昼食を摂る事にした。そんなとき、
「ッィヨ〜〜スッ!!。どうかな?、今年の仮想部は♬」

「あっ！♬、イッサ先生っ♪！！」
　湧き立つ法学部、、と"イッサ"をご存知の看護科のかすみさん。
　若葉が尋ねる。
「イッサ先生？、きょうは見回りですか？、」
「♬　っうん♬。講義も無いし、、、そんなところかなっ？♪」
　つまり、ヒマなんだな。
「、っところで、、どう？。依頼はたくさんあった？」
　空峰が答えた。
「♪　はいっ！。、でもご覧のとおり、、あんな状態で、、、」
　副部長が指し示す、標高がパない室内の山。
　本来の、"引きつった"な表情で、"イッサ"が呟く。
「、あ、、、あぁ、、なるほど、ねぇ、」
「っあ！　ところで先生っ！。僕たちこれからご飯なんですけど、先生は？」
　空気入れ換えの様に参入する、未来のシュラライントップ。
「そうなんだぁ、、じゃあボクもココでっ♬、一緒に昼食にしようかなっ♬」
　机の上に並べられる、持参の手作り弁当と、愛妻弁当。
「♪　ねぇねぇせんせいっ！♬。せんせいのお弁当って、どんな感じなんですか？♬」
　"イッサ"の奥さん弁当に、興味津々かすみさん。まぁまぁ、そんなにアワてないでとかすみを制しながらも、どこか照れ臭そうな"1佐"。
　パカッ！

「えっ!?、、また、?」
　かすみさんが発した、素直な一言。
「♬　っやっぱり!、エビフライがナイとねぇ～♬」
　誰もが、心の中で唱えた。"アンタ、、そのうち、体調崩すゾ"。

「、っさてっと、じゃあ僕は、そろそろ行くねっ♪」
　颯爽と立ち上がり、開け放たれた入口に進んで行く"イッサ"。
「先生っ。こんどは、ドコに行かれるんですか?」
　青年の問いに、爽やかな笑顔で振り返り、答えた。
「っへへぇ～んっ!!♬　じつはねっ、この後。屋台調理部とぉ～♬　居酒屋サークルを、ハシゴしないといけないんだぁ～♪!」
　"行きつけ"みたいに言うな!。
「急がないと、時間に追い付かれちゃうからねっ!♬」
　いや、どちらかというと、あんたが追い付かれそうなのは、食生活に関するドクターストップの方ではないか?。
　じゃっ!　ソユことでぇ～♪、と嬉しそうに笑みを浮かべ、離脱する担任。この季節になると本当に思う、"大学教授ほど、ラクな仕事はナイ"と。

　あっちにこっちにとハシゴをするだけなのに、きっちりとギャランティが発生する"イッサ"に怒りを馳せながら、青年は、選抜したサークルの依頼状に、ご親切にも記載されていた代表者の番号に掛けていく。

そして、どのサークルに対しても、不適切な勧誘をしないこと、ヤロウの猛好に走らないこと、出勤の際には必ず、指定のエージェントを同伴させることを約束させた。
　言ってみれば、"予防線"、凝りに凝った、"水際対策"である。

　各サークルへの連絡、という名の通告が終了すると、時刻は3時。
　事実上やる事がなくなった仮想部員たちは、
「では若葉殿っ！。私は、生徒会がありますので、これにてっ♪」
「、っあそうだっ、、ボクも、境内（けいだい）のそうじをしないといけなかった、」
「参考書買いに、本屋さんに行かないと、、。じゃあね♬、こうちゃんっ！、並木さんっ！♬、またあしたっ♪」
　と、手のひらを返す様に語り、気が利くような、利かないような配慮をみせて、意識的に2人を残した。
　まったく、なんて分かり易い友の気遣い。
　ポツ〜ンと残された、彼氏さんと彼女さん。
　それと共に、日本国籍剥奪。
「、、こっ、これから、、。ど、どうしよっか？、」
「っそ、、そうですねぇ、、。あっ！、わたしまた、"コットン"さんに行きたいです♪！。小鉢ちゃんとも会いたいですしっ♬」
　ドンドン薄れていく、"小鉢"の本名。もういっか、アダ名で。

幸駅に着き、ホームに降り立つ。休日も手伝って、より一層閑散とする道のえき。
　やがて改札をくぐると、青年を呼び止める声。
「♬　おうっ！　若葉!!。きょうはかわいいカワイイ乙女と、仲良くそろって帰宅ってかっ！！！！？♬」
　だが、あえて説明はしない。まあ強いて言うなら、"ショヨウ"の具体例も挙げないままシャッターを下ろした張本人、といった所か。
「久見さん、こんにちわ♪、、」
　清々(すがすが)しい程の愛想笑いを向け、答える若葉。続き、
「♬　っこんにちわっ♬！、駅長さんっ♪」と、かすみも挨拶。
「っお！、そういえば悪かったなっ、いやぁ〜このあいだは、色々とたてこんでてな♬、」
「まっ！、っていってもお前には、関係なかったかっ!?♬」
　大アリだ！。忘れてなるものか、あの日のうぬの裏切りを。おかげで姫を、大殿ごもらせる事になったんだぞ!!。
　グアッハッハッ、、！　と、爆に爆を重ねる笑いを放つ駅長。居心地と心持ちが、余計に悪化した青年は、つかつかと、横を通り過ぎて行った。

　駅長にアディオス告げると、若干、正確には、視覚に鮮(あざ)やかなスパートで、恋人さん達は"コットン"に逃げ込んだ。
　カラッカラ〜〜ン!!
「、っいらっしゃっ、、あっ！　並木さんっ♪!!、来てくれ

たんですねっ!!♫」
　逸早く並木を察知する"小鉢"氏。ニッコニコとした笑顔からも、嬉しさが滲み出ていると、容易に理解できる。
「♫　っひさしぶり、小鉢ちゃんっ！♪。元気だった？♫」
「うんっ♫、うんっ♪、元気でしたよぉ〜♫、あいたかったですぅ〜♫!!」
　"小鉢"が親しげに近寄り、最恵国待遇の握手を交わす。そんな2人を奥の厨房から、温かいまなざしで見守る店長さん。
「っそれより小鉢。おまえほんとに、べっ、」「♪　きいてくださいよ、並木さんっ♫！。今度ですねっ、駅前にぃ、新しくお店がオープンするみたいなんですよ♫!!」
　ムシかいっ！。乙女同士の会話に、花咲かじいさんもビックリの、"栄え"をみせるご両人。立ち尽くす若葉、、、。
　と、トコトコと焼きたてのパンを持って登場の店長さんが、青年に話し掛けた。
「、っそういえば若葉くん、文化祭っ♪。もう明日だったねっ？♫」
「はいっ♫、そうなんですよっ♪」
「どう？　今年はっ、うまくいきそう？」
「、、う〜〜ん、まだ明日になってみないと、何とも言えないんですけど、、、」
「、♫　っでも、なんとかなりそうですっ♫！」
　店長さんは、ゆっくりと頬を上げ、ニッコリと微笑み、答えた。
「♪　っそっか♫、よかった♫。本当に良かったっ♪！」

文化祭は百台のお客にして、行きかう学生もまた店員なり。机の上に商品をならべ、客の関心をとらへて店に迎ふる者も、各自商売にして、あきないをやりがいとす。

　　AM8：20。
「、♪　っいやぁ〜ほんとに悪いねっ？、若葉くんっ♬。こんなに朝早くから手伝ってもらっちゃってっ♬」
「♪　っいえいえ♬　イイんですよ。困ったときはっ、お互い様ですからっ♪！」
「それより、、ありがとうございますっ！♬。今年も依頼して頂いてっ♬」
「⁉　っとんでもないっ！♪。こちらとしても、女の子手が少ないからっ、助かるよっ♬」
「、、おひとりも、、いらっしゃらないんですか、？」
「、う、、う〜ん、、、まあね、、。見てもらえば分かるとおり、。ウチは生粋の、"ヤロウサークル"でね、、。アピール、という面では、、ちょっと、、、」
「、っあ、そういえばさぁ、」
「はい、」
「今日来てくれる女の子、何ていう名前なの？」
「、並木かすみさん、、です、♪、」
「♬　へぇ〜〜、いい名前だね！♬」
「、でも意外だなぁ〜、。ほんの1年前までは、"おんなのこ"って聞いただけで怖じ気づいてた若葉くんが、その1年後に彼女をつくっちゃうなんて、、、」
「、、っやっぱりっ！♪。人気があるんだなぁ〜♬　若葉く

んはっ♬」
「、っそんな、、ちがいますよ、。それに、、つくったというより、好きになってくれただけで、、」
「♪　フュゥ～～♥青春だねぇ～？　若葉くんっ！♬」
「♬、っもう、からかわないで下さいよ式村さんっ！！」
「ハッハッハッ、、♪、ゴメンゴメン♬」
　屋台調理部んとこの部長に遊ばれながら、開店の準備を進めていく青年。何かと忙(せわ)しいが、これは、今から始まる1日の、単なる序章に過ぎなかった、、、。

　AM9：05。
　仮想部首相が締約した、"エージェント同行規定"。もちろんその、"エージェント"というのは、若葉を除いた、3人のメガネ男子のいずれかである。
　本日最初の勤務店舗に、一緒に向かうのは、
「♪　っさぁさっこちらですっ♬、並木殿っ。鉄板料理サークルですなっ！♬」
「、お好み焼きに大判やき、タコ焼きに、、っあ、ヤキソバまで売ってるんですねぇ」
　ドゴォッ！！！　ゲシッ！！　ガシッ！！！
「♬　っお待ちしておりましたぁー！！！！！　っ。よくぞ、、よくぅ～ぞっ！　いらっしゃって下さいましたね！！」
　墾田永年私財法施行直後の開拓速度で迫って来た部長は、"サット"をあっちゅう間に弾き飛ばし、かすみの右手を包み込む様に両手で、てっちり、もとい、ガッチリと握手(はじ)をした。

「、、っは、、はぁ、、」
「♪！　ついやぁ～しかし、ウワサどおりの美人ですねっ!?♫。スバラシイッ！！！」
　イヤ、あんたがいま松木にした事は、人としてどうかと思うがな、、。
「、あっあの、、それで、わたしはなにをすれば、、、」
「!?♫　っそんなそんなっ♪、ツラいことは何もありませんよ！！？♫。ただただ、店先に居て下さるっ、それだけでイィ～んですっ！」
「、、イタタッ、、、。っ部長どのっ！♫、気軽な挨拶は光栄ですがいくらなんでもっ、しょっぱなからコレはやりすぎじゃありませんかっ?!♫」
「、♫　っまぁまぁいいじゃないですか♪。スキンシップですよっ！、スキンシップ！♫」
　鉄板料理サークルんとこの部長。あんたにとってのスキンシップは、人をふっとばす事なのか。
「っでは並木さん？。早速ですが店の宣伝のほう。よろしくお願いしますっ♪！」
「♫　ハイッ！♫」
　少し緊張気味のかすみさんではあったが、半ば、殆(ほとん)どジャーマネ化した"サット"に誘(いざな)われて、店のカウンター前まで来ると、もうある程度の列ができていた。
「っそれではっ♪、頑張っていきましょう！」と書記官に励まされ、かすみさん、気合いの勧（誘）声!!。
「♫　いらっしゃいませー!!。タコ焼きにヤキソバ大判やきっ。色々と揃ってますよぉー!!」

AM9：19。
　"悲しい"と言うべきか、"嬉しい"と言うべきか、、、かすみの声を聞きつけたヤロウの反応は、この時間が指し示す通り、じつに速かった。
　長蛇の列。まだ、普通に並んでいるだけなら良い。
　しかし、現状はワケが違った。
「♪　っねぇねぇカノジョ！、なんていう名前？。、よかったらさぁ、これからちょっと、いっしょにウロウロしない？♫」
「彼氏いるの？」
「この仕事が終わってからでもイイからさ、遊びに行かないっ♫？」
　いわゆる、"ヤロウの猛好"である。
　その進化に伴なって、ついにエージェントが起動。
「♯　お客さんっ！♫、買う気はあるんですか?!♯」
　ズイッ！！！　とかすみを庇うように、野郎の前に立ちはだかる。
「♯　あぁ？♯、なんだテメェーはっ！♯」
「、、ほほぅ、、てめぇ、、ねぇ、、」
　その時、ナニかを悟った友人が、勃発直前のアンちゃんを制した。
「、っだ、だダメだってっ！、ヤバイって！、もうやめとけよっ!!」
　なんでだよ？♯　と友人に小声で呟いた直後。"サット"が言った。

「時息大学生徒会第2書記官、松木と申します。生徒会にタテつけばどうなるか､､､、アナタ。ご存知ですよねぇ､､？」
　絵にも描けない重圧。とにかく重い。無駄なくオモイ。
　ブルブルと、突発的な震えが止まらないアンちゃん。結果、シャウトゥ。
「､､っしゅっ、すゅいましぇんでしゅたぁー！！！　っ」
　ズッダダダダダダダッッッッ､､､
「､っふぅ～､､まったく。これでは埒があきませんな？､」
「すみません､､､わたし､､､」
「♪　ぃいやいや！♬、並木殿のせいではありませんぞ！！？♬。すべては、冷やかし目的で来店したっ、アノ客がわるいのですからっ♯､」
"サット"、おまえ偶にはいいコト言うな？。

　AM9：52。
「、本当に、お疲れさまでした♪。コレ、もしよかったら、なんですけど、ウチの大判やきですっ♬。餞別として、どうぞっ♬」
「♪　わぁ♬、ありがとうございますっ♬！」
「､､正直いうと、もっと居て欲しいんですケド､､､」
「､ダメ、ですよね？。時間延長､､､」
「だめです」
「っですよねぇ～､､､」
　消沈する、鉄板ヘッド。
「、っでは。私達はこれで♪」
「お世話になりましたっ♬」

さよなら〜と手を振る部長。だがその瞳は、溢れんばかりの涙で潤っていた。

　AM9：57。
　ここで、店舗とエージェントの交代。
　次なるエージェントは、
「♪　ぃいやはや、おまたせしました空峰殿っ♫！」
「!?　っおぉ〜♫！　悟ちゃ〜ん♪、おつかれー♫」
　無事、護送完了。"サット"はその足で、本陣に帰って行った。
「え、えっと、並木さん。だっ大丈夫？、疲れてない？」
「♪　ハイッ！♫、まだまだガンバリますよっ♫!!」
「っそっか♫、ウン！。よ〜し頑張ろー!!♫」
　オォー！！！　と気合いを入れ直す、副頭取とかすみ。
　さて、かすみが第2の赴任先として馳せ参じたのは、乙女大好き、"クレープ屋さん"。流れで言えばまた、エージェントが何らかのダメージを負うのだが、、
「っやぁ♪　はじめまして♫、クレープ部部長の川田ですっ♫。今日はお忙しい所、サークルを手伝っていただけるという事で、ありがとうございますっ♪」
　意外にも、い〜や、本来あるべき真摯な対応。
「♫　ぃいえいえ、こちらとしても、ありがたいかぎりですっ！♫」
「♪　ハハッ！　そう言って頂けるとうれしいですね♫」
「、、え〜っと並木さん、、ですよね？」
「はい！♪」

「っじゃあ、クレープの製造、販売に回っていただけますか？♬」
「えっ!?、で、でも､､､」
「♬　っな〜に、心配しなくても大丈夫ですよ♪。全然ムズかしくないですし、たとえ分からなくてもっ、ウチの女子部員がちゃんと教えますからっ♪」
　不安そうな視線を、エージェントに送るかすみ。しかし、空峰が笑顔でコクッと頷くと、
「♬　っハイ！♬　やってみます!!♪」

　AM10：23。
　約20分の"クレープ研修"を終えると、そこには、1人前に巣立ったかすみさんの姿があった。
　カウンターへと伸びる、順番待ちの行列。もちろん、店先に聳えるは、エージェント空峰。
「♪　いらっしゃいませ〜〜!!。おいしいクレープいかがですか〜？」
　他の店員と共に一生懸命声を張り上げ、呼び掛けるかすみ。と、
「っあのぉークレープ買うからさぁ、オレと、付き合ってくれない？♪」
　でた！。但し、さっきとは違うアンちゃん。内容からして、一瞬でぼったくりだと分かる交渉文。
「お客さん。ちょっとコチラへ､」
　アンちゃんを摘み出す副総裁。
「✞っだよ!!✞　なんか文句でもあんのか？、お前には関係

ないだろっ！♯」
「関係はあります。それに、このままあなたを放って置いたら、ほかのお客さんの迷惑にもなりますので、、」
「、っほ～う、上等じゃねぇか、、。おいメガネっ！、かかってこいっ！♯。オレがボッコボコにしてやるからよぉーっ!!」
「、、気がすすみませんね、」
「！♯　っだったらこっちからいってやるよっ！♯、」
　ヒュオッ!!　パシィッッ！！！
「なにっ！、
　勢い良く繰り出したパンチを、受け止められたアンちゃん。一言発し、気付いた時には、
　ビュンッッ、ドダーンッ！！！
「ッヌオ！！！！！、、
　綺麗に円を描き、空中で側転を決め、地面に叩き付けられていた。視界に広がるアスファルト。呆然と俯せで倒れているアンちゃん。
「、、、っ、いったい、、なにが、起こったんだ、、、」
　パンパンと手に付いたホコリを払いながら、空峰は言う。
「、っだから気が進まないって言ったのに、、」
　やがて湧き上がる歓声、拍手、空峰を讃える祝福の口笛。
　アンちゃんがポカ～ンとするのも、ムリはない。力を使わずして相手を制する武術「合気道」。空峰はその有段者なのだ。
　ヒイィッー!!　と切ない雄叫びを上げ、全力の逃走を遂げたアンちゃん。
　どんな時でも覚えておこう、"人はミカケで、判断しては

ならない"と。

　AM10：48。
「♪　ありがとうございました♫。、並木さんのおかげで、去年よりも売り上げがのびましたし、空峰さんにも、感謝していますっ♫」
「、♪　そんな、ボクはべつに、、」
「♫　クレープ部さんのクレープ、とってもおいしかったですっ♫。ごちそうさまでした!!」
「っそうですか♪、それはよかった♫」
「、また是非っ♫、こんどは仮想部皆さんでいらして下さい♪。その時は腕を振るって提供しますよっ♫、おいしいクレープ♫」
「ありがとうございます！♪」

　AM10：56。
　さて、再度店舗とエージェントの交代のお時間なのだが、午前中最終となる続いての場所は、店舗と名乗るには程遠い。まさに、"空の下・恐るるなかれ・紫外線"といった所で、しかも、どちらがエージェントなのか分からず、ドチラがそうだとしても可笑しくない仕事先。
　それは、
「♪　ようこそ参られたっ!!。空峰殿、並木君（ぎみ）っ！」
　コノ1文で理解された方は、相当のツウである。もう"極めた"と言っても、過言ではない。
「、っあ！、お〜〜いっ♫!!、そ〜らみ〜ねく〜んっ!!♫」

周りの威圧感から十分に把握できるのだが、近付いて来る副シャチョサンに大きく手を振り、勤務地を伝えている斑戸(むらと)。
「♪、っお出迎えありがと♬、せなちゃんっ♬」
「とんでもござらんっ！！！♪、空峰殿っ!!」
　いやいや、お前らじゃないから、、。ソノ党首にだから。
「、、ッハハ、、ハハ、、みんなも、アリガト、、、」
「、あ、えと、、並木かすみと申しますっ♪。よろしくお願いします!!♬」
　イイんですよ〜♪　並木さんっ♬。無視しても♬。
「っおお！！！♬　これはご丁寧に♪。我々は本日街ゆく皆様に、心をこめてお餅を搗かせて頂く、柔道部愛好会という者でござる！」
　残念ながら、存じてるよ♬。
「、"柔道部愛好会"さん？、」
「ウンッ！♬。、、えっとぉ〜、、並木さんは、知らないかもしれないけど、」
「部室をつくるときに協力してくれた、ぼくの友だちなんだっ♬」
　人はそれを、大株主と呼ぶ。
「♪　っじゃっ！　ボクはこれでっ♬。あとは頼んだよっ♬、せなちゃんっ♪」
「♬　うんっ！！！、まかせといてっ♬！」
　グーサインを空峰に向け、斑戸(むらと)はにっこりと微笑んだ。

　AM11：01。
　ゴツい兄さん。もとい、いっとき、北欧に留学した経験を

持つ、愛好会の1人がかすみに命じた事は、"ただ餅搗きをご覧頂きたい"といった、鉄板ボスに似た型式の、ステイバイミーだった。

部長によって臼に入れられる、湯気立ち上る、できたてホヤホヤの餅米。

うわぁ～〜♪、いいニオイですねぇ♬、と語るかすみ。

「っそれでは参りますぞっ!?、並木殿っ!。しっかりとごらんあれっ!、」

「ウオォォォオッッッッ、、、!!!」

尋常ならない慟哭と、ヒヨコぐらいなら、日南海岸まで送り届けられる風力。

杵が着餅すると始まる、お馴じみのリズム。

「ハイッ」「はいっ」「ハイッ」「はいっ」「ハイッ」「はいっ」、、、、、、、。

ドコで下積み積んだんだ、と言わせんばかりのスピード。

あまりに速いので、一見すると、同一の面ばかりを執念深く搗いている、様に思えるのだが、アウチ寸前で、モチをひっくり返していた。

まさかの、"プロの領域"。

AM11:11。

いつの間にか餅関連の分野で、悟りを開けるまでになっていた餅搗きの端くれ達が、搗き始めてからわずか10分。かすみ、せなを含むお客の目の前、臼の中には、グネングネンになった餅米が横たわっていた。

それからは、愛好会のメンバーが几帳面にも、一口サイ

ズに丸めていき、さっきまで唖然、またはアングリとした表情だったお客が、きなこ、あずき、大根おろし等の、好みのアクセントを添える。
「っはい!!、おまたせしましたっ!」
「♪　ありがとう!♬、おにいちゃん♬」
　できたてのお餅を、あつ、あつっ、と手の平の上でホッピングさせながら、笑顔で受け取る男の子。それを、フウーフウーと冷ましながら、イン・ザ・きなこ!。
　ハムッ、
「、、うっ、、っあぁ♪!、とってもおいしいよっ♬、おにいちゃん♬!」
　まさに、苦労が報われる瞬間である。
　餅搗き会場の所々から聞こえてくる、親子連れ、本学生、高校生、教職員、カップルからの、"オイシイ"のことば。
　さすがにこんな和やかな所には、ヤロウが襲来することはない、そう誰もが信じていた。
　のだが、
「そこの女の子っ♪。僕らとアバンチュールな1日を過ごさナ～イ?♬」
　ドコにでも居るもんだ、こうゆうヤツが。
　・ア・バ・ン・チ・ュ・ー・ルねぇ～、、、。個人的には、巴投げくらわせたい位だが。
「、っえ、あ、あのぉ、、、」
「♬　イイじゃんっ!　イイじゃんっ!♪、ねぇ?!、」
「すみませんお客さま。ご遠慮ください」
　かすみの手に触れようとするアンちゃんに、毅然とした状

態で忠告するエージェント。
「っお♬、なんだなんだ？♬。オレとやろうってのかっ？、メガネぼっちゃん♪」
　ヒャハハハッッッッ!!　と、人間を退いた笑い声を上げるヤロウたち。
　しかし、
「、、お、、、オイ！。もういこうぜ、、なっ？、」
「っナニ考えてんだよ、これからがいいトコ、、」
「・・・・そうだな、帰るか」
「あのなんか、スンマセンでした」
　意外にも謝罪をし、素直な撤退に移るアンちゃんら。恐らく彼らは、見てしまったのだろう、斑戸の後ろに佇む屈強な男たちを、。
　大株主の向こうがわを、、、。

AM11：55。
　これにてかすみさんのスケジュール、おおよそ終了。
　松木→空峰→斑戸と渡り歩いて、最後に帰って来るのはもちろん、彼氏さんのトコ。
「タコ焼きとやきソバをくださいなっ♪」
「ッヘイッ（!?）！　まいどっ、ありが、」
「っあ」
　自らヘラを使い調理していた鉄板上のやきソバから、目先を前方に向け顔を上げた若葉に、ニコッと微笑み掛けるかすみ。
「へヘェ～♬　ただいまですっ！、せんぱいっ♪」

「、、あ、♬、ウンおかえりっ♪」
　頬を赤くして、照れ笑いを浮かべる恋人さん。
「、アレ？。せんぱいが、つくってるんですか？、」
「っう、うん、、。じっじつは、、店番、たのまれちゃって、、」
「、そうなんですか。♬　っでもっ♬、上手ですよ♪！、せんぱい!!」
「、えっ!?、そ、♬、そっかなぁ、♬」
　そのとき、遠くの方から声がする、
「・・・♪・お〜〜い！・・・わ〜かばく〜ん!!・♬・」
「・若葉どのぉーー！！！・・今かえりましたぞぉ〜〜!!♬・・」
「・・こ〜う・ちゃ〜〜ん♪・・・た〜だいまぁー!!・」
　ソレは言わずと知れた、ウザイほど迫り来るヤロウ軍団を、それぞれ、バックの影響力、達人なみの武力、奇抜な組織力で投降させ、姫を救った、戦友だった。
　そんな、近づいて来る戦場の戦士たちに贈るBGMは、映画・アル○ゲドンのテーマ。
「、ヨッ！♪、若葉くんっ並木さんっ♬、こんにちわっ♬！」
「♪　あっ先生っ！♬。いらっしゃいませ♬」
「♬　こんにちわっ！、イッサ先生っ♪」
「きょうは、コイツと来たよ」
「♬　っふふ〜ん、若葉クンに並木サン？。今日はお初の対面だねぇ〜♪、、グヘッ！」
　ゲッ！　お前かよ。あぁほんとに、、オマエとは、最初で

最後にしたいものだ。
「・・ごめんね。連れてくるつもりはさらさらなかったんだけど、コイツがっ！ ど〜うしても行きたいっ！ ってきかなくてさぁ、」
「っ別に問題を起こす訳じゃないんだし、ふふ〜ん、イイじゃないか？♫。なぁ？ ふたりとも♫」
　ハハッ、ハッ、ハッハ、、、ストレスですぅ〜。
「、、っえ、えぇ、、大歓迎、、ですよ、。、ねっねぇ、？、かすみさん、、？、」
「、はっはいっ！、、、も、、もちろん、です、、」
「♪、っほら言ったじゃないか伊笠っ。かんげいされてるんだよ♫ っ！、ふふ〜ん、グヘェッ！♫」
　空気を読め！。黒麦、、アンタにはつくづくだよ!!。引きつってるじゃないか、どう見ても。
「っああ、ああ、そうだな、。んじゃっ、やきソバとたこ焼きを、2つずつもらえるかな？♪」
「♫ ありがとうございますっ♫。、合計で、1500円になります！」
「、っふふ〜ん、、なかなかするねぇ、」
　シャラップ！。
「！ っあ、せんぱい。皆さんもいらっしゃったことですし、あの席で、一緒に食べませんっ♫？」
「うんっ♫、そうだね。そうしよう！♪」

PM0：07。
　時刻の人物とは裏腹に、屋台調理部の出店テントの横に設

けられた机で、5人分の椅子を並べ、のんびりと昼食を摂っている仮想部。
 "考えてもみれば、いままで、こんなに長くゆっくりとみんなで集まって、食事をしたり、会話をしたりした事って、なかったっけ？、。でも、なんだかホッとするなぁ～"。

 PM1：30。
 午後からのお仕事。それは"チラシ配り"。雇い先は言うまでもなく、印刷物といえばでお馴染みの新聞部。
 しかし部室で、若葉とかすみを迎えた上竹は、
「♪　これはべつにっ、おふたりで協力してなさっても構いませんよ♫！」
と要らぬ協調性をみせ、恋人さんを見送った。
 ちなみに、ではあるが、かすみさんは、将軍に会ってからずっと、「あっ、あっ、観覧車の、観覧車の、、」とおっしゃっていた。

 PM1：45。
 つまりはデート。誰に配ってもいい、ドコに居てもイイ、いつ帰って来てもオールOK。
 そんな、自由にも、お咎めゼロにも限度があるジョブが奪ったモノ、。
 それは国籍。
「、いっ、一杯もらっちゃったね、？、チラシ、、」
「、、っそうですねぇ～、？、。でも大丈夫ですよっ！♪。きっとすぐに、終わっちゃいますよっ♫、」

「フフ～ンフンフンフ～ン♪」
「♬　楽しそうだね？♬、かすみさんっ♪」
「♪　ハイッ！♬、とってもたのしいですよ♬。せんぱいと、、一緒ですからっ、♥」
「、♥、っそっかぁ～♪、。ボ、ボクも、とっても嬉しいよ？♬、。かすみさんと、いっしょでっ、、♬」
　お互いの顔を向かい合わせて微笑み合う、彼氏さんと彼女さん。
「、、あっ！　せんぱいせんぱいっ♪、わたがし屋さんがありますよっ♬？。寄って行きませんっ？♬」
「うん♪」

　2人の恋人さんは、昨今。"スーパーボール"に押されつつある店先まで歩いて行き、内部事情に長けていた店主に、質問した。
「？、僕たちのこと、、。ご存知なんですか？、」
「♪　っ知ってるもなにもっ、上竹から情報が入ってくるからねっ♬。アイツとは、同じ学部なんだ♬、」
「そうだったんですか、、」
「っアイツみてのとおり、学部でもあんなカンジだから、、、。いいヤツなんだけど、それがたまにキズでね、、」
　ご察しします。
「、、っで。わた菓子っ♪、食べてくかい？♬。ウチのはそんじょそこらの店と違って、甘くてフワフワで、おいしいよっ♬！」
「はいっ！♪。えっとじゃぁ、2つ♬」

「っまいど♫」
「、っあ、それからコレ。新聞部さんからのチラシですっ♪」
「♫　おぉありがとう！。、っしっかし、キミみたいな女の子にまで仕事させるとは、、。上竹もデリカシーがないな、」
「いいえ、、わたし。上竹さんに頼んで頂いてそれでっ、お手伝いをしてるんですっ♪」
「、そっか、、。♫　ウンウンッ、謙虚でいい子だなぁ～♫。並木さんはっ♪」
「！、♫　とんでもないですっ、♫」
「っま、とにかくありがとう♪。アイツには、キツーく言っておくからさっ！♫」

「♪　いい方でしたねっ？、店長さん♫」
「、、っそ、そうだね、。、ある意味、、上竹さんとは違って、、、」
　しばらく歩いていると、ふいに呼び止める声。
「♫　っお～い、そこのおふたりさんっ！。ちょっとでもイイから遊んでってよ!!♪」
「、っあぁー！！！」
「ウン？」
「指令官っ!?」
　青年が驚いた様態で叫んだ相手。遡(さかのぼ)ること初盤出場の、薬学部講師・滝口教授。
「、って、あ！、、あの時の、、、」
「、、お久しぶりです。滝口先生、、」
「、いやぁ、、。本当に、ひさしぶりだねぇ、。、、っところで、

そちらの子は？」
「っあ、、え、えと、。同じサークルで、、かっ彼女さんの、、並木かすみさん、です、、」
「カノジョさんっ！！？。、わっ、わかばくんに、、彼女さん？、」
ナニか問題でも？。
「、っは、、はい、、♪。え、え～とそれより今日はっ！、。、、研究は、良いんですか、？」
「っそんなことしてる場合じゃないよっ！♬、いまはっ！！！」
変わったな、、アンタ、変わったよ、、。
「、それで、、。何のお店なんですか？」
「♬　オゥ！、金魚すくいよっ！♬」
時期ちがうくね？。夜店じゃあるまいし、、、。
　まぁ1度やってみなよ！、と決して意欲的ではない恋人さんに、器(うつわ)と専用の手持ちアミを強制的に配当する悪徳業者。

「、いいかい？。コツとしては、金魚を隅までおびきよせておいて、スナップをきかせてすばやく上げるっ！。、このスナップが大切なんだっ！」
「っなるほど～～～～!!、」
　純粋な理解のコメントを述べる2人。
　タイムウォッチを片手に握る、滝口が言った。
「、っそれでは！。ヨ～～イ、、スタート!!」

　意気勇んでチャレンジしたものの、若葉とかすみの結果は

2匹。しかも、合わせてなので、仲良く1匹ずつ。
「、残念だったねぇ～、。っでもまぁふたりともっ♪、よく頑張ったよっ♫！」
「っそうですか♫、ありがとうございます♪」
「ありがとうございますっ♫！」
「、、っあ！　ところで先生っ、」
「うんっ？　なんだい？、」
「、もし、この金魚が余っちゃったら、最終日。どうするんですか？」
「っあぁ、それはご心配なくっ♫！。大切にたいせつに、、、解剖(かいぼう)の実験につかうからっ♪、ケヘェヘェヘェへ、、！！！」
　だれか！、誰か!!

　PM3：00。
　行く人の流れは絶えずして、しかも元のヒトにあらず。校門の前に佇(たたず)む先生方は、たまに消え、また現れて、長い間留まっているケースなし。
　初日も気付いてみればもう終盤。チラシを渡した人も数知れず。何だかんだとあったけど、こうして平和に終わって行くんだなぁ～、青年がしみじ～みと感情に浸(ひた)っていた頃。
　本日最後にして、最大の困難は訪れた。
　ドドッドッドドドッド、、、、！！！
　砂煙を巻き上げながら迫って来る、、、、、ヤロウの群れ。その一団は、並木の前まで至ると、ピタリと止まった。
　やがてヤロウが、リヴァイアサンによって裂かれた海の様

に開かれていき、中央のレッドカーペットといわんばかりの通路から、1人の男性が姿を現した。
「♪　やぁ！、はじめまして、うつくしきハニー♥。僕の名前は青山リオ。よろしくっ」
　青山リオ、聞いたことがある。学内で最もカッコイイといわれるイケメン。
　透き通るような肌、キラキラとした瞳、プルプルとした唇、女の子を掴んで離さない、あま～いボイス。
　いわゆる、"上層部"である。
　端正な顔立ちでかすみをみつめるリオ。
「ついやぁーー！、キミみたいな美しい女の子に出逢えるなんて､､､」
「♬　っ今日はなんてっすばらしい日なんだっ！！！！！」
「、っちょと！、何なんですかっ？♬」
「あ～～とっ、メガネくんは黙っててもらえないかなっ？、」
　ドンッ！　と青年を強く押し出す。
　リオは続ける。
「♬　っさぁハニー！♥。ジャマものはほうっておいてっ、僕とこれからデートでも、」
　バシッ！
「♯　っ嫌いですっ！。あなたみたいなひとっ！、」
　落城。崩れゆく外堀が埋められたリーダーの肩を、慌てて抱きかかえる家臣。静まり返るギャラリーという名のヤジ馬と、さっきまで、「♥　キャー!!、りおさま～！！！」と、レオ様と同等のエールを送っていた取り巻き。
「､､なっ、殴ったね､､このボクをっ､､､､。お袋にもブたれ

た事ないのにっ！」
　親父じゃないんだぁ〜。
　ホレボレする程の瞬殺。彼にとってはまさに、血小板も間に合わない様な傷、だったに違いない。
「、っせんぱい、、。大丈夫ですか、？」
　心配したかすみが、若葉に尋ねる。
「、、うっ、うん、♪、。ぽ、ぽくは、だいじょうぶだよっ、、♫、。ありがとう♫、」
「、っそうか、、彼氏だったのか、、」
　ガックリと、士気と首を落とす城主。
　だが、残る力を振り絞り、ビシィッ！　と人指しゆびを青年に向け、リオは吼えた。
「、、オレの負けだ、メガネくん、、。っさらばだっ!!」
　こうして、リオとふゆかいなヤロウたちは、暗〜い、暗〜い影を落としながら去って行った。まぁ、来世に期待しよう。

　PM4：53。
　あれだけ隆盛を極めたチラシも、今では、冬休みの宿題クラス。
　そのいわゆる、"功績の遺産"を新聞部武将まで届け、屋台調理部の片付けに参入する恋人さん。
「、今日は♪、本当にありがとうございました♫、式村さんっ♫」
「♪　ぃいやいやっ、なんのなんのっ♫。こちらこそ並木さんのおかげで、お客さんにもだいぶ恵まれたしっ♫、準備から片付けまで。ほんとに、たすかったよ♪！」

「♫　っそんな、」
「、、あしたは、午後から、だったよねっ？。♫　っあしたも頼むよぉ〜？　若葉くんっ」
「ハイッ！♪」

　そんな日の帰り。これから明日の分の仕込みがあるんだ、という式村さんの言葉に、「っじゃあ♫、ボクも手伝いますよっ！♫」って答えたんだけど、順ちゃん、せなくん、松木くんは、「イイよ（ですよ）、あとは何とかしておくからっ♫。さっ、こうちゃん（若葉君・殿）は帰ったっ！、帰ったっ！」な〜んて追い返されちゃった。
　かすみさんにも幸駅のホームで、「、大変だと思いますけど、、。明日も♪、ガンバリましょうねっ♫！」と励まされるボク、
　色々とあったけど、ほんとうに、本当におつかれさま。
　明日も頑張ろうね、みんな。

　文化祭２日目。魔族がグレる快晴。
　今日の仮想部はといえば、午前がフリーという事もあり、書記官は生徒会へ、ニアー神主と段持ちは２人そろって、"食べ歩きツアー" に出発した。
　ざっくばらんに見える、各構成員の行動。
　しかしこれは、必然的に。若葉とかすみ、ふたりの時間を作り出していた。
　ところで、彼氏さんと彼女さんがいま居るのは、校舎２階、オカルト研究部主催の、"占いの館(やかた)"。

だが、問題が1つある。ソレは、
「、あっ！♪　久しぶりだねっ♫？、若葉くんに、、えっえっと～、、、姫君っ、、」
　工学部が協賛、という点。
「、、う、ウン、、。ひさしぶり、、だね、、」
「、うんっ?!」
「っどっ!、どうしたんです、？、姫君っ」
「、このあいだ、、、あっ！　確か、映画館でっ!!」
「、イ、、イャだなぁ～姫君っ♪、、。そんなコト、あるわけナイじゃないですかぁ～!!、」
　あくまで初回だと、震える声で訴える岸。
「でっ、でもっ。似てたんですよ？、岸さんに、」
「さ、さぁ～、、私には、サッパリ、。っでは、占いを始めますね～、、」
　と机の上に置かれた水晶玉と、壮絶なニラめっこを始める。
　まもなく、占い師は言った。
「、まず若葉さん。あなたには、彼女がいますね？、」
　岸。それじゃあ金払わねぇーぞ、お客は。
「っそれでいて姫君っ！。アナタは、、看護科にお勤めだっ！、」
　お勤めって何だよ。
「、、ハッ、ハイ、、、」「そう、、ですねぇ、、、」
　データベース通りの結果に、すっかりテンションと信用を落とすおふたり。
「んでもってっ、若葉くんの担任は、伊笠先生でっ、」「ゴメンッ！　岸くんっ！」

「、っやっぱり、、もうイイや、」
「えっ！、ちょとっ！、」
　ガタガタッと椅子から立ち上がり、退店する恋人さんたち。
　シンプルイズベストを目標に、分かり易い占いを行った岸。
　だが"シンプル"と共に得たのは、客からの反感だった。

　ひと口にサークルといえど、ピンからキリがある。よって、まさに今のは、"キリ"だった訳だ。
　ヤカタを出て数歩、かすみさんがおっしゃった。
「、あっ、そうだせんぱいっ♪！。ちょっと、寄って行きたい所があるんですけど、いいですか？」
「う、うんっ♬、いいよっ♬。そこは、ドコなの？、」
「♪　ハイッ♬。同じこの階にある、看護科のお店、"ドリンクバー"ですっ♬」
　ひっさびさの、"カンゴカ"の響き。
　しかし、第一に思い出されるのは、やはり、、、、
「♪　いらっしゃ〜い並木ちゃんっ。、って♬！　ナニ手なんかつないじゃってるのよっ!!艹。ケンカ売ってるのっ?!アナタッ!!艹」
　出迎えたのはお馴じみ、なかなか青年のことを彼氏だとご認識頂けない、サーチアイ波坂（はさか）。
「、、すっすみません、、、」
「、っまっ、まあまあ波坂さんっ♪、落ち着いて、」
「っねぇ大丈夫？　並木ちゃん。変なコトされてないっ？」
　まさに、ブラックリストの扱い。
「♬　っだいじょうぶだってっ♬。せんぱいは、いい人だか

らっ♪」
「、っそう？、。それなら、良いけど、」
「、あ、えっとそれよりっ♫、みんなはどう？♫」
「うんっ♪、とってもイイカンジだよっ！♫。売り上げも文句ナシッ♫！」
「♪　そっか、よかったぁ～♫」
「そうだっ！、せっかくだから、休んでいきなよっ♫！。飲み物もサービスするし♪」
「っほんと！♫　ありがと～♫」
「、あっ、ありがとうございますっ♪」
「っちなみに！。アンタは自腹だからね？」

　ちょうどお昼どき。再び屋台調理部に集いし仮想部のメンバーが、昨日と同じく、"和やかな昼食"を摂ろう、としていた時、訪れる大使。
「みなさん。ご昼食のところ、申し訳ございません、」
「♪　っおぉ、流内君っ♫。どうしたの？」
　第1財務官に応対する、第2書記官。(ややこしぃ～い！)
「はい。突然ですが、学長先生がお呼びです。学長室まで、ご同行願いますか？」

　またしても人を遣わし、自ら来るのを怠った学長に憤りを馳せる、メン・ア・ガール。どうせまた愚痴か、条件の加算だろ？。
　どちらにしろ、組長に面と向かって言えるのは、ただ1つ、
「ナメたからこうなった。当然の報いである」。

いつもながら、一瞬で、"気楽"から、"奈落"の底へと気分をギアチェンジさせる、この廊下。
　たとえ、幾ら通い馴れたと語る学生でも、「、、一部の地域を、除いてはね、、、」と余韻を残す、そんな廊下を進んで行く。
　やがて、
　コン、コン、
「うん、入れ！」
　室内から聞こえる、野太いボイス。
「失礼します。仮想部の皆さんをお連れしました」
「、うむ、ご苦労。お前はもうさがっていいぞ、流内」
「はい」
　ガチャ、、バタン、
「、、久しいな、仮想部の諸君、、。あ、いや、きみは初めてだったね？。並木くん、」
「!?　ハッはいっ！、。はじめ、、まして、、、」
「、っふふ、そう恐れる事はない、。。今日君たちを呼び出したのは、他でもない、、、認可に関することだ、、」
「、いままで、キミ達はじつにことごとく、、私の期待を裏切り、わたしに、タテをついてくれた、」
「、っそんな、、それは学長っ！、あなたがっ、」「お前の言い分は分かるっ!!」
「、だがな松木。まえにも話したがっ！　私は経営者だっ！！！。、、よって、無駄なものにはカネは掛けられないのだよ、、、」
「、、却下(きゃっか)、、という、コトですか、？」
「、、、っそう、、思うか？、若葉くん、、」

「？」
「っ正直っ♪、ここまで君たちがやるとは、私自身。考えもしなかったよっ、」
「鈴鳴学長っ♬、、ではっ！、」
「、、あまり、認めたくはないのだが、」
「、っお前らのサークル、"仮想部"を、、」
「、、、認可する」
「、、っや、、、やった、、、♬、、」
「、ヤッターーーーーーァ！！！！！♪」
　歓喜の叫び声を上げ、ハイタッチをして喜びを分かち合う仮想部。
「、、っこれで、、良かったのだろぅ？。穂香(ほのか)」
「はい♬。、、これこそが、私が望んでいたことですからっ♬、」
　あまりの嬉しさに、組長へのおとしまえも、退室のオトシマエもつけず、異様なパーティームードで出て行く、幸せ満点のメンバー。
　ガチャンッ！！！
「、、さてと、。そろそろ時間だな、、」
　ゆっくりと立ち上がり、近くの洋服掛けに掛けてあったコートに腕を通す。
「、もう、お出かけですか？、学長」
「、あぁ、私は忙しいんだ、。時間が無い、」
「今から出張で、露草(つゆくさ)大学に行かなければならない、、その間のことは、穂香(ほのか)くん。頼んだよっ、」
「、、っは、、ハイ！。お気を付けて、」

「、うん」
　学長が出て行った部屋は、まるでさっきまでとは別世界のように、静かな時間だけが流れている。
　その静寂(せいじゃく)のなかに佇(たたず)む男性。しかし、彼の表情は、限りなく透き通る笑顔だった。
　無造作(むぞうさ)に開け放たれた窓から注ぎ込む、陽の光。
　ふと、夏も近づく春風が、学長室に訪れる。
　フュューと優しく頬を撫でるように走り去るその風は、机の上に置かれた手帳のページを、パタ、パタ、、と音を立てて、めくってゆく。
　やがて辿り着いた、最後のページ。
　そこには、こんな1文が書かれていた。

　"彼らは、サークルが認可されたことで

　喜んでいるだろう。

　しかし、私はいま。それ以上の幸せに

　包まれている。"

　それは、

　事実上の敗北宣言だった。

著者プロフィール

成瀬 とも（なるせ とも）

愛知県出身

仮想部

2025年2月15日　初版第1刷発行

著　者　成瀬 とも
発行者　瓜谷 綱延
発行所　株式会社文芸社
　　　　〒160-0022　東京都新宿区新宿1−10−1
　　　　　　　　　電話　03-5369-3060（代表）
　　　　　　　　　　　　03-5369-2299（販売）

印　刷　株式会社文芸社
製本所　株式会社MOTOMURA

©NARUSE Tomo 2025 Printed in Japan
乱丁本・落丁本はお手数ですが小社販売部宛にお送りください。
送料小社負担にてお取り替えいたします。
本書の一部、あるいは全部を無断で複写・複製・転載・放映、データ配信することは、法律で認められた場合を除き、著作権の侵害となります。
ISBN978-4-286-26201-7